天鵝港

他們試圖奪走天鵝港的天鵝船，衝突隨之爆發。

圖爾鞏加強了守衛

他下令在每一處都增設了三倍的守望和警戒。

王之塔倒塌

高塔猛然一晃，坍塌下來，倒入一團驟然高漲的烈火中。

格羅芬德爾與炎魔

後方敵軍中那隻炎魔奮力一躍，跳上了一片屹立在左側裂谷邊緣，
楔入山徑的高峻山岩。

彩虹裂隙

他會被引去一條自地底流入一道巨大裂谷的河道，湍急的河水經過裂谷，最後注入西方大海。

塔拉斯山

它擋在他的去路上，向西一路綿延到一座高山為止。

烏歐牟在圖奧面前現身

接著雷聲轟鳴，海上閃電劃過。

圖奧看到路被一堵建在兩側谷壁之間，扼守著裂谷的巨牆擋住了。

J.R.R.
TOLKIEN

J.R.R. TOLKIEN
剛多林的陷落
THE FALL OF GONDOLIN

托爾金　著
克里斯多福·托爾金 *Christopher Tolkien* 編
艾倫·李 *Alan Lee* 圖
鄧嘉宛、石中歌、杜蘊慈 譯

給我的家人

目次

序

我曾在《貝倫與露西恩》一書的序言裡談到：「我已經步入人生的第九十三個年頭，（不出意外的話）我基於家父的文稿所編的一長串作品，將以本書作結。」我用了「不出意外」這個說法，因為當時我雖動過模糊的念頭，想沿用《貝倫與露西恩》的編輯方式，去處理家父的「三大傳說」之三——《剛多林的陷落》，但又覺得這委實不大可能，所以我認為，倘若「不出意外」，《貝倫與露西恩》就是我編的最後一本書了。然而，意外發生了，現在我只能說：「我九十四歲了，《剛多林的陷落》（毋庸置疑）就是我編的最後一本書了。」

讀者可以通過本書收錄的各版文稿中分支眾多的複雜敘述，瞭解中洲是如何步向第一紀元終結的，而家父對他所構思的這段歷史的觀念，又是如何在漫長的歲月中逐漸水落石出的——直到最後，在即將達成最完滿的形式之際，功敗垂成。

中洲遠古時代傳說的結構始終在演變。我編輯的《中洲歷史》中有關第一紀元的部分之所以如此漫長而複雜，是因為這些無窮無盡湧現出來的靈感：新的寫照、新的動機、新的名字，尤其是新的關聯。家父身為創造者，不斷推敲著宏觀的歷史，他會在寫作的過程中察覺故事裡出現了新的元素。為了說明這一點，我將舉出一個很可能極具代表性，非常簡短但值得注意的例子。《剛多林的陷落》這個傳說中有一個重要的情節，就是唯一一個將會進入剛多林的凡人圖奧[1]，與同伴沃隆威一起尋找隱匿之城的那場旅途。家父在最初的《失落的傳說》中就提到了這場旅途，但敘述十分簡略，途中沒有什麼值得一提的波折——事實是，根本沒有任何波折。但在最後一個版本的文稿中，這段旅程得到了更加詳盡的描寫：一天早晨，身在曠野當中的他們，聽到樹林裡傳來了一聲呼喊。我們完全可以說，是家父「他」本人聽到樹林裡傳來了一聲呼喊，突如其來，出乎意料。[2]一個身著黑衣，手持黑色長劍的高大男人隨即現身，朝圖奧和沃隆威這邊走來，他口中不斷呼喚著一個名字，就好像他正在尋找一個失去蹤跡的人。但他只與他們擦肩而過，沒有攀談。

圖奧和沃隆威自然無從解釋這意想不到的一幕，但是，這段歷史的創造者卻非常清楚來者是何許人也。他不是別人，正是圖奧的堂兄——聲名遠揚的圖林·圖倫拔，正逃離納國斯隆德的毀滅，而此事圖奧和沃隆威都不知曉。中洲偉大傳說之一的生命力，就在這裡得見一斑。圖林逃離納國斯隆德的經過，收錄在《胡林的子女》當中（見我編輯的版本，第一七七—一七八頁），但那一段沒有提到這場邂逅，身為堂親的兩人都不知情，也不曾再見面。

若要說明故事隨著時間的推移而發生的變化，最引人注目的例子就是對水神烏歐牟的刻畫。起初，烏歐牟坐在西瑞安河邊的蘆葦叢中，在黃昏時分演奏音樂；而多年以後，在溫雅瑪，世間眾水的主宰自巨大的海上風暴中現身。烏歐牟千真萬確處於這部偉大神話的中心。這位偉大的神靈雖然遭到維林諾大多數同儕的反對，但仍然神祕地達到了他的目的。

回顧我那延續了四十多年，如今已經收尾的編輯工作，我相信，我的根本目的至少有一部分在於強調「精靈寶鑽」的本質，強調它之於《魔戒》那至關重要的存在——它應該被看作家父的中洲與維林諾世界的第一紀元。

誠然，我在一九七七年出版了《精靈寶鑽》，但那本書是在《魔戒》出版多年以後，為了達成敘事的連貫性而編纂——甚至可以說是「構思」——出來的。它或許在某種程度上看起來是「孤立」的，因為它是一部風格崇高、篇幅宏大的作品，被設定為從極其遙遠的過去流傳下來，並不具備《魔戒》的感染力和直觀性。這在我看來無疑是必然的，因為第一紀元的敘事在文學性和想像性上都截然不同。儘管如此，我知道，早在《魔戒》已經完成但尚未出版時，家父曾經表達了深切的願望，堅信第一紀元和第三紀元（《魔戒》的世界）應該作為**同一部作品**中的元素或組成部分來處理、出版。

在本書〈傳說的演變〉一章中，我刊出了一九五〇年二月家父寫給他的出版商斯坦利．昂溫爵士的一封長信的節選。這封信非常有啟發性，寫於《魔戒》的實際寫作告一段落不久之後，家父在信中吐露了自己對此事的想法。當時，他自嘲地形容自己「嚇壞了」，當

1 譯者注：圖奧在後來的故事中並不是「唯一」進入剛多林的凡人，在他之前還有胡林和胡奧。此處的說法應當是基於最初版本的傳說。

2 為了證明這不是憑空臆想，我在此引用一九四四年五月六日家父寫給我的信：「一個新的人物出場了（我確定他不是我的發明，我甚至沒想要他——儘管我喜歡他；可他就那麼走進了伊希利恩的樹林）——法拉米爾，他是波洛米爾的弟弟。」

他考慮「這個大約六十萬字的龐然大物」時——尤其是當出版商正等著他們所要求的，一部《哈比人》的續集時，而這本新書（他說）「其實是《精靈寶鑽》的續集」。

他始終不曾改變過看法。他甚至寫過，《精靈寶鑽》和《魔戒》是「精靈寶鑽和力量之戒的一整部長篇傳奇」。基於這些理由，他反對單獨出版任何一部作品。但就如《傳說的演變》一章中所述，最終他意識到他的願望沒有任何希望實現，只能屈服，同意只出版《魔戒》。

《精靈寶鑽》出版之後，我開始研究他留給我的全部手稿。這項研究持續了多年。在《中洲歷史》系列中，我以所謂的「齊頭並進」作為約束自己的總則——我沒有梳理單個故事的發展脈絡，而是追循整體的敘述在多年中的演變。正如我在《中洲歷史》第一卷的前言中所評論的：

> 作者對自己想像世界的看法不斷蛻變、成長，經歷了緩慢持久的變化。在他生前，它只在《哈比人》和《魔戒》中嶄露頭角，並得以出版固定下來。因此，對中洲和維林諾的研究是複雜的，因為研究的物件並不穩定，在時間（作者的一生）中可以說不僅僅是「橫向」（因為一部出版的書不會經歷更多本質上的改變），而且還是「縱向」存在的。

因此，由於作品的性質使然，《中洲歷史》往往不易理解。當我覺得結束這個漫長的編著系列的時刻終於到來，我想盡可能地嘗試另外一種模式：使用從前發表的文本，去梳理一個特定故事的脈絡，從它最早的現存形式開始，直到後來的發展。《貝倫與露西恩》就這樣問世了。在我編輯的《胡林的子女》（二〇〇七年）中，我的確曾在附錄中介紹了故事在後續版本中經歷的主要改動，但在《貝倫與露西恩》中，我實際上完整引用了早期的文稿，從《失落的傳說》中最早的形式開始。既然已經確認《剛多林的陷落》將是我編輯的最後一本書，我在書中也採用了同樣的有趣形式。

在這種模式下，一些後來被放棄的段落乃至已經羽翼豐滿的概念也得以重見天日。《貝倫與露西恩》中貓王泰維多那短暫卻引人注目的出場就屬於此列。在這個方面，《剛多林的陷落》是獨一無二的。原始版本的傳說清楚、詳細地描述了剛多林如何遭到無法想像的新武器壓倒性的攻擊，甚至寫出了城中那些建築被燒毀、著名戰士犧牲之地的具體名稱。而在後來的版本中，毀滅和戰鬥被縮減成了一段文字。

中洲各個紀元乃是一體，最能清楚說明這一點的就是遠古時代的人物在《魔戒》中的再現——是人物真正的出場，而不僅僅是作為回憶被提到。恩特樹鬚確實十分古老；恩特是第三紀元存世的最古老的種族。當樹鬚抱著梅里雅達克和皮瑞格林（皮聘）穿過范貢森林時，他向他們吟誦：

塔薩瑞南的柳蔭地，我在春日散步。
啊，南塔薩瑞安的春日景色與氣息！

而眾水的主宰烏歐牟來到中洲，在塔薩瑞南對圖奧開言，的確是樹鬚在范貢森林對兩個哈比人吟誦前很久很久以前的事了。此外，在故事的結尾，我們還會讀到埃雅仁德爾[3]的兒子埃爾隆德和埃爾洛斯，他們在後來的紀元中一個成為幽谷之主，一個成為努門諾爾的開國之王。在這個故事中，他們還非常年輕，被納入了費艾諾眾子之一的保護之下。

*

但我在這裡要介紹「造船者」奇爾丹這個人物，他堪稱所有紀元的標誌。他是精靈三戒之一——火戒納雅的保管者，後來他將它交給了甘道夫。據說，「他是中洲最有遠見之人」。在第一紀元，他是貝烈瑞安德海濱的兩座港口布礫松巴爾與埃格拉瑞斯特的領主。淚雨之戰後，魔苟斯摧毀了海港，奇爾丹帶領殘餘的臣民逃到了巴拉爾島。在巴拉爾島和西瑞安河口，他重新開始造船，並且應剛多林之王圖爾鞏的要求，造了七艘大船。這七艘船駛向西方，但都是一去杳無音訊，直到最後一艘——被派出剛多林的沃隆威就在那艘船上。他在沉船後倖存下來，在那場前往隱匿之城的偉大旅途中做了圖奧的嚮導與同伴。

很久之後，奇爾丹在把火戒交托給甘道夫時宣稱：「至於我，我的心緊繫大海，我將住在這片灰色的海濱，直到最後一艘船啟航。」因此，奇爾丹在第三紀元的最後一天最後一次出場。當埃爾隆德（愛隆）與加拉德瑞爾（凱蘭崔爾）攜同比爾博與佛羅多騎馬來到灰港大

門前時，甘道夫就在那裡等候他們，

造船者奇爾丹前來迎接他們。他身量極高，鬍子很長，年紀也十分蒼老，但目如朗星，神采銳利。他看著他們，鞠了一躬，說：「一切都準備好了。」於是，奇爾丹領他們來到港口，那裡泊著一艘白船……

告別之後，即將遠行的人們登上了船：

船帆升起，海風吹拂，那只船慢慢駛離了長長的灰色峽灣。佛羅多帶著加拉德瑞爾的水晶瓶，它的光芒閃了閃，終於消失了。大船駛進大海，穿過大海進入了西方……

就這樣步上了第一紀元即將結束時圖奧與伊綴爾的後塵，他們「一同出海，向著日落的西方揚帆而去，從此不再被歌謠與傳說提到」。

＊

3 譯者注：埃雅仁德爾（Eärendel），「埃雅仁迪爾」的早期形式。

《剛多林的陷落》在講述的過程中，彙聚了很多對其他傳說、地點和時代的側面引述——過去發生的事件決定了當前故事裡的行為和推測。遇到這種情況，我常有去解說，或至少是提示的強烈衝動，但考慮到本書的目的，我沒有在正文中插入數字標注或添加注釋。我的目標是提供這種性質的援助，但援助的形式是想忽略就可以輕鬆忽略的。

首先，我加入了一篇「導言」，引用了家父寫於一九二六年的《神話概要》，以便用他自己的語言描述世界從誕生起的種種，直到那些最終導致剛多林奠基的事件。此外，我在很多情況下使用名詞清單給出比名字的含義完整得多的解釋，並且還在名詞列表之後另外附上了幾篇針對各種五花八門的話題而撰寫的明，內容包括創世、「埃雅仁德爾」這個名字的含義，以及曼督斯的預言。

名稱或名稱拼法的變化，處理起來當然是十分棘手的，更複雜的是，文稿中出現一個特定的詞形時，完全不能證明文稿本身的相對寫作日期。家父若是注意到有必要，就會在間隔很遠的時期對同一份文稿進行同樣的修改。我的目的不在於讓整本書達成一致，也就是說，我既不曾在全書中統一名稱，也不曾處處沿襲手稿中的形式，而是視情況而定，允許名稱的變體存在。因此，我保留了烏歐牟的早期形式「伊爾米爾」（Ylmir），因為它符合語言學的基本規則；但對「眾鷹之王」，我向來採用「梭隆多」（Thorondor），而不是「梭恩多」（Thorndor），因為家父顯然打算把它徹底改掉。

最後，我對本書內容的安排方式也不同於《貝倫與露西恩》。我首先依照順序給出了傳說的各版文稿，並且很少或完全不評論。接下來是一段關於故事演變的介紹，並且討論了家父在最後一個版本的故事中，就在圖奧進入剛多林的最後一道大門時，令人深感遺憾地停了筆。

我要重複我將近四十年前所寫的內容來作結。

這個述及圖奧在剛多林的旅居、他與伊綴爾·凱勒布琳達爾的結合、埃雅仁迪爾的出生、邁格林的背叛、城邦的陷落和倖存者的逃離的故事，這個在家父對第一紀元的想像中處於核心地位的故事，家父平生寫出的完整版本卻僅有一個，便是那部創作於青年時代的文稿，這樣的事實可謂極不尋常。

剛多林與納國斯隆德曾被造就一次，且從未被重造。它們依然是動人的原始形象——也許正是因為從未被重造，才愈發動人；也許正是因為如此動人，才從未被重造。

誠然，家父曾經著手重造剛多林，但他從未再次抵達那座城市。在攀上歐爾法赫·埃霍爾的無盡山坡，穿過長長的一串前哨大門之後，圖奧望見了坐落在平原當中的剛多林的美景；而家父就在此停筆，再未重走穿過圖姆拉登的路。

值此「三大傳說」的第三部（也是最後一部）即將以「其自身的歷史」出版之際，我要寫幾句話向艾倫·李（Alan Lee）致意——每一部傳說的插圖都出自他手。他從遠古時代那廣大的範圍中甄選了一個個場景和事件，並在畫作中體現了他對其內在本質的深刻洞見。

在《胡林的子女》中，他想像並展現了被俘的胡林，被鎖在桑戈洛錐姆的石椅上，聽著魔苟斯可怕的詛咒。在《貝倫與露西恩》中，他想像並展現了費艾諾僅存的兩個兒子，一動不動地騎在馬上，望著西方天空中的那顆新星——它正是一顆精靈寶鑽，曾有那麼多的人為它喪生。而在《剛多林的陷落》中，他站在圖奧身邊，與他一起驚歎眼前隱匿之城的美景——他為了找到它，走了那麼遠的路。

最後，我非常感謝哈珀．柯林斯（Harper Collins）的克里斯．史密斯（Chris Smith），他在準備這本書的資料時給了我極大的幫助，尤其憑藉他對出版要求和本書性質的雙重瞭解而力求準確。我也感謝我的妻子貝莉，如果沒有她在這本書漫長的製作過程中堅定不移的支持，它絕不可能問世。我還要感謝每一個好心地給我寫信的人——彼時，《貝倫與露西恩》似乎就是我編的最後一本書了。

導言

我將重申我在《貝倫與露西恩》開篇引用的內容，以此作為本書的開頭——家父寫於一九六四年的一封信。他在信中說，《剛多林的陷落》是他「異想天開」，於「一九一七年因病離開軍隊休養期間」寫成的，最早版本的《貝倫與露西恩》也寫於同年。

這個故事到底寫於哪年仍有爭議，因為家父還有不同的說法。他在一九五五年六月的一封信[4]中說：「《剛多林的陷落》（以及埃雅仁迪爾的誕生）是在醫院裡寫的，那是一九一六年我從索姆河戰役中倖存之後的休假期間。」同年，他在寫給W. H. 奧登的一封信[5]裡把寫作日期說成是「一九一六年底因病休養期

4 譯者注：參見《托爾金書信集》，信件一六五號。

5 譯者注：參見《托爾金書信集》，信件一六三號。

間」。據我所知，他最早提到此事，是在一九四四年四月三十日寫給我的信[6]裡，對我當時的經歷表示同情。他說：「我最早動筆寫作諾姆族的歷史[7]，是在擁擠不堪，又充斥著留聲機喧鬧的軍隊棚屋裡。」這看起來不像在因病休養期間，但也有可能是他在病休之前就開始了寫作。

然而，就本書而言，他一九五五年寫給W. H. 奧登的那封信中所說的至關重要──它是「這個幻想世界的第一個真正的傳說」。

家父處理《剛多林的陷落》初版文稿的方式，與《緹努維爾的傳說》不同。他擦掉了《緹努維爾的傳說》那份鉛筆寫成的初版手稿，在上面重寫了一個新的版本。但對《剛多林的陷落》，他雖然大幅改動了傳說的第一版草稿，但沒有擦掉原版，而是用墨水在鉛筆原稿上寫了修訂的版本，越到後來，改動的篇幅就越大。有些地方還能辨認出底下的文字。從這些段落中可以看出，修訂稿與初稿還是相當接近的。

基於墨水稿，家母謄寫了一份整潔的版本。考慮到文稿呈現出來的疑難程度，這份謄稿堪稱十分準確。之後，家父又對這份文稿進行了很多修改，這些改動絕不可能是一次完成的。雖然研究家父的著作必然脫不開複雜文稿版本的問題，但我不打算在本書中探討這個問題。我在此提供的文稿是家母的謄本，其中包含了對它進行過的修訂。

在這裡我們必須提到，很多對初版手稿的改動都發生在家父一九二〇年春天向牛津大學埃克塞特學院的散文俱樂部朗讀這個傳說之前。他抱著歉意進行介紹，解釋自己為何沒有選擇一篇「散文」，而是選了這篇作品時，是這樣說的：「當然，它從沒見過天日。在過去的一段時間裡，一整套發生在我自己想像出來的『精靈之地』裡的事件已經在我腦海中成熟起來（更確切地說，是構造出來）。我已經草草寫下了一些篇章。這個故事並不是其中最好的，但它是迄今唯一一篇修訂過的，儘管修訂得還很不夠，它仍是唯一一篇我敢朗讀出來的。」

傳說最初題為「圖奧與剛多林的流亡者」，但家父後來一直稱它為《剛多林的陷落》，我也是這樣做的。手稿中，標題之後是這樣一句話：「由此引出埃雅仁德爾的偉大傳說。」孤島上講述這個傳說故事（關於背景，參見《貝倫與露西恩》第二十六頁）的是童心（伊爾菲尼歐爾），他正是那位曾在傳說中扮演過重要角色的布隆威格（沃隆威）的兒子。

剛多林的陷落作為遠古時代三大傳說的第三部，其正面敘述理應體現出諸神與精靈的世界裡發生的巨大變化，而且這項變化其實就是故事的一部分。這些事件有必要在此簡略介紹一下，但我覺得，這份介紹與其由我來寫，倒不如採用家父親筆寫下的獨具一格的概述。這樣的概述，可以在一部家父稱為「原始的《精靈寶鑽》」（又稱《神話概要》）的作品裡看到。它最初寫於一九二六年，後來經過了修訂。我在《貝倫與露西恩》中就引用了這篇作

6 譯者注：參見《托爾金書信集》，信件六四號。

7 關於那支被稱為諾多族（Noldoli，後改作Noldor）的精靈部族被稱為「諾姆族」（Gnomes）一事，參見《貝倫與露西恩》第二七頁。

品，在本書中也把它作為《剛多林的陷落》傳說演變過程中的一個要素加以引用。不過，在本書中，我採用它的目的在於簡明扼要地敘述剛多林問世之前的歷史，而且它還具有一項優勢，就是它本身也源自很早的時期。

鑒於收錄它的目的，我省略了其中與本書內容無關的段落，並且為了清楚起見，隨處做了一些微末修改和補充。我編輯的文本始於《神話概要》的原稿開頭。

在九位維拉被派來掌管世界之後，魔苟斯（黑暗惡魔）不服曼威的領導，掀起反叛，推倒了造來照亮世界的巨燈，淹沒了眾維拉（諸神）居住的阿爾瑪仁島。他在北方興建了一座地底宮殿。眾維拉遷往極西之地，西鄰外環海與終極之牆，東抵諸神造就的巍峨的維林諾山脈。在維林諾，他們收聚了所有的光明和美好之物，建造了他們的宅邸、花園和城市，而曼威和他的妻子瓦爾妲的宮殿位於至高之山（塔尼魁提爾）上，從那裡他們可以越過整個世界，看到黑暗的東方。雅凡娜·帕露瑞恩在維林諾平原中央，維爾瑪城的大門外種下了雙聖樹。它們在她的歌聲中成長起來，一棵的葉子色澤深綠，葉背是閃耀的銀色，開著如同櫻花的白色花朵，每朵花都滴下一滴銀光的露珠；另一棵的葉子是嫩綠色的，葉緣是金色，就像山毛櫸，開著如同金菖蒲的黃色花朵，散發出熱量和熾熱的光。每棵樹都有七個鐘頭的盛開，七個鐘頭的凋謝；因此，一天之中有兩次光暈柔和的時段，每棵樹的光芒都很微弱，交融在一起。

域外之地（中洲）被黑暗籠罩。魔苟斯撲滅兩盞巨燈之後，萬物都停止了生長。大地上有黑暗的森林，林中有紫杉、冷杉和常春藤。歐洛米有時會去林中狩獵，但在北方，魔苟斯和他手下的大群惡魔（炎魔）以及奧克（即半獸人，又稱「格拉姆惑斯」或「仇恨之民」）占據了優勢。瓦爾妲看到黑暗，受到觸動，便動用所有積攢的銀樹熙爾皮安的光，創造並散播了群星。

大地的兒女——埃爾達（精靈）就在群星完成的時候甦醒了。他們居住在東方星光照耀的「甦醒之水」奎維耶能邊。歐洛米發現了他們，他們的美占據了他的心。他飛馳回維林諾向眾維拉報訊。眾維拉因此記起了他們對大地的責任，因為他們在進入世界時便知道自己的職責——為將在指定之時到來的兩支大地上的種族治理大地。此後，他們發動了對北方堡壘（「鐵地獄」安格班）的遠征，但是安格班已經過於強大，他們無法摧毀。儘管如此，魔苟斯還是遭到俘虜，被押到了住在維林諾北部的曼督斯的殿堂。

埃爾達（精靈一族）被邀請前往維林諾，因為眾維拉擔憂魔苟斯的邪惡造物仍在黑暗中遊蕩。歐洛米騎著白馬，帶領埃爾達離開東方，踏上了漫長的遷移之路。埃爾達分為三批，一批後來得名昆迪（光明精靈），由英格威領導；一批後來得名諾多族（諾姆族或淵博精靈）；一批後來得名泰勒瑞族（海洋精靈）。很多精靈在途中脫隊，在世間的森林中漫遊，形成了不同的伊爾科林迪（不曾在維林諾的科爾居住過的精靈）部落。辛葛是他們的領袖，他聽到美麗安和她的夜鶯的歌聲，被迷住了，沉睡了一個紀元。美麗安是維拉羅瑞恩麾下的神聖少女之一，她有時會去外面的世界遊蕩。辛葛與美麗安做了多瑞亞斯的森林精靈的王與王后，生活在一處名叫「千石窟宮殿」的王宮中。

餘下的精靈來到了西部大地盡頭的海濱。那時，海岸在北方向西傾斜，只有一片狹窄的海域隔在中洲與諸神之地的中間。這片狹窄的海域滿是尖利的堅冰。但在大批精靈到達的地方，向西鋪展開去的只有遼闊的暗沉海面。

司掌海洋的維拉有兩位。烏歐牟（伊爾米爾）是曼威之下最強大的維拉，他是所有水域的主宰，但經常居住在維林諾或外環海。歐西和頭髮遍及整片海洋的烏妮夫人則更愛世間的大海，那片大海拍打著維林諾山脈腳下的海灘。烏歐牟把那座眾維拉最初居住，如今半被淹沒的阿爾瑪仁島連根拔起，令最先到達的諾多族和昆迪登上那座島，將他們載去了維林諾。泰勒瑞族為了等待烏歐牟，在大海岸邊居住了一段時間，因此他們熱愛大海。當他們也被烏歐牟送往維林諾時，歐西出於嫉妒和對他們歌聲的喜愛，把那座島鎖在了仙境海灣的海底，從那裡可以隱約看到維林諾山脈。那座島附近沒有別的陸地，因而得名「孤島」。泰勒瑞族在島上居住了漫長的時間，不但語言發生了改變，還向歐西學習了奇異的音樂，歐西也造出海鳥來取悅他們。

諸神送給其他來到維林諾的埃爾達一個家。即便身處雙聖樹照亮的維林諾花園中，精靈們依然渴望一睹群星，所以維拉在環護維林諾的山脈中開出一個豁口，在豁口中的一處深谷裡，他們堆起了一座綠色的小山——科爾。科爾山的西面被雙聖樹照亮，向東望去則能看見仙境海灣和孤島，以及更遠的黯影海域。因此，維林諾的蒙福之光便有一部分滲入了域外之地（中洲），這光照在孤島上，使它的西面海岸變得青翠美麗。

在科爾山頂，建起了名為圖恩的精靈之城。昆迪成為曼威和瓦爾妲最愛的一族，諾多族則最受奧力（工匠之神）和智者曼督斯的青睞。諾多族發明了寶石。他們造出了數不清的寶石，它們遍布在整座圖恩城乃至諸神的所有殿堂裡。

芬威的長子費艾諾[8]是諾多族當中技藝與魔法最精湛的一位。他琢造了三顆寶石（精靈寶鑽），在寶石中嵌入了融合雙聖樹之光的鮮活光焰。它們發出獨特的光，不潔的手接觸到會被灼傷。

泰勒瑞族看到遠方維林諾的光輝，感到左右為難，因為他們既想與親族團聚，又想住在海邊。烏歐牟教會了他們造船的手藝。歐西做出了讓步，贈給他們天鵝，他們利用許多天鵝拉動航船，駛去了維林諾，居住在那裡的海濱。他們能看見雙聖樹之光，倘若想去便可前往維爾瑪，同時又能在經過科爾，自隘口透出的輝光照亮的水面上揚帆起舞。其他埃爾達贈給他們很多寶石，尤其是蛋白石、鑽石和別的淺色水晶，這些寶石被撒在仙境海灣的海灘上。他們自己則發現了珍珠。他們的主要城鎮是坐落在科爾隘口以北的海岸上的天鵝港。

如今，諸神遭到了魔苟斯的蒙蔽。他之前被關在曼督斯的牢獄裡，受到的懲罰逐漸減

---

8 芬威是率領諾多族離開奎維耶能，踏上偉大旅程的領袖。費艾諾是他的長子；芬國昐是他的次子，也是芬鞏和圖爾鞏的父親；菲納芬是他的三子，也是芬羅德·費拉貢德的父親。

輕，在七個紀元過去之後，他刑期已滿，來到了齊聚的諸神面前。埃爾達也在場，他們坐在諸神膝邊。魔苟斯滿懷貪婪和惡意地看著他們，尤其垂涎那三顆寶鑽。但他掩飾了仇恨和報復的欲望。他先是獲准居住在維林諾一處簡樸的房舍裡，過了一段時間，就得以自由地四處走動，只有烏歐牟有不祥的預感，而當初俘虜過他的強壯的托卡斯也監視著他。魔苟斯在很多事務中幫助了精靈，但逐漸用謊言毒害了他們的安寧。

他主張，諸神把精靈帶到維林諾是出於嫉妒，因為他們害怕精靈那非凡的技能、魔法和美在外面的世界裡會變得過於強大。昆迪和泰勒瑞族不為所動，但精靈當中最聰明的諾多族受到了影響。他們開始不時抱怨諸神及另外兩支親族，對自己的技藝充滿了自負。

魔苟斯尤其煽起了費艾諾心中的火焰，他始終垂涎著那三顆不朽的精靈寶鑽，儘管費艾諾已經對所有膽敢染指精靈寶鑽者，無論是神、精靈還是尚未問世的凡人，下了永遠的詛咒。魔苟斯騙費艾諾，說芬國盼和他兒子芬鞏正密謀從費艾諾和他兒子們手中篡奪諾姆族精靈的領導權，取得精靈寶鑽。芬威的兒子們發生了爭執。費艾諾被召到諸神面前，魔苟斯的謊言被揭露出來。費艾諾被放逐出了圖恩，與他同行的還有最愛長子費艾諾的芬威，以及很多諾姆族精靈。在維林諾北部，他們在曼督斯廳堂附近的山上建了一座寶庫。芬國盼統治著留在圖恩的諾姆族。如此一來，魔苟斯的說法就顯得有理有據，即便他的話被證明不實，他所播下的苦恨卻沒有消解。

托卡斯領命前去再次鎖拿魔苟斯，但他從科爾隘口逃走，去了塔尼魁提爾山腳下那片名為阿瓦林的黑暗地帶，彼處有著全世界最濃重的陰影。他在那裡找到了「編織黑暗者」烏苟立安特，她住在群山的一道裂罅裡，吸收了光或發光之物，再將它們吐出來織成令人窒息的黑暗、迷霧與昏暗之網。魔苟斯與烏苟立安特一同策畫報復。只有一種可怕的獎賞才能使她敢去冒進入維林諾或被諸神發現的危險。她編織了一片濃稠的昏暗來保護自己，用蛛絲從一座山峰蕩到另一座山峰，終於爬上了維林諾南部的最高峰（那裡山勢高峻，且離魔苟斯的古時堡壘很遠，因此無人守衛）。她編了一條魔苟斯能爬的繩梯。他們潛入了維林諾。魔苟斯猛刺雙聖樹，烏苟立安特吸乾了它們的樹液，吐出黑雲。在毒劍與烏苟立安特的毒吻之下，雙聖樹慢慢地凋萎了。

正午時分變暗的天色使諸神大驚，團團黑色的蒸汽飄進了城中的大街小巷。他們察覺得太遲了。就在他們圍著雙聖樹哀哭的時候，它們枯死了。但托卡斯、歐洛米和其他許多人騎上馬，在聚攏的昏暗中追擊魔苟斯。魔苟斯去到哪裡，烏苟立安特所織的網就在哪裡造出最深濃的令人迷惑的黑暗。芬威寶庫那邊的諾姆族趕來報告說，魔苟斯獲得一隻黑暗蜘蛛的幫助，他們看到二者朝北逃跑了。魔苟斯曾在他們的寶庫暫停了逃亡的腳步，殺害了芬威和他的許多部下，奪走了精靈寶鑽和大批精靈最珍貴的珠寶。

與此同時，魔苟斯在烏苟立安特的幫助下向北逃脫，穿過了堅冰海峽。當他回到世界的北部地方，烏苟立安特勒令他支付她的另一半報酬。前一半是雙聖樹的汁液。現在她要求得到一半的珠寶。魔苟斯交出了珠寶，她吞噬了它們。此時的她變得巨碩恐怖，但他不肯分給她任何一顆精靈寶鑽。她用黑網困住他，但他被揮舞火鞭的炎魔和大批奧克軍隊救了出來，而烏苟立安特逃去了南方極遠處。

魔苟斯回到了安格班，勢力大漲，手下的惡魔和奧克變得不計其數。他打造了一頂鐵王冠，將精靈寶鑽鑲嵌在王冠上，儘管他的雙手被它們灼得焦黑，而且永遠擺脫不了燒灼帶來的疼痛。他一刻也不曾摘下那頂王冠，也從不曾離開他堡壘的幽深地穴，而是坐在地底的王座上統治著龐大的軍隊。

在確知魔苟斯已經逃脫後，深受打擊的諸神聚在枯萎的雙樹旁靜坐了許久，在黑暗中一語不發，什麼也不關心。魔苟斯選擇進攻的日子是整個維林諾的節日。按照慣例，在這一天，為首的幾位維拉和許多精靈（尤其是昆迪）會沿著漫長而蜿蜒的山路，爬上塔尼魁提爾山頂曼威的王宮，登山的隊伍長得看不見盡頭。所有昆迪和一部分諾多族（那些仍然居住在圖恩，由芬國盼領導的諾多族）去了塔尼魁提爾山，當哨兵們遠遠望見雙聖樹凋滅時，他們正在峰頂歌唱。大多數諾多族都在平原上，而泰勒瑞族在海邊。此時，隨著雙聖樹的死亡，迷霧和黑暗從海上飄來，湧進了科爾隘口。費艾諾召喚諾姆族前往圖恩（反抗對他的放逐判決）。

龐大的人群聚集在科爾山頂、英格之塔腳下的廣場上，廣場被眾多火把照亮。費艾諾發表了一席激烈的演講，雖然他的憤怒是針對魔苟斯的，但他的話在一定程度上卻是魔苟斯謊言的結果。他要求諾姆族在諸神仍沉浸在哀痛中時，在黑暗中出奔，去凡世尋找自由，去追擊魔苟斯，因為維林諾不再比外面的世界更受眷顧。芬國盼與芬鞏發言反對他。集聚的諾姆族贊成出奔，芬國盼與芬鞏屈服了，他們不會拋棄自己的子民，而圖恩的諾多族仍有超過半數聽從他們的號令。

諾多族的出奔開始了。泰勒瑞族不肯加入。諾姆族沒有船就無法離去，也不敢穿過堅冰海峽。他們試圖奪走天鵝港的天鵝船，衝突隨之爆發（大地上各個親族之間的第一次衝突）。眾多泰勒瑞族被殺害，他們的船被奪走了。諾姆族因此受到了詛咒，他們今後必將常常遭受本族的背叛，並且時時擔憂遭到背叛，這是對他們血濺天鵝港的懲罰。他們沿著維林諾的海岸向北航行。曼督斯派來一名使者，站在一處高崖上，在他們駛過時叫住他們，警示他們回頭。當他們拒絕的時候，使者說出了關乎未來命運的「曼督斯預言」。

諾姆族來到海面變得狹窄之處，準備啟航。當他們在岸上紮營時，費艾諾及其眾子帶著部下揚帆而去，駛走了所有的船隻，無情無義地將芬國昐留在對岸，天鵝港的詛咒由此開始。他們一在東方登陸就燒毀了船隻，芬國昐的子民看見了映入天際的火光。這火光奧克也看見了，從而得知有人登陸了。

芬國昐的子民悲慘地徘徊。芬國昐手下的一些人返回了維林諾，尋求諸神的寬恕。芬鞏帶領大隊人馬向北而行，越過了堅冰海峽。很多人死去了。

家父在里茲大學任教期間動筆寫下的詩歌當中（最著名的就是頭韻體的〈胡林的子女之歌〉），有一首是〈諾多族從維林諾的出奔〉。這首詩也是頭韻體，家父寫了一五〇行就停了筆。可以肯定的是，它寫於里茲，（我認為極有可能）是在一九二五年，那一年家父接受了牛津大學盎格魯—撒克遜教授的職位。我將引用這首殘詩的片段，始於「龐大的人群聚集在科爾山頂的廣場上」，費艾諾在那裡「發表了一席激烈的演講」，具體描述見於《神話概要》（第二四頁）的一段。第四行和第十六行出現的「芬恩」這個名字，是費艾諾的父親芬威的諾姆族語形式。第四九行的「布瑞第爾」，是瓦爾妲的諾姆族語名字。

諾姆族按氏族與名字，清點人數，
在科爾山巔，宏偉的廣場
序列成行。響亮的呼喊
來自狂怒的芬恩之子。他手中高舉
燃燒的火把揮舞，
這雙巧手，精通工藝的不傳之祕，
於魔法與技巧，
無論諾姆還是凡人，皆無出其右。
「且看！我的父親，倒在惡魔刀下，
就在自家門口，飲下死亡的苦酒；
無與倫比的三顆寶鑽，曾被
深藏在他的寶庫中，嚴密看守。
諾姆、精靈、九位維拉，
甚至當初的鍛造者，芬恩之子費艾諾

也不能以魔法或巧藝，
在世間將它們複製，或重新燃起——
他用以引燃的光，已經消逝，
仙境的命運，轉折已至。

我們愚蠢輕信，諸神卻
報以嫉妒，在他們的禁錮下
甜蜜的牢籠裡，我們服侍歌頌，
為他們雕琢寶石，鑲嵌飾物，
以我們的美好，為其暇餘增色。
而他們浪擲了多少時光，
端坐高堂，聚議無數，
仍拿不下一個魔苟斯。一起來吧！各位，
擁有勇氣與希望的你！聽我呼喚
一起奔向自由，在那遙遠的土地！
在那裡，密林如同廣廈
仍在沉睡，沉浸在幽暗的夢裡，
向無人跡的平原，危機四伏的海岸

從未有月光照耀，露水點綴的
晨光，也從未照亮彼方，
這一切，正等待果敢的腳步前往，
昏暗圍繞的諸神花園中
無所事事的空虛日子，哪裡比得上。

誠然——那曾經照亮此處的光
不可思議的美好，曾俘虜我們
如此久長！但如今光明已逝。
我們的珍寶遭劫失落；
三顆寶鑽，我的三顆寶鑽，三重魔力的
剔透寶石，閃動著不死的輝光，
乃是以鮮活的燦爛，萬千的光彩
引燃點亮，而今那熱切的火焰——
已被魔苟斯奪去他的恐怖堡壘，
我的寶鑽已落入他的魔掌。我在此立下
牢不可破的誓言，讓它從此將我約束，
以蒂姆布倫廷峰，和留駐在峰頂永恆殿堂中

蒙福的布瑞第爾之名——
願她聽取我的誓言——我將追擊不懈，
不知疲倦，不肯動搖，飄洋過海，
穿過迢迢千里，翻過孤寂的山脈，
越過沼澤森林，涉過可畏的冰雪，
直到我尋回那美輪美奐的珍寶，其中
密藏著精靈之地的運數與天命，
如今神聖之光唯獨在它們之中留存。」
於是他的七個兒子、血親手足，
機巧的庫茹芬，俊美的凱勒鞏，

雙生的達姆羅德與狄瑞爾，黑髮的克蘭希爾，
非凡的歌手瑪格洛爾，高大的邁德洛斯
（身為長兄，他熱血沸騰，熊熊銳氣，
更勝乃父的火焰，更勝費艾諾的憤怒；
等候他的，是命運的殘酷意圖），
他們大笑著挺身而出，在父親身邊，
把臂握手，就此輕率許下

牢不可破的誓言；從此鮮血流淌猶如汪洋，多少勇士銷折了寶劍，至今未已。

*

失落的傳說之剛多林的陷落

布隆威格的兒子童心說：要知道，圖奧是一個人類，在十分遙遠的過去，生活在那片名叫「黯影之地」多爾羅明的北方大地上。在埃爾達中，數諾多族最瞭解那地。

圖奧出身的那支民族在森林裡、高地上遊蕩，他們不知道也不歌頌大海。不過，圖奧不和他們一起生活，而是獨自住在一座名叫米斯林的湖附近，有時在湖畔的林中打獵，有時在岸邊用他以熊筋和木頭做成的簡陋豎琴彈奏樂曲。眾人聽說他那粗獷的歌聲含有力量，紛紛從遠近前來聽他彈唱，但是圖奧不再歌唱，動身去了偏僻荒涼的地方。他在那裡見識了諸多新奇的事物，並且從流浪的諾多族那裡學到了他們的語言與傳承學識，但他命中註定不會永遠留在那片森林中。

據說，有一天魔法和命運將他引到了一個巨大洞穴的入口，洞中有一條發源於米斯林湖的暗河流淌。圖奧想要探查洞中的祕密，便進了山洞，不過米斯林的河水將他沖進了山中深處，他可能再也回不到日光下了。據說，這是眾水之王烏歐牟的旨意，從前諾多族正是應他的要求，開鑿了這條隱祕之路。

接著，諾多族來見圖奧，領他沿著山中的黑暗通道前行，直到他再次來到光天化日下，看見那條湍急的暗河在一座極深的壑谷中奔流，兩邊都是高不可攀的峭壁。圖奧此時不再想折返，而是繼續往前走，那條河領他一路西行。

太陽從他背後升起，在他面前落下。但凡河水在眾多大礫石間濺起泡沫或瀉落成瀑布的地方，水上不時會織出橫跨壑谷的彩虹，不過到了傍晚，光滑的谷壁會在夕陽下閃閃發光。由於這些原因，圖奧將這座壑谷取名為「金色裂隙」或「以彩虹為頂的溪谷」，也就是諾姆族語中的「格羅法爾克」或「克瑞斯．伊爾布蘭泰洛絲」[9]。

圖奧在谷中旅行了三天，喝這條祕河裡的水，吃其中的魚——魚的顏色有金、有藍、有銀，且有多種奇妙的形狀。終於，壑谷變寬了，隨著河面漸漸開闊，兩岸的峭壁也變得越來越低矮，越來越崎嶇，河床上有更多的大礫石阻礙，河水沖擊礫石，濺起無數泡沫和水柱。圖奧常常一坐就是很久，凝視著飛濺的水花，聆聽著水聲，然後他會起身從一塊石頭躍向另一塊石頭，一邊前進一邊歌唱；或者，當群星出現在河谷上方那一道狹窄的天空中，他會放聲應和疾撥琴弦的銳響。

有一天，黃昏已深，圖奧在長途勞頓之後，聽見了一聲呼叫，他辨認不出那是什麼生物的叫聲。他先是說：「這是仙子吧。」又說：「不對，只是一隻在亂石間哀號的小獸。」再想想，他又覺得那是一種不知名的鳥，以一種他從不曾聽過的聲音在鳴叫，那聲音異乎尋常地悲傷。他在沿著金色裂隙信步而行的一路上都沒聽到任何鳥叫，所以他雖然覺得這個聲音十分哀傷，但還是很高興聽到。次日早晨的某個時刻，他聽見頭頂的空中傳來了同樣的叫聲。他抬頭張望，只見三隻白色的大鳥正拍動強壯的翅膀，往壑谷上游飛去，牠們發出的叫聲就和他昨日在暮色中聽見的一模一樣。牠們是海鷗，是歐西的鳥兒。

在河道的這一段，激流中間有著一個個岩石小島，而在河谷岸邊，又有一塊塊白沙環繞的落石，所以路很難走。圖奧探尋了半天，才終於找到一個地方，讓他得以費力地攀上懸崖。接著，有一股清新的風吹到他臉上，他說：「這風真好，像飲酒一樣醉人。」不過，他不知道自己離大海的疆域已經很近了。

他在河流上方繼續前行，看見壑谷又漸漸收窄，兩邊崖壁拔地而起，高高聳立，因此他走在崖頂高處，來到一條窄河槽邊，河槽裡水聲響亮。圖奧向下望去，只覺得目睹了一幕恢弘的奇景——一股洶湧的洪水順著窄槽倒灌向河水的源頭，但是從遙遠的米斯林湖流下來的河水向前奔流如故，結果洪水像一堵牆那樣升起，幾乎直抵崖頂，水牆頂端水沫飛濺，隨風扭曲。之後，來自米斯林湖的河水被打來的洪流逼退，洪水襲入，咆哮著倒湧入河槽，淹沒了那些岩石小島，攪動了白沙。不諳大海脾性的圖奧見狀，感到惶恐，便逃跑了；不過，眾

9 譯者注：格羅法爾克：Glorfalc。克瑞斯・伊爾布蘭泰洛絲：Cris Ilbranteloth。

愛努事先讓他心中動念，提前爬出了溪谷，否則他就被打來的潮水淹沒了，因為一陣從西方吹來的強風使海潮異常猛烈。隨後，圖奧發現自己來到一片不長樹木的崎嶇地帶，從日落之處吹來的風颳過那片地區，所有的灌木叢都受那恆風的影響，向日出的方向傾斜。他在那裡遊蕩了一段時間，最後走到了臨海的黑崖邊，生平第一次看見了大海的波濤。那一刻，太陽沉落到遠方的海平線之下，大地的邊緣之外，他張開雙臂站在崖頂，心中充滿了異常強烈的嚮往。有人說，他是第一個到達大海邊，目睹它，瞭解到它所帶來的渴望的凡人，不過我不知道他們說得對不對。

他在那片地區安頓下來，住在一個被黝黑的巨岩遮蔽的小海灣裡。灣裡的地面鋪滿白沙，只在潮水上漲時才會被藍色的海水淹沒一部分；也只有在最猛烈的暴風雨襲來時，泡沫才會沖進海灣。他獨自在那裡旅居了很長一段時間，在海濱漫步，在退潮時踏著礁石行走。他看見並熟悉了一個個的水塘、大片大片的水草、滴水的岩洞和陌生的海鳥，對這些驚歎不已。但是，在他看來，潮水的漲落和海浪的聲音，始終都是最不可思議的，永遠都是難以想像的全新事物。

他曾經划著一艘船首形如天鵝頸的小船，在米斯林湖的平靜水面上來往，那裡野鴨或水雞的聲音能傳得很遠，不過他在找到祕河的那天就失去了那艘船。他還不曾冒險出海，但心中一直有一股對大海的奇怪渴望在催促他，在太陽沉落到海際下之後的寧靜傍晚，那股渴望會變得格外強烈。

他有木材，它們是沿著那條祕河漂下來的。那是一種上等的木料，是諾多族在多爾羅明的森林裡砍伐下來，然後利用河流特意漂送給他的。但是他只在小海灣裡一處能遮風擋雨的地方建造了一座小屋，那個小海灣此後在埃爾達的傳說裡被稱為法拉斯奎爾。圖奧經過緩慢的勞作，雕刻了很多精美的雕像來裝飾他的住處，都是一些他在米斯林湖邊見過的野獸、樹木、花朵和禽鳥，其中最多的總是天鵝，因為圖奧喜愛天鵝這個徽記，後來天鵝變成了他本人、他的親族以及子民的標誌。他在那裡度過了很長一段時日，直到空曠大海的孤寂進入了他的心，即使是獨來獨往的圖奧，也渴望聽到人類的聲音了。他這種渴望多少受到了眾愛努的影響，因為烏歐牟眷愛圖奧。

夏末的一天早晨，圖奧在沿著海岸眺望時，看見高空中有三隻強健的天鵝從北飛來。他從未在這片地區見過這些鳥兒，於是，他將牠們當作一個徵兆，說：「我立志遠行，欲離此地已久。看哪！現在，我終於要動身追隨這些天鵝而去了。」且看，三隻天鵝降落在他的小海灣中，來回游了三圈，再振翅而起，沿著海岸慢慢地向南飛去。圖奧拿著豎琴和長矛，跟在牠們後面前進。

那天，圖奧趕了一整天的路，在傍晚時分來到了一片又開始有樹木生長的地區。如今他走過的地方，地貌與法拉斯奎爾周圍的海岸截然不同。圖奧見到了壯觀的懸崖，崖下遍布洞穴和巨大的噴水孔，還有深深蝕入崖壁的小海灣，但懸崖頂上是荒涼崎嶇的野地，一直延伸到東方遠處的一道藍色輪廓，那是遙遠的山嶺。然而，此刻他眼前看見的是一片綿長又傾斜的海岸以及延亙的沙灘，遠方的山嶺越來越靠近海邊，暗色的山坡上覆蓋著松樹或冷杉，圍繞山腳生長著樺樹和古老的橡樹。發源於山腳下的清泉，湍急地流下一條條狹窄的裂縫，沖上海岸，注入鹹水的波濤。有些裂縫圖奧跳不過去，路在這一帶經常很難走，但是他仍然奮力前行，因為天鵝始終飛在他前方，一會兒突然盤旋起來，一會兒又加速前進，不過從來沒有降落到地上。它們強勁鼓翼的聲音鼓舞了他。

據說，圖奧像這樣向前走了很長一段時日，儘管他不辭辛勞地趕路，那一年的冬季從北方南下的速度還是快了一籌。不過，他仍未遭野獸或惡劣氣候的摧殘，在初春時節來到了一條河的河口。比起「金色裂隙」的出口，此地不那麼靠北，也更溫和宜人。而且，他借由太陽和星星來確認方位，根據海岸的走向，判斷大海現在不在他的西邊，而是在南邊。但他前進時一直讓自己的右側朝向大海。

這條河從寬廣的河道中流下，兩岸的土地非常肥沃：一邊是長草和濕潤的綠茵，另一邊是林木扶疏的斜坡。河水緩緩注入大海，不像北方那條源自米斯林的河那樣激烈。河中遍布狹長的舌狀島嶼，島上長滿了蘆葦和茂密的灌木叢，沖積的沙洲一直到臨海處才消失。這片地區備受眾多鳥類青睞，圖奧從沒見過這麼多的鳥兒。牠們的啁啾啼囀和長聲鳴叫響徹天空，在無數拍動的白翼中，那三隻天鵝失去了蹤影，圖奧再也沒有見過牠們。

接著，圖奧由於這一路的奮力前行而疲累不堪，暫時厭倦了大海。這當中自然也少不了烏歐牟的策畫。那天晚上，諾多族來到圖奧身邊，他從睡夢中驚醒起身。在他們的藍色燈籠的引導下，他在河岸邊找到一條路，遂大步向內陸走去。他走得極快，當他右邊的天空布滿曙光時，看哪！大海和濤聲已經被他遠遠甩在了背後，而風向他迎面吹來，空氣中連海的氣息也聞不到了。如此，他很快來到了那個被稱為「蘆葦地」阿利斯吉安的地方。這片土地位於多爾羅明以南，與多爾羅明之間隔著黯影山脈，那道山脈的支脈一直延伸到大海。這條河就發源於這道山脈，即使在這片地區，它的水流也極其清澈，冰冷異常。這就是埃爾達和諾多族的歷史傳說中最著名的那條河，它在所有的語言中都被稱為「西瑞安」。圖奧在這裡休息了一陣，直到渴望驅使他再次起身，沿著河岸越走越遠，一走就是多日。彼時春光正盛，夏日未臨，他來到了一個更美的地方。在這裡，小鳥的歌聲在他周圍啁啾作響，奏出悅耳的樂曲，這世上沒有任何鳥兒能像垂柳之地的鳴禽那樣歌唱，而他如今來到了這片美妙的土地上。在這裡，西瑞安河的兩岸低矮，蜿蜒成寬大的河灣，流過一片大平原，平原上長滿了極長極綠的草，賞心悅目至極；河流的兩岸邊生長著不知有多古老的垂柳，河流寬闊的胸懷中點綴著睡蓮的葉子。時節還早，睡蓮尚未結出花苞，但在垂柳下，鳶尾花已經抽拔出利劍似的青綠葉片，莎草已叢叢林立，蘆葦也已羅列成陣。在這片黑暗的地方，住著一個竊竊低語的幽靈，它在黃昏時對圖奧低語不休，使他不願離開；到了早晨，不計其數的金毛茛花美不勝收，讓他愈發不願動身，於是他留了下來，流連忘返。

他在這裡頭一次看見了蝴蝶，為此心中欣喜；據說，所有的蝴蝶和它們的親族，都誕生於垂柳之地的山谷裡。隨後夏天來了，這是飛蛾的季節，夜晚十分溫暖。圖奧訝異於成群的蒼蠅，對蒼蠅、甲蟲和蜜蜂發出的嗡嗡聲也感到驚奇。所有這些東西，他都自行命名，並用他的老豎琴將這些名字編成了新歌；這些歌比他舊日所唱的更柔和。

烏歐牟見狀，漸漸開始擔憂，唯恐圖奧會永居此地，導致他所謀畫的那些大事無法實現。因此，他不敢再把引導圖奧的事全然托給祕密為他效力的諾多一族，因為他們出於對米爾寇的恐懼，常常動搖，而且他們也抵擋不住那片垂柳之地的魔法，因為那地的魔力十分強大。

看哪，在外環海波瀾不興的水下，烏歐牟跳上了他宮殿門口的車駕。他的車駕形如鯨魚，由獨角鯨和海獅拉著，隨著大海螺聲，他離開烏歐牟南[10]，疾馳而去。他奔行極快，只用了幾天就抵達了西瑞安河口，而不是像人們料想的數年之久。由於繼續駕車前進可能會損傷河流與河岸，愛惜所有的河流，尤其愛惜此河的烏歐牟，從河口開始下車步行。他上身穿著如同藍與銀的魚鱗一般的鎧甲，銀白的頭髮泛著藍光，垂到腳上的鬍鬚也是同樣的色澤。他沒戴頭盔，也沒戴王冠。鎧甲底下的衣擺閃著熒熒的綠光，無人知曉這衣袍是由什麼織就；但是，專心凝視它們微妙顏色的人，會覺得看見了微微動盪的深海，其間點綴著來自生活在深淵中的磷光魚的隱約光輝。他腰間繫著一串碩大的珍珠，腳上穿著一雙巨大的石鞋。

他還隨身帶來了他那支式樣奇特的偉大樂器，它由許多穿了孔的長螺旋貝殼組成。他向貝殼中吹氣，用修長的手指奏出深沉的旋律，其魔力超過任何音樂家曾用豎琴、魯特琴、七弦琴、管樂器或弓絃樂器奏出的樂曲。他沿河而上，就在圖奧逗留的地方附近，在黃昏時分坐在蘆葦叢中吹起他的貝殼樂器。圖奧聽見了樂曲，當即神遊物外。他佇立在齊膝的長草中，耳中再也聽不到昆蟲的嗡嗡聲和河水拍岸的潺潺聲，鼻中再也嗅不到鮮花的芬芳；但他聽到了濤聲和海鳥的長聲鳴叫，他的靈魂為那些岩地和散發著魚腥味的暗礁、為鸕鷀紮入水中濺起的水花和大海蝕入黑崖、發出巨大轟鳴的地方激動不已。

烏歐牟隨即起身對圖奧說話，圖奧險些嚇死，因為烏歐牟的嗓音深邃無比，正如他比萬物都要深邃的雙眼。烏歐牟說：「內心寂寞的圖奧啊，我不能讓你永遠住在這片鳥語花香的勝地，我本來也不願領你穿過這片宜人的鄉野，唉，但必須如此。現在，繼續你那命定的旅途吧，勿再耽延，因為你命中註定要去離此甚遠之地。你必須在這片土地上尋找一座城，城中居民被稱為剛多林民或石中居民；諾多族會祕密護送你去那裡，以免被米爾寇的奸細知悉。到得彼處，我將假你之口開言，你將在城裡暫居。然而，你的人生之路可能再次折向浩瀚的大海。你必定會有一個孩子，普天之下，無人能比他更瞭解至深之境，無論那是汪洋深淵還是蒼穹高空。」

然後，烏歐牟還對圖奧談到他的一些計畫和願望，但是圖奧沒有聽懂多少，又極其害怕。接著，一團如同海上氣息的迷霧出現在那片內陸地區，籠罩了烏歐牟。圖奧耳中迴蕩著烏歐牟的樂聲，十分樂意返回大海邊；但他想起所受的囑咐，便轉身沿著河流向內陸走去，就這麼一路走到了天亮。然而，聽過烏歐牟的海螺聲的人，終其一生都會聽見它的呼喚；圖奧正是如此體驗的。

天亮的時候，他疲倦地睡著了，一覺醒來，已近傍晚。諾多族來找他，為他領路。他白天睡覺，在傍晚和夜間趕路，就這樣走了多日。由於晝伏夜出的緣故，他後來很難清楚記得自己當時走過的路。圖奧和他的嚮導們堅持不懈地前行，地勢變了，出現了綿延起伏的山

10 譯者注：烏歐牟南（Ulmonan），烏歐牟的宮殿。

嶺，那條河在山腳蜿蜒流過，形成了諸多風景十分秀麗的河谷，但諾多族走到這裡，就變得緊張不安。他們說：「這片地方是米爾寇派出的仇恨之民——半獸人猖獗出沒的區域。鐵山脈就坐落在北方遠處——唉，哪怕那是一萬里格開外，也不夠遠——米爾寇的恐怖勢力就盤踞在那裡，而我們是他的奴隸。我們其實是瞞著他偷偷為你帶路，他若是知道了我們的全部作為，我們就會遭到炎魔的殘酷折磨。」

陷入這種恐懼中的諾多族，不久之後就離開了圖奧，剩他獨自一人在山中前行。據說，諾多族的離開後來證明是壞了事，因為「米爾寇眼目眾多」。當圖奧和諾姆族一起走的時候，他們領他走的是暗處的小路，通過許多祕密的隧道穿過山嶺。但是，現在他迷了路，不得不經常爬到山丘頂上，察看四周的地形。然而，他看不見任何有人居住的跡象。剛多林民的城市可不會讓人輕易找到，要知道，米爾寇和他的奸細們一直都沒發現它。儘管如此，據說那些奸細這時已經得到風聲，說有個陌生的凡人涉足這片土地，因此，米爾寇的手段和警覺都加倍了。

就在諾姆族出於恐懼而拋棄了圖奧，責罵也無益於鼓舞他人時，有一位名叫沃隆威，又稱布隆威格的精靈，不顧恐懼，仍然遠遠地跟著他。此時圖奧疲憊不堪，他坐在奔流的河水旁，內心渴望著大海，又一次想沿著這條河回到遼闊的大海和咆哮的浪濤邊。但是，那位忠誠的沃隆威走上前來，站在他身旁說：「圖奧啊，不要再想那些，有朝一日，你會再次得見你所渴望的一切。現在，起身且看，我必不離開你。我並非那些識路的諾多族，我是一個用木料和金屬製作器物的手工匠人，最近才加入護送你的行列。不過，我從前聽過疲累的奴隸們私下流傳的說法，說有一座城，諾多族如果能找到通往那城的隱祕道路，就能獲得自由。你我二人毫無疑問能找到一條通往『岩石之城』的道路，剛多林民就在那城裡享受自由。」

須知，米爾寇在淚雨之戰中殺害並奴役了大批的諾多族，對他們施了魔咒，迫使他們住在鐵地獄中，只服從他的意志與命令過活。諾多族中，唯獨剛多林民一支逃脫了米爾寇的魔爪。

圖奧和沃隆威尋找那支居民的城市，找了很久；直到多日以後，他們才來到群山中一座深深的河谷。這裡的河床遍布亂石，河水湍急，水聲響亮，河邊密密長滿了榿樹，遮蔽了河面。不過，河谷的兩壁十分陡峭，因為它們離一片沃隆威也不瞭解的高山很近。這位諾姆族在青綠的山壁上發現了一個洞口，它就像一道兩側傾斜的巨門，被茂密的灌木叢和長年糾結生長的矮樹叢覆蓋著，但這騙不過沃隆威的銳利目光。據說，這門的建造者在它周圍施下了魔法（這是靠了烏歐牟的幫助，他的力量仍在那條河中存續，儘管米爾寇的恐怖籠罩著河的兩岸），除了擁有諾多族血統的人，沒人能像這樣在無意中發現它，而若不是靠著那位堅定的諾姆族沃隆威，圖奧也發現不了。須知，剛多林民是出於對米爾寇的恐懼才把他們的住所建得如此隱祕，但即便如此，仍有很多勇敢的諾多族會偷偷離開那片高山，沿著西瑞安河順行而下。固然有許多人死於米爾寇的邪惡生物之手，但仍有許多人發現了這條有魔力的通道，最終抵達了岩石之城，壯大了城中的居民。

圖奧和沃隆威找到這道門，高興萬分，然而他們進去之後，發現裡面是一條崎嶇迂迴的漆黑通路。他們在隧道中跌跌撞撞地走了很長時間。隧道裡充滿了可怕的回聲，像有無數人緊跟在他們背後，於是，沃隆威害怕起來，說：「那是米爾寇的半獸人大軍，是山中的奧克。」他們隨即發足狂奔，在黑暗中被石頭絆倒，直到他們意識到那些腳步聲都是這個地方帶來的錯覺。就這樣，他們懷著恐懼摸索了不知多久，才來到一個遠遠有光閃爍的地方。他們奔向那點微光，發現自己來到了一道大門前，這門就像他們進來的那道門一樣，但完全沒被植物覆蓋。出了門，他們便走到了陽光下，有好一會兒什麼也看不見，但立刻就有一聲洪亮的鑼響，傳來了盔甲相碰的聲音。看哪，他們被身穿鋼甲的戰士包圍了。他們抬頭觀看，眼能視物了，且看！他們正站在陡峭的山腳下，這片山嶺圍成巨大的一圈，環抱著一片寬廣的平原。在平原上，不是正中，而是更靠近他們所在之處的地方，坐落著一座巨大的平頂山丘；在山丘頂上，矗立著一座披著晨曦的城市。

然後，沃隆威對剛多林民的守衛開口說話，他說的是動聽的諾姆族語言，因此他們能聽得懂。接著，圖奧也開口了，詢問他們身在何地，這些全副武裝站在他們周圍的衛兵是什麼人，因為他對他們那些樣式精良的武器深感驚訝與好奇。於是，那群衛兵中有一人對他說：「我們是逃生之路出口處的守衛。你們應當為找到這裡而慶幸！且看，屹立在你們眼前的就是『七名之城』，與米爾寇征戰之人，皆能在此找到希望。」

圖奧聞言問道：「七名是哪七名？」守衛隊長回答說：「歌謠與傳說曰：我被稱為剛多巴爾和剛多林巴爾，『岩石之城』與『石中居民之城』；我被命名為『岩石之歌』剛多林與『守衛之塔』格瓦瑞斯特林，或『祕境』加爾夙瑞安，因為我隱藏在米爾寇的眼目之外；但那些愛我至深的人稱我『洛絲』，因為我如同一朵鮮花，正是『平原上盛開的鮮花』洛絲恩格瑞爾。」他接著說：「但是，我們日常交談時最常稱呼它『剛多林』。」沃隆威聽了便說：「帶我們去那裡吧，我們太想進去了。」圖奧也說自己內心非常渴望走上那座美麗城市的大街小巷。

守衛隊長答道，他們自己必須在此守衛，因為距離他們一月的守衛期滿還有多日，不過沃隆威和圖奧可以前往剛多林；而且，他們也不需要任何嚮導，因為「看哪，它就矗立在那裡，清晰可見，美不勝收。在平原中的瞭望山上，它的眾多塔樓高聳入雲」。於是，圖奧和他的同伴踏上了那片平原，它驚人地平坦，例外的只有草地上零星的光滑圓石，以及石床上的水塘。平原上縱橫著許多修繕良好的道路，他們走了一整個白天，才來到瞭望山腳下（此山在諾多族的語言中叫作「阿蒙格瓦瑞斯」）。接著，他們開始爬上通往城門口的蜿蜒階梯；想要到達那座城，唯有步行一途，也必然會被城頭上的人看見。當夕陽的最後一道餘暉將西邊城門染成一片金黃時，他們來到了那道綿長階梯的盡頭，有許多人從城垛和塔樓上注視著他們。

圖奧看到了石築的城牆、高聳的塔樓，看到了城中閃亮的眾多尖塔。他看到了岩石和大理石造就的重重台階，臺階兩旁有纖細的欄杆，細線般的瀑布離開阿蒙格瓦瑞斯山上的噴泉，向平原瀉落，使臺階涼爽宜人。他被輝煌壯美的剛多林所震撼了，就像一個誤入諸神夢境的人那樣移動著腳步，因為他認為凡人哪怕做夢也見不到這樣的景象。

就這樣，他們來到了城門前。圖奧滿懷驚奇，沃隆威則欣喜異常，因為他勇敢地遵照烏歐牟的旨意，將圖奧帶到了這裡，並且自己也永遠擺脫了米爾寇的桎梏。他依舊痛恨米爾寇，但他不再對那位邪神心懷掙不脫的恐懼（事實上，米爾寇用來控制諾多族的魔咒，正是一種深不可測的恐懼；他們即使遠離鐵地獄，也總感覺他近在咫尺，這使他們膽戰心驚，即使能逃也不會逃。米爾寇一貫對此深信不疑）。

這時，從剛多林的大門湧出一群人來，驚奇地聚在兩人周圍。他們很高興又有一個諾多族人逃脫米爾寇之手，來到這裡，又驚歎於圖奧那高大的身材與強壯的四肢，還有他那裝有魚骨倒鉤的沉重長矛和大豎琴。圖奧外貌粗獷，頭髮蓬亂，身上披著熊皮。據記載，在那段時期，人類的祖先比現在的人類矮小，精靈的子孫卻更高大；然而，圖奧比在場的任何精靈都要高。事實上，剛多林民並不像他們那些不幸的親族那樣彎腰駝背——那些親族為米爾寇做苦力，日夜不休地挖礦、打鐵。他們身形矮小苗條，非常輕盈；他們腳步迅捷，異常美貌；他們的嗓音悅耳又悲傷，他們眼中的喜樂總是化作淚光閃閃，因為諾姆族在那段歲月裡，內心充滿流亡之感，對古老家園的渴望始終縈繞於心，從不消褪。但是命運和無法抵抗的求知渴望驅使他們遠走他鄉，現在他們被米爾寇圍困在此，必須依靠勞作與愛，盡力使自己的旅居生活美好起來。

我不知道人類為什麼會把諾多族與米爾寇的半獸人——奧克混為一談，除非真有一些諾多族被米爾寇的邪惡扭曲，混到了這些奧克當中。因為，整個奧克一族都是米爾寇用地底的高熱和汙泥培育出來的。他們的心是花崗岩做的，身體畸形；他們不笑時面目醜惡，笑起來卻像金鐵交擊，他們最樂意做的事，就是幫助米爾寇達成最卑鄙的目的。他們和諾多族之間有不共戴天的大仇，諾多族叫他們「格拉姆惑斯」，即極度可恨之民。

且看，全副武裝的城門衛兵攔住成群湧來，聚到兩個流浪者周圍的人，讓他們後退。其中一人說：「此乃阿蒙格瓦瑞斯山上的剛多林，警戒守護之城；所有心誠之人皆可在此獲得自由，但是，來歷不明之人不可自由進入。告訴我你們的名字。」於是沃隆威說自己是諾姆族的布隆威格，乃是遵照烏歐牟的旨意，帶領這個人類之子來到這裡。圖奧則說：「我是佩烈格之子、印多之孫圖奧，出身於天鵝家族，祖先是居住在遠方的北方人類。我遵照外環海的烏歐牟的旨意，前來此地。」

所有聽見這話的人都沉默了，他深沉、宏亮的聲音令他們十分驚奇，因為他們自己的嗓聲像噴泉一般潺潺悅耳。然後，他們當中響起一個聲音說：「帶他們去見王。」

於是，眾人返回城門內，兩個流浪者也與他們一同進了城。圖奧看見城門是鐵鑄的，極高又極堅固。眼前，剛多林寬闊的街道是以石板鋪成，以大理石鑲邊，道路兩旁是鮮花盛開的花園，花園中坐落著漂亮的房屋和庭院；城中還有眾多白色大理石砌成、雕琢得無以倫比的高塔，極細、極美，高聳入雲。城中的廣場因諸多噴泉和鳥兒的棲身之處而生機勃勃，鳥兒在老樹的枝丫間歌唱。但所有的廣場當中，最大的乃是王宮所在之處，那裡有城中最高的塔樓，宮殿門前的噴泉，水珠躍入空中足有二十又七英尋之高，紛落如歡歌的水晶雨，白天反射著陽光，晶瑩耀眼，夜晚折射著月華，朦朧夢幻。住在那裡的鳥兒羽毛如同白雪，歌聲比搖籃曲還要悅耳動聽。

宮殿大門兩旁各有一棵樹，一棵開金花，另一棵則開銀花。它們過去曾是維林諾雙聖樹的幼苗，因而從不凋敝——那兩棵光華燦爛的巨樹曾經照亮了維林諾全境，直到米爾寇和編織黑暗者使它們枯萎。剛多林民給這兩棵樹取名為格林戈爾和班熙爾。

剛多林之王圖爾鞏身穿白袍，腰繫金帶，頭戴石榴石王冠，立在通往宮門的潔白階梯的頂端。他說：「黯影之地的人類啊，歡迎你。且看！我們的智慧典籍中曾記載了你的到來，而根據記載，當你來此，剛多林民的家園中將有諸多大事發生。」

圖奧聞言開口，烏歐牟將力量注入他心中，讓他的嗓音中充滿威嚴。「石城之父啊，看吧！我受那位在深淵中奏出深沉樂曲，知曉精靈與人類之心的神靈所托，來對你說，出城之日近了。有關你們的居住之地與你們的警戒之丘抵擋米爾寇的邪惡的祕聞，都已傳到烏歐牟的耳裡，他很歡喜；但是他心中充滿了憤怒，而眾維拉坐在維林諾的高山上，從塔尼魁提爾山頂上眺望凡世，看見了諾多族遭受奴役、人類流離失所的悲傷，他們也心懷怒火，因為米爾寇將他們圈限在鐵山脈背後的黯影之地中。因此，我取道一條祕密之路被引來此地，只為吩咐你點召軍兵，為征戰做好準備，因為時機已經成熟。」

圖爾鞏答道：「我不會這麼做，即便這是烏歐牟與全體維拉的囑咐。我不會讓我的人民去冒險對抗恐怖的奧克，也不會讓米爾寇的烈火危及我的城市。」

圖奧說：「不，如果你現在不大膽出擊，那麼奧克就會永遠存留下去，終將占領大地上絕大部分的山嶺。即使維拉將來想出別的方法來拯救諾多族，奧克對精靈和人類的騷擾也將永不止歇。但是，如果你現在信任維拉，那麼儘管你要經歷一場惡戰，奧克卻會敗落，而米爾寇的勢力會被削弱到微不足道的地步。」

但是圖爾鞏說，他是剛多林的王，任何人都不能強迫他違背自己的意願，危及漫長歲月中完成的寶貴建設成果。而圖奧按照擔心圖爾鞏不情願的烏歐牟的吩咐，說：「那麼，我受命轉告，請剛多林的居民迅速動身，祕密地沿著西瑞安河前往海邊，在海邊建造船隻，然後出海尋找歸返維林諾的路。且看！去往彼方的航路已經遭到遺忘，通途已經從世間消失，大海和高山將它團團圍繞，但是精靈仍然生活在科爾山上，諸神仍然居住在維林諾，雖然他們的福樂因為悲傷和對米爾寇的恐懼而大不如前。他們隱藏了自己的疆域，在它四周編織了無法穿透的魔法，使任何邪惡都不能抵達它的海岸。但是，你的使者仍有可能成功抵達那地，使他們心回意轉，懷著憤怒奮起，痛擊米爾寇，摧毀他在黑暗山脈底下所打造的鐵地獄。」

圖爾鞏聞言，說道：「每年冬天過去的時候，都有使者迅速動身，祕密地沿著被稱為西瑞安的那條河去到大海之濱，在海邊建造船隻。這些船有的依靠天鵝和海鷗拉動，有的借助強風的翼翅，出海尋找歸返維林諾的路，那裡比月亮和太陽更遠；但是去往彼方的航路已經遭到遺忘，通途已經從世間消失，大海和高山將它團團圍繞，那些安享福樂，居住在內的人，並不在乎米爾寇的恐怖和世界的悲哀，而是把他們的疆域隱藏起來，在它四周編織了無法穿透的魔法，使任何邪惡的消息都不能傳到他們耳裡。不，多年以來，我有太多的子民出海遠航，一去不返，葬身在深淵之中，或迷失在無路可走的重重陰影裡。明年，不會再有人前往大海。要抵擋米爾寇，我們將信靠我們自己，信靠我們的城市；而且，維拉從前也不曾給出多少援助。」

圖奧聽到這話，心情沉重，而沃隆威流下淚來。圖奧坐在巨大的國王噴泉旁，嘩嘩的水聲讓他回想起海浪的旋律，烏歐牟的海螺聲困擾著他的靈魂，他想沿著西瑞安河的流水返回大海。不過，圖爾鞏注意到了圖奧的堅定目光和充滿力量的嗓音，知道身為凡人的圖奧得到了維拉的眷愛，便派人去邀請他在剛多林住下，受王的照顧，如果圖奧願意，甚至可以住在王宮裡。

圖奧因為疲憊，也因為這城如此美麗，便答應了。就這樣，圖奧在剛多林住了下來。傳說不曾盡述圖奧在剛多林民當中的事蹟，不過，據說他曾經多次想偷偷離開，因為他越來越厭倦聚集的人群，思念空曠的森林和高地，且會遙遙聽見烏歐牟的海中旋律。他之所以沒有走，是因為他內心充滿了對一位剛多林女子的愛慕，她是國王的女兒。

圖奧學到了沃隆威所能教授的領域中的許多東西，他愛沃隆威，沃隆威也以無比的愛來回報他；而在其他領域，圖奧還受教於城中的能工巧匠和國王的智者賢士。因此，他變得遠遠勝過前人，他的看法充滿了智慧；許多從前不明白的事他現在都明白了，許多凡人仍不知道的事他也知道了。他在那裡得知了剛多林這座城的歷史，長年累月的不停勞作，仍不足以完成它的建造和裝飾，人們還在辛勞不休；他也得知人們挖掘了一條隱祕的隧道，大家將它命名為「逃生之路」——眾人曾在這件事上意見分歧，但是最終對遭受奴役的諸多族的憐憫占了上風，隧道因而落成。他被告知，這城的警戒從不鬆懈，始終有人全副武裝守衛著城牆以及環抱山脈中那些地勢低矮之處，還有永遠保持警惕的哨兵駐紮在環抱山脈最高的山巔，身旁就是建好隨時準備點燃的烽火臺；剛多林民從未停止尋找奧克來犯的跡象，因為他們的堅固堡壘一旦被發現，攻擊就會來到。

不過，如今他們在山嶺中維持著哨衛，不是出於必要，而是出於習慣。因為，剛多林民從很久以前，就付出無法想像的辛勞，將阿蒙格瓦瑞斯周圍的整片平原夷平，挖掘、清理過了。如此一來，罕有諾姆族或蟲蛇鳥獸能夠接近，通常來者還在許多里格開外就會被發現，因為剛多林民中有許多人眼力敏銳，勝過居住在塔尼魁提爾山上的諸神與眾精靈之王——曼威·蘇利牟的大鷹。由於這個原因，他們稱那座山谷為「平坦的谷地」圖姆拉登。如今，他們認為這項偉大的工程已經完成，人們把更多的精力，忙於開採金屬，鍛造各式各樣的刀劍、斧頭、長矛和鉤鐮槍，製作鎖子甲、護脛甲、臂甲、頭盔和盾牌。有人對圖奧說，即使剛多林全城的居民晝夜不停地開弓射箭很多年，囤積的箭也用不完，因此，他們對奧克的恐懼也一年年消退了。

在這裡，圖奧學會了用岩石建築房屋，學會了石工技藝和切割岩石與大理石的技術；他學會了編織和紡織、刺繡和繪畫以及鍛造金屬的技藝。他在這裡聽到了最精妙的音樂；南城的居民最是精通音樂之道，因為那裡有豐富的泉眼和泉水在呢喃細語。圖奧掌握了眾多這類精微之聲，學會了將它們融入他的歌曲裡，使所有聽見的人都心中歡喜，驚奇不已。他聽人講述了關於日月星辰的奇異故事，它們涉及大地的風貌及其構成，還涉及穹蒼的高遠深處。他也得知了精靈的祕密字母，學到了他們的口語與各種古老的語言，聽說了那位居住在世界之外的永恆之主伊露維塔，得知眾愛努曾在太初之際，於伊露維塔的膝下創作了大樂章，由此方有世界的創造及其風貌，世間的萬物及其治理。

由於他的技藝才能，他對一切知識和工藝的透徹了解，以及他身心中蘊含的巨大勇氣，圖奧成了沒有兒子的國王的安慰與依靠，並且深受剛多林子民的愛戴。有一次，王讓他最高明的巧匠為圖奧打造了一套盔甲，作為大禮贈送給他。這套盔甲以諾姆族的鋼鐵打造，鍍了銀，頭盔兩側有一對用金屬和珠寶製成的裝飾，形如天鵝的翅膀，盾牌上也嵌刻了一隻天鵝的翅膀；不過他不用劍，隨身帶的是斧頭，他用剛多林民的語言給這把斧頭命名為「德拉姆博烈格」，因為它的一擊力大無比，鋒刃能劈開任何盔甲。

他在南邊的城牆上建了一座房子，因為他喜歡自由的空氣，不喜歡鄰近的地方有其他住戶。他經常愛在破曉時分站在城垛上，人們看見晨光照在他頭盔的翅翼上，心中歡喜，不少人私下裡說願意支持他去與奧克作戰，因為圖奧和圖爾鞏二人在王宮前的那番對答廣為人知。不過，這件事沒有下文，一方面是出於對圖爾鞏的尊敬，另一方面也是因為在這段時間裡，烏歐牟的話在圖奧心中留下的印象似乎變得模糊而遙遠了。

就這樣，圖奧在剛多林民當中生活了許多年。他對王的女兒傾心已久，並珍視著這份愛，現在，他的心被這愛占據了。伊綴爾也深愛圖奧，早在她第一次透過一扇高窗望見他的時候，她的命運就和他的交纏在一起了，那時他站在王宮前，就像一個風塵僕僕的乞丐。圖爾鞏沒有什麼理由反對他們相愛，因為他視圖奧為一位令人安慰的親人，身負巨大的希望。就這樣，人類之子首次與精靈之地的女兒聯姻，而圖奧也不是最後一個娶了精靈之女的人類。這些人中，很多不及他們這等幸福，最終經歷了巨大的悲傷。不過，當伊綴爾和圖奧在王宮附近的「諸神之地」加爾愛尼安，在城中居民面前結為連理時，眾人的歡樂之情無與倫比。剛多林城為這場婚禮歡慶了一整日，這也是圖奧和伊綴爾最幸福的一天。之後他們快樂地住在城牆上那座朝南俯瞰著圖姆拉登的房子裡，全城的人都為此欣慰，只有米格林例外。

須知，那位諾姆族出身於一個古老的家族。雖然那個家族現今的人數不及其他家族，但米格林本人是王的外甥，因為他母親是國王的妹妹伊斯芬；那個故事在此按下不表。

米格林的徽記是一隻黑鼴，他在採石工當中名氣響亮，也是採礦者的首領，這兩者有許多人屬於他的家族。他不如這支容貌出色的種族的大多數人那麼好看，他長得黑，脾氣也談不上好，因此很少有人喜歡他；人們私下傳言，說他有奧克的血統，但我不知道那怎麼可能是真的。他經常懇求王將伊綴爾嫁給他，但是圖爾鞏發現她極不願意，所以每次都拒絕。在他看來，米格林之所以求婚，固然是因為對那位美麗姑娘的愛，但也是為了身在王座之側所能擁有的權勢地位。伊綴爾確實既美麗又勇敢；人們稱她為「銀足」伊綴爾，因為她雖是王的女兒，但除了參加為眾愛努舉辦的慶典，她總是赤著腳，並且不戴頭飾。米格林見圖奧奪他所愛，內心遂被怒火日夜折磨。

在那段日子裡，維拉的願望與埃爾達利的希望都得到了滿足，因為伊綴爾懷著深愛給圖奧生了一個兒子，這孩子名叫埃雅仁德爾。精靈與人類對這個名字各有許多解釋，但是，它很可能是來自剛多林民當中流傳的某種祕密語言，這語言已經隨著他們從大地上消亡了。

這個嬰孩俊美絕倫。他皮膚瑩白，眼睛比南境的天空更藍，勝過曼威衣袍上的藍寶石。他的出生使米格林妒火中燒，但是圖爾鞏和全城居民都由衷歡喜。

且看，自從圖奧被那些諾多族拋棄，在山腳下迷路，一晃已是多年；自從那些奇怪的消息第一次傳入米爾寇耳中，也有許多年過去了。那些消息語焉不詳、五花八門，說有個人類在西瑞安河的河谷中遊蕩。彼時，米爾寇的勢力如日中天，他並不怎麼害怕人類一族，正因如此，烏歐牟選擇這支親族中的一人行事，能更容易騙過米爾寇，因為他知道沒有維拉，也極少有任何埃爾達或諾多族的動靜，能逃過米爾寇的監視。但是，那些奇怪的消息帶來的不祥預感，依舊打擊了那顆邪惡的心；於是，米爾寇集結起一支強大的間諜大軍，其中有奧克的子孫，長著像貓一樣的黃眼睛和綠眼睛，能看透一切陰暗，看穿薄霧、濃霧或黑夜；有能去任何地方的蛇，搜索一切縫隙，乃至最深的坑洞與最高的山峰，聆聽掠過草原的每一絲細語和山間迴蕩的每一縷回音；有狼、貪婪的狗和大黃鼠狼，全都嗜血異常，牠們的鼻子能從流水中嗅到數月之前的氣味，牠們的眼睛能從卵石灘上辨出許久以前留下的腳印；還有貓頭鷹和獵鷹，牠們敏銳的目光不分晝夜都能看見世間所有森林中小鳥的飛舞，所有在大地上潛行或居住的大小老鼠的動向。他將所有這些生物召往他的鐵大廳，牠們成群結隊地來了。他從那裡派遣牠們出去，在大地上搜尋這個從黯影之地逃脫的凡人，不過，比這要緊得多的是，搜索出逃脫他奴役的諾多族的住所，因為他心急火燎，只想消滅或奴役他們。

就在圖奧在剛多林過著幸福的生活，知識與力量都大大增長的同時，這些生物也毫不懈怠，經年累月地在亂石和山岩當中嗅聞，在森林和荒野中搜尋，眺望空中和高處，探索河谷和平原中的所有路徑，既不放棄，也不停歇。在這獵捕的過程中，它們給米爾寇送去了大量的消息——它們揭露了許多隱藏的事物，其中之一正是圖奧和沃隆威先前曾經進入的「逃生之路」。它們能發現那裡，全是仗著可怕的威脅，強迫一些比較懦弱的諾多族加入牠們這場大規模的徹底搜查；因為那道門上施有魔法，米爾寇的爪牙不靠諾姆族的幫助，是不可能找到它的。然而，現在牠們已經刺探深入了多條隧道，在隧道裡捕獲了許多逃避奴役，偷偷跑到那裡的諾多族。它們也在某些地方攀上了環抱山脈，遠遠看見了美麗的剛多林城和阿蒙格瓦瑞斯的軍力；但是，由於守護者的警惕，也由於那道山脈難以逾越，它們還去不到平原上。事實上，剛多林民都是強大的弓箭手，他們製造的弓箭威力驚人。他們朝空中射出一箭所能達到的高度，是人類最好的弓箭手射向地面上的目標時所能達到的七倍遠；他們絕不容忍獵鷹在他們的平原上空長久盤旋，也不容蛇在平原上爬行，因為他們不喜歡嗜血的生物，不喜歡米爾寇的蟲蛇。

米爾寇的奸細出現，四面包圍了圖姆拉登谷的壞消息終於傳到城裡，那時，埃雅仁德爾才一歲。圖爾翚聽聞此事，心中難過，想起了多年前圖奧在王宮門前說的話；他下令在每一處都增設了三倍的守望和警戒，讓工匠們設計出守城的機械，布置在山頭。他準備了有毒的火焰、滾燙的液體、羽箭和巨石來對付任何打算向剛多林的閃亮城牆發動攻擊的人。然後，他便滿意地安心度日了。但是圖奧的心情比王更沉重，因為，他的腦海中不斷響起烏歐牟的話，他現在比過去更深地瞭解到那些話的意義和重要性；他也沒有從伊綴爾那裡獲得多大安慰，因為她內心所預見的比他更黑暗。

須知，伊綴爾具有強大的洞見，她的心思能看穿精靈與人類內心的黑暗，由此探知未來的種種不幸；埃爾達利的各支親族都有類似的力量，但她能看得更深遠。因此，她有一天對圖奧說：「我的丈夫，請聽我說，我內心懷疑米格林，為此擔驚受怕。我怕他會給這片美麗的國度帶來災難，儘管我完全看不出這事會如何發生、幾時發生，但我擔心他所瞭解到的我們的一切對策與準備，會以某種方式盡為大敵所知，大敵會因此而想出新的辦法攻打我們，而我們沒有任何防禦之力。看！我有一天晚上夢見米格林造了一座熔爐，並趁我們不備時撲來，將我們的兒子埃雅仁德爾扔進爐中，接著還要把你我都推進去，而我因為我們美麗的孩子死了，悲痛到不願反抗。」

圖奧回答說：「你的恐懼有其緣由，因為我內心也不喜歡米格林；然而，他是國王的外甥，是你的表弟，又沒有針對他的指控，我想除了忍耐與警戒之外，別無他法。」

但是伊綴爾說：「除此之外，我還有計畫：你要仔細查驗那些掘礦工和採石工，把他們中那些在與米格林往來時，對其傲慢與自大最為反感的人，暗暗召聚起來。你必須從這些人當中選擇可靠的人手，在米格林去週邊山嶺時監視他，但我還建議你把大部分你確信能守口如瓶的人，派去進行一項祕密的挖掘工程——在他們的幫助下，設計一條入口在你這座房子裡的密道，從這座山丘的岩石下穿過，通往下方的谷地，無論施工多麼謹慎、多麼緩慢都要做到。須知，這條通道決不能通往逃生之路——我的心告訴我不可相信它——而要相反通往那條遠得多的路，就是位於南方山中的群鷹裂隙；我認為，這條通往那裡的地道在平原地下走得越遠越好。而且，整個工程都要暗中進行，只有少數人可以知道。」

彼時，諾多族挖土掘石的本領無人能比（米爾寇很清楚這一點），但那些地方的土地極其堅硬，因此圖奧說：「阿蒙格瓦瑞斯這座山丘的岩石堅硬如鐵，只有付出大量的艱苦勞動才能劈開；而如果這一切都要祕密進行，那就得額外花費大量的時間和耐心。但是，圖姆拉登山谷地面的岩石就像百煉精鋼，若不經年累月地施工，絕不可能在剛多林民無所覺察的情況下挖成。」

然而伊綴爾說：「這或許是實情，但我的計畫就是這樣，要付諸實施也還來得及。」於是圖奧說，他雖然不懂計畫的全部意義，「但是，『有計畫總勝過沒頭緒』，我會照你說的去做。」

碰巧，不久之後，米格林去山中開採礦石，他獨自在山嶺中遊蕩，被一些潛行在此的奧克抓獲。他們知道他是剛多林的居民，打算對他嚴刑拷打，加以折磨。不過圖奧安排的監視者不知道米格林的被捕。彼時，米格林心中萌生惡念，他對抓住自己的奧克說：「你們要知道，我乃埃歐爾之子米格林，埃歐爾娶了剛多林民之王圖爾鞏的妹妹伊斯芬為妻。」但是他們說：「這跟我們有什麼關係？」米格林回答說：「這對你們來說至關重要。如果你們殺了我——無論快慢——你們就得不到關於剛多林城的重要情報，而這些情報你們的主人會很高興聽到的。」於是奧克們暫且住了手，說，如果他交代的事真有那麼大的價值，他們就會讓他活命。米格林便把那片平原和那座城的所有情況都告訴了他們，包括城牆的高度和厚度、城門守衛的勇悍；他還說了現今聽從圖爾鞏號令的軍力，為裝備大軍而囤積的無數武器，還有為戰爭而造的機械和毒火。

眾奧克聽了之後怒火中燒，雖然從米格林那裡得知了這些事，他們還是想當場殺了他，因為他們覺得他肆意誇大他那群可憐蟲族人的力量，在嘲弄米爾寇的強大權勢。米格林情急之下說道：「把我這樣一個出身高貴的俘虜帶到你們主人的腳下，讓他親耳聽見我說的情報，親自判斷它們是真是假，你們不覺得這更能討得他的歡心嗎？」

眾奧克覺得這話有理，於是他們離開環抱剛多林的山嶺，返回鐵山脈，回到了米爾寇黑暗的殿堂。他們硬拖著米格林一起進去，他怕極了。他跪在米爾寇漆黑的寶座前，對周圍那些形貌陰森的爪牙、踞坐在寶座底下的狼和纏繞在椅腿上的蝰蛇感到膽戰心驚，而米爾寇命令他開口。於是，他向米爾寇交代了那些訊息，米爾寇聽聞之後，對他好言相向，因此他內心的傲慢又大半恢復了。

結果，米爾寇得到了米格林滿心狡詐的幫助，制訂了一個征服剛多林的計畫。為此，米格林得到的獎賞是在奧克當中身居高位（米爾寇心裡並不打算履行這個承諾），而米爾寇要燒死圖奧和埃雅仁德爾，將伊綴爾交到米格林手中（這兩個承諾，那位邪惡之神倒是很樂意履行）。不過，米爾寇威脅米格林，他若敢背叛，就要被炎魔折磨。炎魔是一種持火鞭、有鋼爪的惡魔，米爾寇用他們來折磨任何膽敢抗拒他的諾多族，埃爾達稱他們為「瑪律卡勞奇」。米格林向米爾寇進言說，就算傾盡奧克大軍與強大兇猛的炎魔之力，成功攻占了週邊的平原，他們也不可能用強攻或圍困的方式攻下剛多林的城牆和城門。因此，他建議米爾寇利用妖術，設計出一種助力，使他的士兵們能夠如虎添翼。米格林懇求米爾寇依靠豐富的金屬與控制火焰的力量，造出像蛇和龍那樣，強大到無法抵擋的生物，讓牠們翻過環抱山脈，用火焰和死亡籠罩那片平原和平原上那座美麗的城市。

之後，米爾寇命令米格林回家，免得他的失蹤引來人們的懷疑；不過，米爾寇對他施下一道魔咒，用無底的恐懼籠罩了他，從此以後，他內心再無喜樂，也無安寧。儘管如此，他還是偽裝出一副開心快樂的良善模樣，以至於人們都說「米格林變和藹了」，也沒那麼討厭他了；但是，伊綴爾更怕他了。米格林說：「我辛勞太久，打算休息了，想和大家一起跳舞、唱歌，享受歡樂。」並且再也不去山中採石或挖礦了。而事實上，他這麼做是為了消除他的恐懼和不安。那道魔咒使他深懷恐懼，時刻感到米爾寇近在眼前；他再也不敢到礦坑裡去遊蕩，唯恐再次遇上奧克，又被抓去那恐怖的黑暗殿堂。

時光一年年流逝，圖奧在伊綴爾的敦促下，一直在挖掘那條密道；圖爾鞏見敵人的奸細越來越少，日子便也過得更自在，也不那麼恐懼了。然而，米爾寇在這些年裡傾盡全力，狂熱勞作，所有被奴役的諾多族必須不停地挖掘金屬，而米爾寇坐下來設計烈火的器械，從地底高熱中召出火焰和濃煙，他也不容任何諾多族離開他們的監牢哪怕一步。過了一段時間，米爾寇將他最出色的鐵匠和妖術師都召集起來，他們用鐵和火製造了一大群怪物，那些怪物只在當時存世，不到「大終結」時不會再現。有些怪物全身都是鐵造的，連接十分精巧，可以像金屬河流那樣緩慢流動，也可以盤捲起來，包圍或攀上一切攔在它們前面的障礙；在它們內部最深處載滿了手持彎刀和長矛的最殘忍的奧克。另一些怪物是用青銅和紅銅造的，被賦予了烈火的心和靈，能用恐怖的鼻息燒焦擋在它們面前的一切，再踐踏逃過它們噴吐之烈炎的人。然而，還有一些生物純粹是火焰造就，像熔化的金屬繩索一樣扭動，燒光任何左近的織物，鋼鐵和石頭會在它們面前熔化成水，騎在它們身上的是數以百計的炎魔；而炎魔是米爾寇設計來對付剛多林的所有怪物中最可怕的。

自從米格林叛國以來，七個夏天過去了。埃雅仁德爾雖然勇敢無畏，但還是個年幼的孩子。在那一年，米爾寇撤回了所有的間諜，因為他已經對山中的每一條小道、每一個角落瞭若指掌。然而，放鬆了警惕的剛多林民卻認為，米爾寇在看見他們的力量與堅不可摧的住地之後，已經不打算再找他們的麻煩了。

但是伊綴爾陷入了陰鬱的情緒，煥發光采的面容籠上了陰霾，許多人對此感到不解。而圖爾鞏削減了守望和警戒的人數，減到了很久以前的數目，甚至更少。隨著秋天到來，果實收穫完畢，人們滿心歡喜地開始準備冬季的盛宴。但圖奧站在城垛上，眺望著環抱山脈。

看哪，伊綴爾站在他旁邊，秀髮在風中飛揚，圖奧覺得她真是美極了，不由得彎腰去吻她；但是她神色悲傷，說：「你必須做出選擇的時候到了。」圖奧不明白她為什麼這樣說。於是，她把他拉進自家的廳堂，告訴他自己有多麼擔心，心裡多麼為他們的兒子埃雅仁德爾感到害怕，因為她預感某種巨大的邪惡即將來臨，而米爾寇就是這邪惡的根源。於是圖奧想安慰她，她卻不聽，而是問他挖掘密道的進展如何，他說現在挖進平原有一里格遠了，這才讓她的心情輕鬆了一點。但她仍然建議要加緊挖掘，並且從現在起，速度比保密更重要，「因為時機已近」。她還給了他另一個忠告，他也接受了，就是從剛多林的諸多領主和勇士中，謹慎地選出那些最勇敢、最忠誠的人，把密道及其出口告訴他們。她建議他將這些人編成一支堅定的衛隊，讓他們佩戴他的紋章，成為他的屬從，而他可以托詞說自己身為王的女婿、一位地位很高的領主，理應擁有這樣的權利和尊嚴。她說：「此外，我會取得我父親的恩准。」她也在暗中囑咐人們，假如這座城到了背水一戰的地步，或圖爾鞏遭到殺害，他們就要聚集到圖奧和她兒子的身邊來。人們對此都是哈哈一笑滿口答應，但又說剛多林會像塔尼魁提爾或維林諾山脈一樣屹立長久。

不過，她沒有對圖爾鞏明言，也不允許想告訴圖爾鞏的圖奧這麼做。儘管他們對圖爾鞏這位偉大、高尚、光榮的王者深懷愛與尊敬，但她已經意識到告訴他也無濟於事，因為他寵信米格林，盲目固執地篤信這座城市堅不可摧的軍力，堅信米爾寇不再打算攻擊它。如今，米格林的花言巧語使圖爾鞏愈發堅定了自己這樣的看法。且看，那個諾姆族人極其狡詐，由於他常在暗中行事，人們說：「他用黑鼴紋章真是實至名歸。」由於一些採石工的愚行，更由於圖奧對一些屬從說話不夠謹慎，而那些屬從裡又有人說漏了嘴，米格林搜集到了密道一事的訊息，並暗自謀定了應對的計畫。

如此，嚴冬時分到了，那片地區非常寒冷，圖姆拉登平原全結了霜，平原上的池水也結了冰；但是阿蒙格瓦瑞斯的噴泉始終湧流不歇，雙樹也繁花盛開，人們歡樂度日，直到那個藏在米爾寇心中的恐怖之日來臨。

就這樣，嚴寒的冬天過去，環抱山脈上的積雪比過往任何時候都深；但是春天及時來了，燦爛的春光融化了山上白雪披風的下擺，山谷暢飲融化的雪水，綻放出鮮花。隨著孩童們狂歡的「百花誕辰」諾斯特－那－洛希安節日來到又結束，剛多林民的心又因新一年的好兆頭而振奮起來，終於，「夏日之門」塔爾寧．奧斯塔的盛宴就快到了。須知，他們的習俗是從節日前一天的午夜開始舉行莊嚴的慶典，直到塔爾寧．奧斯塔的黎明；全城從午夜到天亮都靜默不語，但他們會開聲用古老的歌謠頌贊破曉的來臨。無數年來，合唱者們都是站在閃亮的東邊城牆上，用歌聲迎接夏日的到來；此時正值守候之夜，全城滿是銀燈，樹林裡長滿新葉的樹上搖曳著閃爍寶石色彩的燈光，街道上飄蕩著低迴的樂聲，但要到黎明時分才會有人歌唱。

太陽已經沉落到山嶺背後，人們興高采烈地列隊，熱切地望向東方，等候節日到來。看啊！就在太陽下山，夜幕降臨的時候，一個新的光源突然亮了起來——有一片紅光出現，位置卻在北邊高山之後。人們深感驚奇，蜂擁到城牆和城垛上。隨著光芒越來越盛，越來越紅，驚奇變成了疑惑，而當人們看見山頂的積雪變得猶如血染時，疑惑變成了恐懼。就這樣，米爾寇的大批火蛇壓境，兵臨剛多林了。

接著，有騎手紛紛奔過平原，傳來了那些駐紮在山頂的哨兵的緊急消息；他們報告了燃燒的大軍和形如惡龍的生物，說：「米爾寇來攻擊我們了。」那座美麗的城陷入了巨大的恐懼和痛苦之中，大街小巷充滿了婦女的哭泣和孩童的哀號，廣場上則擠滿了集結的士兵，刀劍相碰的聲音不絕於耳。剛多林民所有偉大的宗室與親族的旗幟都在閃閃發光。王室的近衛隊威武壯盛，他們的服飾有白、金、紅三色，他們的紋章是月亮、太陽和一顆朱紅的心。圖奧站在王室衛隊的正中央，比所有人都高大，身上的鎧甲閃爍著銀光。站在他周圍的是一群最堅定強壯的人；看啊！他們每人的頭盔上都裝飾著一對像天鵝或海鷗的翅膀，盾牌上都嵌有白翼的紋章。不過，米格林的部下也聚在同一個地方，他們甲冑深黑，不佩戴任何標記或紋章，圓形的鋼盔上覆蓋著鼴鼠皮毛，用形如鶴嘴鋤的雙頭斧作戰。在那裡，剛多巴爾的王子米格林在身邊集結了許多面色陰沉、目光低垂的戰士，紅光照在他們的臉上，映在他們打磨光亮的裝備表面上。看哪，北邊所有的山嶺都著了火，看上去彷彿有一條條火河從通往圖姆拉登平原的山坡上流下，人們幾乎已經感到了它們散發的高熱。

在場的還有其他很多家族。飛燕家族和天虹家族擁有最多也最優秀的弓箭手，他們被部署在城牆上的寬闊處。飛燕家族的成員，頭盔上裝飾著排成扇形的羽毛，服飾是白色配深藍色和紫色配黑色，盾牌上的徽記是一個箭頭。他們的領主是杜伊林，眾人中數他跑得最快、跳得最高，射箭也最準。而天虹家族擁有無數的財富，他們的衣著五彩斑斕，武器鎧甲上都鑲著寶石，此刻在遮天的火光下閃閃發亮。他們陣營中的每一面盾牌都藍如青天，盾鈕是七塊寶石鑲就的珠寶：紅寶石、紫水晶、藍寶石、綠瑪瑙、翡翠、黃玉和琥珀；他們的頭盔上都嵌著一塊碩大的蛋白石。他們的領主是埃加爾莫斯，他身穿一件藍披風，披風上繡滿繁星一般的水晶；他帶著一柄弧形劍（須知，諾多族佩弧形劍的只有他一人），但他更信賴弓箭，箭射得比手下任何人都遠。

在場的還有巨柱家族和雪塔家族，這兩個家族都由諾姆族中最高大的朋洛德統領。另外還有綠樹家族，這個家族人數眾多，身穿綠衣，用鐵釘狼牙棒或投石索作戰；他們的領主加爾多是除了圖爾鞏之外，所有剛多林民中最勇敢的一位。在場的還有金花家族，他們的盾牌上繪著光芒四射的太陽，他們的領主格羅芬德爾身穿一件披風，上面以金線繡出無數毛茛花，猶如一片春天的田野；他的武器上裝飾著黃金鑲就的精緻花紋。

接著，湧泉家族從南城趕來了，埃克塞理安是他們的領主。他們喜愛白銀和鑽石，手中的長劍明如霜雪，和著長笛的旋律衝鋒陷陣。隨後而來的是豎琴家族的隊伍，這個家族勇士眾多，但是他們的領主薩爾甘特是個奉承討好米格林的懦夫。他們的衣袍上裝飾著金色和銀色的流蘇，紋章是黑底上閃耀的銀豎琴，但薩爾甘特本人用的是金豎琴。他又矮又胖，在所有剛多林民的子弟當中，唯獨他一人騎馬上陣。

前來集結的最後一支隊伍屬於怒錘家族，最出色的鐵匠和工匠有很多都來自這個家族，所有愛努當中，他們最尊崇工藝之神奧力。他們用鐵錘一樣的大釘頭錘作戰，盾牌也沉重異常，因為他們臂力過人。他們當中有很多人都是過去從米爾寇的礦井裡逃出來的諾多族，因此這個家族分外痛恨那位邪惡之神及其手下炎魔的行徑。他們的領主是洛格，他是諾姆族中最強壯的一位，英勇程度幾乎與綠樹家族的領主加爾多不相上下。這個家族喜愛赤金與黑鐵，徽記是鍛打用的鐵砧，盾牌上有一把擊出四濺火星的鐵錘。這支隊伍的人數極多，沒有一個怯懦之人。在這場對抗厄運的戰鬥中，他們贏得的榮耀在所有這些光鮮的家族中首屈一指；但是，他們也難逃此劫，沒有一人從戰場上生還。他們全部犧牲在洛格身邊，告別了塵世，諸多手藝和技能也因此永遠失傳了。

剛多林民十一個家族的裝束、隊伍，以及他們的標誌和紋章就是這樣。圖奧的近衛隊，也就是白翼家族的人，被列為第十二個家族；此刻這位族長神色嚴峻，做好了戰死的準備。在他位於城牆上的家裡，伊綴爾已經穿上全副甲冑，去尋找埃雅仁德爾。那孩子正在哭泣，因為他被臥室牆壁上跳動的奇怪紅光驚醒了，想到他的保姆美烈絲在他吵鬧時編出來的故事裡提到米爾寇的烈火，感到非常害怕。但是他母親來了，給他穿上了一件她暗中命人打造的小鎖子甲。他於是高興起來，自豪無比，開心地歡呼出聲。但伊綴爾流下了眼淚，因為她心中十分珍惜這座美麗的城與她舒適的家，以及圖奧和她自己對它們付出的愛；然而現在她見這一切的毀滅近在眼前，擔心她的謀畫在那群來勢洶洶的恐怖巨蛇面前會是徒勞一場。

這時離午夜還有四個鐘頭，北、東、西三面的天空都被映得通紅，那些鋼鐵巨蛇已經抵達圖姆拉登谷的平地，那些冒著烈火的怪物則已經來到山嶺腳下最低的山坡；山中的守衛都已被四處搜索的炎魔抓走，慘遭折磨，只剩下最南邊的「群鷹裂隙」克瑞斯梭恩還未落入敵手。

圖爾鞏王召開了一場會議，圖奧和米格林俱以王室親王的身分出席，杜伊林、埃加爾莫斯和「長身」朋洛德連袂而來，洛格也大步前往，同來的還有綠樹家族的加爾多、金髮的格羅芬德爾和嗓音如音樂的埃克塞理安。到場的還有聽了這些消息便瑟瑟發抖的薩爾甘特，此外還有一些出身不那麼高貴，但內心更勇敢的貴族。

於是，圖奧開口說出他的計畫，就是搶在平原上變得太亮、太熱之前，先展開一場大突圍。很多人支持他，但是對於突圍時是將婦孺護在中央，組成一支隊伍統一行動，還是拆成小隊往各個方向尋找出路，卻有不同的看法；圖奧傾向於後一種看法。

唯獨米格林和薩爾甘特兩人提出異議，要堅守城池，企圖保護城中的珍寶。米格林這麼說是出於狡詐，擔心諾多族中有人逃脫他給他們帶來的厄運，生恐他的背叛為人所知，日後給他招來報復。不過薩爾甘特贊同守城，一方面是附和米格林，一方面則是因為他怕極了出城——比起冒險到平原上惡戰，他更想據守一座堅不可摧的要塞。

於是，黑鼴家族的領主抓住圖爾鞏的軟肋，說：「王啊，您看！剛多林城裡有大量的珠寶、金屬、織品，以及諾姆族用雙手造出，美得超凡脫俗的事物，可是您的領主們卻要將它們全都拱手送給大敵。依我看，他們的膽略蓋過了理智。即便你們在平原上取勝，城市也將遭到洗劫，炎魔會因此而得到一筆不可估量的貴重戰利品。」圖爾鞏聞言唉聲歎氣，因為他深愛阿蒙格瓦瑞斯上這座富饒美麗的城。米格林早知如此，便煽動道：「看！您長年辛勞，興建那堅不可摧的厚厚城牆與牢不可破的重重城門，難道都是徒勞一場？阿蒙格瓦瑞斯山的實力，難道已經變得低如深谷？山上囤積的武器與無數的箭矢，難道都是廢物，以至於您在危難時刻竟要拋開這一切，無憑無仗地衝上平原，去對抗裝備了鋼鐵與烈火的敵人——他們的踐踏震撼著大地，喧囂的腳步聲在環抱山脈中迴蕩。」

薩爾甘特一想到這一點便膽怯了，吵嚷著說：「米格林所言極是，王啊，您可要聽他的話。」就這樣，儘管其他領主都反對，王還是採納了這兩人的建議，更是下令全軍據守城牆，應對攻擊。圖奧流淚離開了王宮，召集白翼家族的人，穿過街道往他的家去。那時，火光已經高熾，悶熱難耐，黑煙和惡臭彌漫在城中的大街小巷中。

怪物大軍穿過了山谷，剛多林的眾多白塔被它們映得血紅。火龍和青銅、鋼鐵的巨蛇已經包圍了城所在的山丘，見此情景，就連最勇敢的人都感到了恐懼。他們朝它們射箭，卻是徒勞無功。接著，有人發出了充滿希望的呼喊——

且看，山壁陡峭光滑，又有流水不斷淌下山壁，撲滅火焰，那些火蛇爬不上去。但是，它們盤踞在山腳下，阿蒙格瓦瑞斯的溪流遇到巨蛇的火焰，便冒出了巨大的蒸汽。於是，溫度越來越高，女子熱得昏厥，穿著鎧甲的男子大汗淋漓，變得疲憊不堪。城中的噴泉，除了王之噴泉之外，全都開始變熱冒煙。

此時，米爾寇大軍的統帥、炎魔之首勾斯魔格聽取建議，召集起所有能盤捲起來，纏繞或壓過面前障礙的鐵怪物，命令它們到北門前堆疊起來。看哪，它們壘成的巨大螺旋直抵城門口，猛然砸向城樓和周圍的堡壘。城門不堪這異乎尋常的重負，轟然坍塌了，不過旁邊的城牆大部分仍屹立不搖。於是，王的守城機械和投石機將箭矢、巨石和熔化的金屬傾瀉在那些兇殘的怪獸身上，打得它們中空的腹部叮噹作響，但這無法損壞它們，火焰也只從它們身上滾落。接著，最高層的那些怪物敞開了肚腹，無數的奧克大軍、滿懷仇恨的半獸人衝了出來，湧進缺口；誰能描述他們的彎刀，或形容他們刺出的寬刃矛尖上的寒光？

只聽洛格一聲大吼，怒錘家族的全體成員與英勇的加爾多率領的綠樹家族，撲向了仇敵。他們揮動大錘和狼牙棒擊打，發出的聲響在環抱山脈中迴蕩，奧克像落葉般紛紛倒下。飛燕家族和天虹家族射出的箭像秋天的驟雨一樣傾注在他們身上，濃煙和混亂造成了奧克和剛多林民雙方的傷亡。那是一場激烈的戰鬥，然而，由於敵人的兵力越來越多，剛多林民儘管英勇無畏，還是被迫慢慢後退，直到半獸人部分占領了城市的最北端。

與此同時，圖奧領著白翼家族的人穿過混亂的街道奮力前進，終於成功回到家裡，卻發現米格林已經捷足先登。米格林相信戰鬥已經在北門一帶打響，城中已經起了騷動，他一直期待著自己的計畫圓滿達成的一刻。他很清楚圖奧挖掘了密道（不過他直到最後才得知此事，而且無法探知詳情），但並未把消息告訴王或任何其他人，因為他推想，密道最終必定會通向離城最近的出口，也就是逃生之路，他打算利用這一點為自己謀利，讓諾多族遭殃。他極其祕密地派遣使者去見米爾寇，讓對方在攻城時派兵守住逃生之路的出口；而他自己想去親手抓住埃雅仁德爾，把他丟進城牆下的烈焰中，再抓住伊綴爾，強迫她領他到密道去，如此一來，他就能成為這場恐怖的烈火與屠殺中的贏家，拖著她跟他一起去米爾寇的疆域。

須知，米格林擔心，即使是米爾寇給他的祕密信物，也未必能保他在這場可怕的浩劫裡全身而退，因此他打算出手確保那位愛努兌現保他安全的承諾。然而，他毫不懷疑圖奧會死在那場大火中，因為他已經交給薩爾甘特一項任務，將圖奧絆在王宮裡，慫恿他直接投入最致命的戰鬥。不料，看啊！薩爾甘特怕得要死，騎著馬回家去了，這會兒正瑟縮在床上發抖；而圖奧帶著白翼家族的人趕回了家。

儘管戰鬥的喧囂激發了圖奧的熱血豪情，但他還是先回了家，好向伊綴爾和埃雅仁德爾道別，讓他們盡快在衛隊的護送下，順著那條密道出去，然後他再返回戰場，若有必要，就算戰死也在所不惜。不承想，他發現自家門口擋著一群黑鼴家族的人，他們是米格林能在這座城中找到的最冷酷、最狠心的人。不過，他們都是自由的諾多族，不像他們的主人那樣受米爾寇的魔咒所制，因此，他們雖然礙於米格林的領主身分而不幫伊綴爾，但也不肯捲入米格林的行動，無論他怎麼咒罵他們都無濟於事。

此時，米格林出於殘忍，正拽著伊綴爾的頭髮，要把她拖到城垛上，好讓她目睹埃雅仁德爾落入烈火；但是那孩子妨礙了他，而孤身一人的伊綴爾儘管那麼美麗、纖瘦，卻像隻母虎一樣與他搏鬥。就在他被拖住，一邊扭打一邊咒罵時，白翼家族的人趕來了——看啊！圖奧一聲大吼，吼聲大到就連遠處的奧克聽見，都不由得戰慄。白翼家族的衛士們如暴風雨一般猛然撞入黑鼴家族的隊伍，將他們衝得四散。米格林見此情形，拔出短刀刺向埃雅仁德爾；但是那孩子咬了他的左手，牙齒深陷入肉，他痛得一晃，刺出的力道便弱了，而孩子身上的小鎖子甲讓刀刃一偏。圖奧隨即朝米格林撲去，盛怒的他令人望而生畏。他抓住米格林握刀的手，扭斷了他的手臂，接著扣住他的腰，提著他一起跳上城牆，將他遠遠丟了下去。米格林的身體下墜了很遠，三次猛撞在阿蒙格瓦瑞斯山上，之後才摔進下方的熊熊烈焰；米格林這個可恥的名字，自此從埃爾達和諾多族當中消失了。

黑鼴家族的戰士比白翼家族的多，他們出於對領主的忠誠，向圖奧攻去。雙方大戰一場，但沒有人能抵擋盛怒的圖奧，黑鼴家族的人遭到了痛擊，有的被迫逃回他們能找到的黑洞，有的被拋下了城牆。然後，圖奧和他的部下必須趕去北門的戰場，因為從那邊傳來的喊殺聲已經極響，而圖奧內心仍覺得這座城或許可以守住。不過，他不顧沃隆威的反對，把他和另一些戰士留在伊綴爾身邊保護她，直到他親自回來或從戰場上送來消息。

北門那裡的戰鬥這時其實已經非常慘烈，飛燕家族的杜伊林在城牆上射箭時，被跳上阿蒙格瓦瑞斯山基的炎魔投來的火矢擊中，摔下城垛陣亡了。那群炎魔繼續朝空中射出火鏢和燃燒的箭，它們就像一條條小蛇一樣鑽入天空，落在剛多林城中的屋頂上和花園裡，燒焦了所有的樹木，燒光了一切花草，燒得潔白的牆壁和廊柱一片焦黑。更糟糕的是，這群惡魔有一隊爬上了那群盤捲堆疊起來的鐵蛇，然後不斷地用弓和投石索發射火箭，直到守軍主力背後的城中起了大火。

洛格見狀，高聲喊道：「現在誰還要懼怕恐怖無比的炎魔？看看我們面前這些該受詛咒的惡魔吧，他們長年累月折磨著諾多族的子民，現在又射箭在我們背後放火，惡行累累。來吧，怒錘家族的人！我們去錘殺他們。」語畢，他舉起長柄戰錘，憑著滿腔怒火殺開一條路，一直衝到了倒塌的城門前，而所有佩戴鐵砧標記的人都緊跟在他身後，如同楔子一樣推進，高熾的怒火竟使他們眼中火花迸射。正如諾多族迄今仍然傳唱的那樣，那場突擊戰果卓著。許多奧克被壓制後退，跌入山下的烈焰；洛格的人甚至跳到盤捲的鐵蛇上，撲向那些炎魔，狠狠地擊打他們，因為所有的炎魔都有鋼爪，手持火鞭，並且身形非常高大。怒鍾家族的戰士將炎魔猛砸到死，或奪過他們的火鞭反過來鞭打他們，就像從前他們撕碎諾姆族那樣把他們撕碎。被殺的炎魔數量極眾，令米爾寇的大軍震驚恐懼，因為在那天之前，從來沒有任何炎魔喪命於精靈或人類之手。

於是，炎魔之首勾斯魔格將所有攻城的炎魔都召聚過來，命令他們如此行事：一小部分炎魔要去迎戰怒鍾家族，佯裝不敵而後退，但大部分炎魔要設法從他們的側翼突破，切斷他們的退路，要在盤捲的火蛇上爬得更高、離城門更近。這樣，洛格要想撤退，就得付出巨大的傷亡作為代價。然而洛格看到變故，並未像炎魔所希望的那樣嘗試撤退，而是率領全軍猛攻那群被安排佯退的炎魔，結果他們開始在他面前潰逃，不是因為狡詐，而是急著保命。他們被一直追趕到平原上，尖叫聲劃破了圖姆拉登的天空。然後，怒鍾家族的成員四處砍殺驚慌失措的米爾寇部下，直到最後被一支奧克和炎魔組成，人數具有壓倒性優勢的大軍圍困，還有一條火龍被放出來對付他們。他們全部戰死在洛格周圍，一直拚殺到最後，直到鋼鐵和火焰吞沒了他們。迄今歌謠仍唱道，怒鍾家族的每位勇士在犧牲前，都讓敵人付出了七條性命的代價。然而，洛格的陣亡與他這一營的覆沒，使剛多林民的恐懼愈發深重，他們向城裡退得更深，朋洛德背抵著牆戰死在一條小巷裡，在他周圍倒下的還有許多巨柱家族和雪塔家族的戰士。

因此，米爾寇的半獸人控制了整道城門與城門兩側的大片城牆，飛燕家族和天虹家族有很多戰士被逼入了絕境。而在城內，米爾寇的大軍也攻下了很大一片地區，接近市中心，甚至包括毗鄰王宮廣場的泉井之地。然而在街道兩旁以及城門周圍，米爾寇大軍的屍體堆積成了無數小山，他們因此停下來商議。剛多林民的英勇使他們損失了比預期更多的兵力，他們的傷亡遠比守軍要多。洛格對炎魔的屠殺也令他們膽寒，因為那些惡魔是他們心裡強大的勇氣和信心的來源。

於是，他們制訂了計畫，先守住已經攻下的地盤，同時讓那些擁有巨足、能夠踩踏的青銅蛇慢慢地爬上鐵蛇，抵達城牆，打開缺口，讓炎魔可以騎在火龍身上進城。他們知道這必須加緊辦好，因為這些火龍的高熱不會永存不衰，它們只能從米爾寇在自己領地上的堡壘裡築成的火井中補充燃料。

但是，就在他們的使者奔忙的時候，他們聽見剛多林民的大軍中奏響了動聽的音樂。他們不知這是何意，心生恐懼。看啊！埃克塞理安和湧泉家族的戰士們來了；圖爾鞏從自己的高塔頂上觀看了大半戰況，之前一直將他們留作後備軍力。現在，他們長笛齊奏，穩步而來；在殷紅的火光和漆黑的廢墟當中，他們那水晶與白銀的服飾顯得亮麗無匹。

突然間，樂止音消，嗓音悅耳的埃克塞理安高聲下令拔劍。不等奧克反應過來，他已發起猛烈的進攻，閃著寒光的白刃已經殺到了敵人中間。據說，埃克塞理安的家族在此役中殺掉的半獸人，比過去埃爾達在所有戰鬥中殺掉的還要多，直至今日，他的名字在半獸人當中都意味著恐怖，對埃爾達而言則如同戰吼。

這時，圖奧和白翼家族的人也殺入了戰場，與埃克塞理安的湧泉家族並肩作戰。雙方聯手，發動了猛烈的進攻，並且互相掩護，多次發起突擊，不斷驅趕奧克後退，幾乎奪回了城門。但是，看哪！城門那裡傳來一陣踐踏劇震，火龍拚力開出了一條爬上阿蒙格瓦瑞斯山的路，並推倒了城牆。城牆中已經打開了一個缺口，戍衛塔已經坍塌，遍地磚石狼藉。飛燕家族和天虹家族的人分成小隊，不是在廢墟中苦戰，就是在與敵人爭奪東西兩側的城牆。就在圖奧驅趕著奧克接近城門口時，有一條黃銅蛇猛撞向了西側城牆，城牆猛烈一震，一大段牆體轟然倒塌，隨後上來了一個冒火的怪物，背上馱著一群炎魔。火焰從那條大蟲的口中噴出，燒焦了擋在它面前的人，連圖奧頭盔上的翅膀都被熏黑了，但是圖奧沒有後退，他把他的護衛以及所有能找到的天虹和飛燕家族的人都召集到身邊，而在他右邊，埃克塞理安集結了南城湧泉家族的戰士。

眾奧克一見火龍到來，又壯起了膽子，他們會合到蜂擁穿過缺口的炎魔當中，對剛多林民發動了猛攻。在那裡，圖奧劈開一名奧克頭領奧斯羅德的頭盔殺了他，又將巴爾克米格劈成兩半，還用斧頭將路格的雙腿齊膝斬斷；而埃克塞理安一氣連殺了兩個半獸人頭領，又一劍劈開他們的頭號勇士奧寇巴爾的腦袋，從頭頂直劈到牙齒。這兩位領主憑著無上的英勇，甚至殺到了炎魔面前。那群力量強大的惡魔，埃克塞理安殺了三個，因為他雪亮的寶劍能斬斷他們的鐵甲，傷及他們的火焰，令他們痛苦掙扎；然而，炎魔更怕的是圖奧手中揮舞的那把斧頭德拉姆博烈格，因為它的響聲就像鷹翼破空，落下便帶來死亡，有五個炎魔倒在了斧下。

即便如此，以寡敵眾依然不能長久。就在火龍逼近城牆的廢墟時，埃克塞理安的左臂吃了炎魔的一鞭，負了重傷，他的盾牌也掉到了地上。於是，埃克塞理安不得不靠在圖奧身上，圖奧也不肯丟下他，然而那頭踐踏一切的巨獸已經來到眼前，他們眼看就要葬身巨足之下。但是圖奧在那怪物的腳上砍了一斧，火焰頓時噴出，那條巨蛇尖叫起來，尾巴拚命亂甩，奧克和諾多族雙方都有很多人因此而死。圖奧鼓起餘力，背起埃克塞理安，隨著餘下的戰士撤了下去，逃離了那條火龍。然而，那頭怪獸造成的殺戮十分慘烈，剛多林民被深深震驚了。

就這樣，佩烈格之子圖奧在敵人面前撤退了，他且戰且退，從戰場上救回了湧泉家族的埃克塞理安，而那群火龍和敵軍占領了城的一半和整片城北地區。從那時開始，成群結隊的奧克在街道上橫行掠奪，大肆洗劫，在黑暗中屠戮男女和孩童。他們還在情況許可時，把很多抓到的人綁起來，帶回去扔進鐵籠當中的鐵牢裡，好等戰事結束後拖回去給米爾寇當奴隸。

圖奧從北邊沿著一條路退到了民井廣場，發現加爾多在那裡擋住了一大群想從西邊的英威拱門進來的半獸人，但他身邊綠樹家族的戰士已是所剩無幾。加爾多救了圖奧一命，因為圖奧背著埃克塞理安，落到了隊伍的後面，被一具倒在黑暗中的屍體絆倒了。若不是那位勇士突然揮著狼牙棒衝殺出來，圖奧和埃克塞理安就要雙雙落到奧克手裡了。

白翼家族、綠樹家族、湧泉家族、飛燕家族和天虹家族的零散戰士匯成了一支戰力良好的隊伍，在圖奧的建議下，他們撤離了泉井之地，明白相鄰的王之廣場更容易防守。從前，泉井之地生長著許多美麗的樹木，既有橡樹也有楊樹，它們環繞著一口巨大的泉井，井極深、水極純淨；然而，此刻那裡充斥著米爾寇那群吵鬧又醜陋的駭人爪牙，泉水都被他們的屍體汙染了。

就這樣，守軍在圖爾鞏王宮前的廣場上，最後一次堅定勇敢地集結起來。他們當中有許多負傷或昏迷的人，而圖奧已經拚殺了半夜，又要背負昏死過去的埃克塞理安，這時也疲累不堪。就在他率領那支隊伍從西北經過拱門大道進入廣場時（他們費了很大力氣，不讓任何敵人尾隨而至），廣場的東邊傳來了一陣喧鬧，看啊！格羅芬德爾帶著金花家族的最後一批戰士被驅趕了進來。

金花家族這些人在城東的大集市那裡經歷了一場惡戰——他們當時正沿著一條迂迴的路線前去北門參戰，卻在大集市那裡出其不意地遭到了一支由數個炎魔率領的奧克部隊的襲擊。他們這樣繞路，原本打算奇襲左翼的敵人，不料自己先遭到了伏擊。他們在那裡苦戰了幾個鐘頭，直到一頭剛從缺口進來的火龍擊潰了他們，格羅芬德爾帶著寥寥幾人艱難地殺出一條路突圍，但是那個地方的眾多店鋪和無數做工精良的美麗物品全都付之一炬。

傳說講述，格羅芬德爾派人告急時，圖爾鞏派了豎琴家族的戰士去援助他們，但是薩爾甘特對部下隱瞞了這個命令，只說他們要駐防他家所在的南邊小集市廣場。豎琴家族的戰士在那裡等得心焦，終於擺脫了薩爾甘特，來到了王宮前。他們來得正是時候，因為一群敵人正乘勝緊追在格羅芬德爾背後。豎琴家族的戰士未獲命令便懷著滿腔戰意向這群敵人撲了上去，把他們趕回了集市，徹底挽回了自家領主的懦弱之過；但是，因為無人指揮，他們被怒火沖昏了頭，導致許多人被大火困住，或被正在那裡肆意狂歡的火龍吐火燒死。

圖奧這時喝了大噴泉的水，精神一振。他解下埃克塞理安的頭盔，讓他也喝了水，並把水潑到他臉上，使他清醒過來。現在，圖奧和格羅芬德爾兩位將領肅清了廣場，將所有找得到的人從各個入口撤了回來，撤前用路障把入口堵住，只留下南邊出入。埃加爾莫斯正好從那邊來了。他原本負責城牆上的守城機械，但他早早判斷了戰況，認為不應在城垛上射箭，而應去街道上近戰。他把一些天虹家族和飛燕家族的人召集在身邊，丟下了自己的弓，然後，他們開始在城中四處遊走，每當遇到小股敵人，就給予對方迎頭痛擊。就這樣，他救下了眾多被擄的小隊，集結了不少亂走和被追趕的人，然後一路奮戰，來到了王之廣場。人們欣然迎接他，因為他們本來都擔心他已經陣亡了。現在，之前聚集到這裡或被埃加爾莫斯帶來的婦孺，都躲進了王宮，眾家族整隊準備最後一戰。在那支生還者組成的大軍中，除了怒錘家族以外，每個家族都有人在，無論人數多少；而王室衛隊仍是毫髮無傷，這並不是什麼可恥之事，因為他們的任務就是養精蓄銳守到最後，保衛國王。

現在，米爾寇的爪牙已經集結了兵力，七條火龍馱著炎魔，被奧克簇擁著從北、東、西三個方向逼來，尋找王之廣場。接著，各處路障前的血戰開始了，埃加爾莫斯和圖奧在防線上奔走，但是埃克塞理安仍躺在噴泉旁。這場堅守戰被所有的歌謠和傳說所銘記，是最頑強英勇的一戰。然而，堅守到最後，還是有一條惡龍衝破了北邊的路障。那裡曾經是玫瑰巷的出口，本是一處適合觀賞或散步的勝地，但是現在唯餘一條充滿嘈雜的漆黑小巷。

圖奧見狀，擋在了那頭怪獸的去路上，但他和埃加爾莫斯被隔開了，敵軍壓迫他後退，一直退到廣場中心的噴泉邊。在那裡，他由於令人窒息的高溫而疲憊不堪，被一隻巨大的惡魔打倒——那不是別人，正是米爾寇之子、炎魔之首勾斯魔格。但是，快看！埃克塞理安大步跨過了倒地的圖奧；他臉色蒼白如灰鋼，執盾的手臂無力垂在身旁。這位諾姆族一劍猛刺向那個惡魔，但沒能殺死對手，反而傷了自己握劍的手臂，劍也脫手而去。接著，就在勾斯魔格舉起火鞭的剎那，湧泉家族的領主、諾多族中最俊美的埃克塞理安縱身一躍，和身撲向勾斯魔格，將自己頭盔頂上的尖刺狠插入那邪惡的胸膛，並用雙腿絞住了敵人的大腿；炎魔大叫一聲向前栽倒，他們雙雙跌進了王之噴泉那深不見底的水潭。那個惡魔在此遇上了他的剋星；身穿鋼甲的埃克塞理安則沉入了水底。就這樣，在激烈如火的戰鬥後，湧泉家族的領主在清涼的深水中逝去。

這時，圖奧已經趁著埃克塞理安的進攻贏得的空隙站起身來，他目睹對方的壯舉，不禁落淚，因為他深愛這位湧泉家族的俊美諾姆族。然而他身陷戰場，堪堪才殺出一條血路，去到保衛王宮的人身邊。守在那裡的王室衛隊看見敵人因為大軍統帥勾斯魔格喪命而恐懼動搖，便趁機發動了猛攻，身穿華麗鎧甲的王也親自下場和他們一同砍殺，他們再次掃蕩了大半廣場，連炎魔也斬殺了四十之多，實為極其偉大的英勇功績。更有甚者，他們圍攻了一條火龍，儘管烈焰沖天，他們還是把它逼進了王之噴泉的深水裡，令它葬身其中。那處美麗的泉水就此消亡，潭水化成了蒸汽，泉源也乾涸了，不再噴入天空。取而代之的是直沖上天的蒸汽巨柱，凝成的雲飄散到了全地上空。

接著，噴泉的毀滅給所有人帶來了災難。廣場上彌漫著滾燙的水汽和蔽目的霧氣，王室衛隊的戰士被高熱、敵人、巨蛇殺害，或被自己人誤殺；但是一隊衛士救出了國王，在格林戈爾和班熙爾兩棵樹底下，一群人重整旗鼓。

彼時，王說：「剛多林的陷落何其慘烈！」眾人聞之戰慄，因為這正是古代先知阿姆農說過的話。但是，圖奧出於對王的憐憫和愛，激動地喊道：「剛多林猶在屹立，烏歐牟必不會坐視它滅亡！」當時，圖奧站在雙樹旁邊，王站在階梯頂上，正如當年圖奧為烏歐牟代言時那樣。但是，圖爾鞏說：「我罔顧烏歐牟的警告，將邪惡招到了這朵『平原之花』上，如今他離棄了它，讓它在火中枯萎。看啊！我心中對我這座絕美的城已不抱希望，但諾多族的兒女，必不至永遠落敗。」

很多剛多林民站在近處，聞言將武器互擊，以示決心，但是圖爾鞏說：「我的子民啊，不要與厄運劫數抗爭！倘若還有時間，你們應當設法安全逃離。讓圖奧擁有你們的忠誠吧。」但圖奧說：「您才是王。」圖爾鞏答道：「然而我不會再戰了。」然後他摘下王冠，扔到格林戈爾樹下。站在那裡的加爾多將王冠拾起奉上，但圖爾鞏沒有接受。他不戴任何冠冕，登上了王宮近旁那座白塔的尖頂。在那裡，他放聲高呼，聲音如同號角在群山中吹響；所有集結在雙樹下的人與廣場上霧氣中的敵人，都聽見他喊道：「諾多族必勝！」據說，那時正值午夜，奧克發出了嘲弄的嚎叫。

然後，眾人開始討論突圍，但是各執一詞。許多人認為不可能衝出廣場，哪怕衝出廣場，也不可能越過平原或穿過山嶺，不如留在國王身邊戰死。但是，圖奧不忍心讓那麼多美麗的婦女與孩童去死，無論是萬不得已由自己人了斷，還是死於敵人的刀槍。因此，他說出了那條掘出的密道，建議眾人一起懇求圖爾鞏改變決定，回到他們當中來，領導剩餘的人向南去往城牆，找到通道的入口。他自己也迫切想去那邊，想知道伊綴爾和埃雅仁德爾的情況，或給他們送去消息，要他們迅速出逃，因為剛多林已經落入敵手。須知，在領主們看來，圖奧的計畫無異於孤注一擲，鋌而走險——隧道那麼狹窄，而必須穿過它的人員那麼多——但是當此困境，他們寧願採納這個計畫。可是圖爾鞏不聽，並下令要他們現在快走，以免為時過晚。「讓圖奧做你們的嚮導和首領吧。」他說，「但我圖爾鞏不會離開我的城，我會與它一同葬身火海。」於是，使者們再次迅速登上白塔，說：「陛下，您若身死，剛多林民何存？領導我們吧！」但他說：「看！我留在這裡。」他們第三次去時，他說：「如果我還是王，你們理當服從我的指示，不得對我的命令討價還價。」聽到這話之後，他們不再派人去了，開始準備最後這場希望渺茫的突圍嘗試。但是，王室衛隊中還活著的人卻不肯挪動半步，他們團團圍在王的白塔腳下，說：「如果圖爾鞏不走，我們就死守在此。」沒有人能夠說動他們。

這時，圖奧左右為難，心如刀絞，他尊敬國王，又深愛伊綴爾和兒子。然而，那些巨蛇已經在廣場上肆意踐踏死者和垂死者，敵人在霧中集結，要發動最後的攻擊；他必須做出選擇。然後，他聽到王宮廳堂裡女子們的哀哭，十分憐憫剛多林這些殘存的不幸子民，於是他把那些悲慘的人盡數召聚到一起，包括少女、孩童和母親，將他們安置在隊伍的最中間，盡可能地安排自己的部下將他們團團圍住。他將他們安置在側翼和後方深處，因為他打算向南撤退，途中與殿後的戰士一起竭力戰鬥；如此一來，他就有可能在敵人的任何一支重兵被派來包圍他之前，沿著典禮大道，成功去到諸神之地。他打算從那裡取道流水之路，經過城南諸泉，到達城牆和他的家；但是，他對能否通過那條密道卻沒有把握。然而，敵人看出了他的動向，就在他開始撤退時，立刻從東面和北面向他的左翼和後方發起了一次猛烈的進攻；不過他的右翼得到了王宮的掩護，那一側的先頭部隊已經踏上了典禮大道。

然後，最龐大的一批火龍來了，在霧中發出刺眼的光。在左翼陷入亂戰的圖奧不得不命令隊伍開始奔跑，而格羅芬德爾毅然擔起斷後之責，有更多金花家族的成員陣亡在此。就這樣，他們通過典禮大道，抵達了「諸神之地」加爾愛尼安。這是一片開闊地，中央是全城的最高點。圖奧想在這裡尋找一處險地據守，他幾乎不奢望再往前走了；不料，且看，敵人似乎已經放鬆了追擊，跟在他們身後的寥寥無幾，這當真是個奇蹟。圖奧當先率領隊伍，來到了婚禮之地，看啊！伊綴爾立在他面前，像他們當初結婚那日一樣披散著秀髮；圖奧大吃一驚。伊綴爾身邊只站著沃隆威一人，但她就連圖奧的到來也未曾注意，因為她的目光緊盯著國王之地，那裡比他們此刻所在之處略低。接著，整支隊伍都停了下來，回頭去看她目光所望之處，他們的心彷彿停止了跳動，因為他們終於明白了為什麼沒有多少敵人緊追不捨，明白了他們獲救的原因。看啊！一條火龍就盤繞在王宮前的潔白臺階上，玷汙了它們；奧克蜂擁而上，正在洗劫宮殿，把被落下的女子和孩童拖出來，殺掉尚在獨力戰鬥的男人。格林戈爾枯萎了，只剩樹幹，班熙爾徹底變得焦黑，王的白塔被團團包圍。他們能分辨出高處國王的身影，但有一條巨蛇正在塔基處不斷噴火，甩動尾巴擊打塔基，四周圍滿了炎魔；國王的衛士們正在極大的痛苦中奮戰，可怕的喊聲直傳到觀者耳中。原來，對圖爾鞏王宮的劫掠和王室衛隊那最英勇的死戰，占據了敵人的全部心思，這才讓圖奧和他的隊伍逃出生天，此刻得以站在諸神之地，淚流滿面。

伊綴爾說：「我肝腸寸斷，因為我父親正在他最高的尖塔頂上等候死亡降臨；但更令我五內俱焚的，是我丈夫已在米爾寇面前殞落，再也不能大步返回家園。」她說這話，是因為那一夜的錐心之痛使她憂心若狂。

圖奧聞言說道：「看啊！伊綴爾，是我，我還活著；我這就去救你父親，哪怕要去米爾寇的地獄！」妻子的悲痛令他發狂，說完這話他就打算獨自下山，但她恢復了理智，大哭著抱住他的膝蓋說：「夫君！夫君！」拖住他不得前去。就在他們說話的時候，從那悲苦之地傳來了一聲巨響和叫喊。看哪，高塔猛然一晃，坍塌下來，倒入一團驟然高漲的烈火中，因為那些惡龍擊碎了塔的基座，擊潰了所有攔在那裡的人。高塔的倒塌發出了可怕的鏗鏘巨響，剛多林民的王圖爾鞏就此殞落；在那一刻，勝利是屬於米爾寇的。

見狀，伊綴爾沉重地說：「智者的盲目真是可悲。」但圖奧說：「我們所愛之人的固執也很可悲——但那是勇敢的過錯。」然後他彎下腰扶她起來，吻了吻她，因為對他來說，她比所有的剛多林民都更重要；但她為她父親痛哭了一場。隨後，圖奧轉身對將領們說：「看啊，我們必須全速前進，免得遭到圍困。」他們立刻動身了，走得盡可能地快，趕在奧克洗劫王宮、慶祝圖爾鞏的高塔倒塌感到厭膩之前，遠離了該地。

他們來到南城，途中只遇到了零星的小股劫掠者，一見他們就飛奔而逃；但他們發現到處失火，都是殘酷的敵人點燃的。他們遇到了一些婦女，有的抱著嬰兒，有的扛著各種細軟貨財，不過圖奧不讓她們帶著那些東西走，只讓她們留下一些食物。終於，他們覓得了一段稍長的喘息之機，圖奧詢問沃隆威出了何事，因為伊綴爾不言不語，幾近昏迷。沃隆威告訴他，伊綴爾跟他一同等在家門前，戰鬥的喧囂越來越響，令他們越來越揪心；伊綴爾因為得不到圖奧的消息而哭泣。最後，她不容分說，嚴令她的大多數護衛帶著埃雅仁德爾動身，迅速沿著密道逃離，然而，這場離別使她悲不自勝。她說，她自己會留下來等，還說不願在她丈夫死後獨活。然後，她便上街四處去聚攏婦女和亂跑的人，催促他們下了密道，讓她那一小隊護衛抵抗劫掠者；她還不聽他們的勸阻，帶了一柄劍。

最後，他們遭遇了一支人數過於龐大的敵軍，沃隆威全憑諸神眷顧，才得以拖著她逃脫，但其他人全部犧牲了。敵人放火燒了圖奧的家，不過沒有發現密道。「因此，你夫人由於疲憊和悲痛，變得心神狂亂，」沃隆威說，「她不顧一切地衝進城裡，我憂懼萬分，又無法帶她從大火中脫身。」

交談間，他們來到南邊城牆，接近了圖奧的家。看啊！房子已經倒塌，廢墟還在冒煙；圖奧一見，怒火中燒。但這時傳來一陣喧鬧，預示著奧克就要來了，圖奧只得盡快將整支隊伍送下密道。

這群流亡者向剛多林告別，步下階梯時，無不悲痛萬分；他們對出了群山之後逃生並不抱多大希望，因為怎麼可能有人能僥倖逃脫米爾寇的魔掌？

當所有人進去之後，圖奧的恐懼減輕了，他總算高興起來；事實上，全靠眾維拉的護佑，他們全員才能在沒被奧克發現的情況下進了密道。有些人留在後面，他們拋下武器，拿起鋤鎬，奮力從內部堵上密道的入口，然後再盡力去追趕前方的大隊。但是，當大隊人馬走下階梯，來到與山谷地面平齊的一段隧道時，隧道中的溫度因為那群圍城的火龍變得極高，不堪忍受；而那些火龍的確就在附近，因為這一段隧道挖得不深。地面的震動使巨石鬆動，落下來壓死了許多人，空氣中濃煙彌漫，悶熄了他們的火把和燈籠。他們不時被倒臥在地的屍體絆倒，那些都是先他們一步逃離卻葬身在此的人，圖奧見狀，為埃雅仁德爾憂懼萬分。他們忍受著巨大的痛苦，在一片漆黑中繼續趕路，在那條地下密道裡走了將近兩個鐘頭。密道的盡頭只是勉強完工，舉架低矮，兩壁凹凸不平。

當他們終於來到密道出口時，已經損失了十分之一的人；出口巧妙地開在一個大池塘裡，塘中曾經有水，但現在長滿了茂密的灌木叢。伊綴爾和沃隆威先前匆匆送入密道裡的各色人等都聚在這裡，人數頗眾，正在疲乏和悲傷中輕聲哭泣，但是埃雅仁德爾不在此列。圖奧和伊綴爾登時心如刀絞。其他所有的人也在哀悼，因為在他們周圍平原的正中央，隱約可見遠處山頂燃著熊熊大火的阿蒙格瓦瑞斯山丘，那裡曾經矗立著他們的家園，一座熠熠生輝的城。如今它被火龍包圍，鋼鐵怪物從它的城門進進出出，炎魔和奧克正在大肆劫掠。儘管如此，這一幕卻給倖存者的領袖們帶來了些許安慰，因為他們判斷除了緊鄰城市的地方，平原上幾乎沒有米爾寇的爪牙了——他那群邪惡的屬從全都去了城中，在毀滅中狂歡作樂。

於是，加爾多說：「好了，我們必須在黎明來臨之前，盡可能地朝著環抱山脈遠走，而那意味著我們必須抓緊時間，因為夏天馬上到了。」這話引發了一場爭論，因為有些人說，按照圖奧的打算趕往克瑞斯梭恩是愚蠢的。他們說：「太陽早在我們抵達山腳之前就會升起，我們會在平原上被那些火龍和惡魔消滅。讓我們趕去『逃生之路』巴德．烏斯溫吧，到那裡只有一半距離，我們當中疲乏和受傷的人如果只需要走那麼遠，還是有希望的。」

然而伊綴爾開口反對這個建議，並說服了領主們不再信賴先前保護那條路不被發現的魔法：「倘若剛多林都能陷落，還有什麼魔法能靠得住？」儘管如此，還是有一大群男女離開圖奧的隊伍，奔往巴德．烏斯溫，結果在那裡落入一頭怪物口中，沒有一個得以逃脫——那頭怪物是詭計多端的米爾寇聽取米格林的勸告，安排堵在逃生之路出口處的。但是綠樹家族的「綠葉」萊戈拉斯[11]對整片平原瞭若指掌，並且夜間也能視物，在他的帶領下，眾人儘管疲憊不堪，仍然快速穿過了山谷，直到跋涉了很長一段路之後才停下來休息。隨後，那個悲傷的黎明將灰暗的晨光灑向整片大地，卻再也見不到美麗的剛多林了。不過，令人驚奇的是，過去從不起霧的平原上到處彌漫著薄霧，這很可能與王之噴泉的毀滅有關。他們再次起身，依靠霧氣的掩護，在天亮之後安全地趕了很久的路，直到走出很遠。任何人都不能透過迷霧，從那座山丘或毀壞的城牆上看見他們。

須知，環抱山脈——確切地說，環抱山脈中最低的山丘——在那一邊距離剛多林只差一哩就是七里格遠，而「群鷹裂隙」克瑞斯梭恩坐落在高處，從山脈起處仍要再往上爬兩里格。因此，他們還要在山麓丘陵中穿行兩里格多的路，而他們已經累極了。這時，紅彤彤的豔陽已經高升到東邊的山脊上方，他們附近的薄霧已經散了，但是剛多林的廢墟像被裹在雲中，完全看不見了。接著，看哪！視野已清，他們看到就在幾弗隆遠的地方，有一小群人正

11 譯者注：此處的萊戈拉斯雖然與《魔戒》中的萊戈拉斯（勒苟拉斯）重名，但應當不是同一個人物。

在徒步奔逃，身後緊追著一支奇怪的騎兵——那是一群騎在巨狼身上，揮舞著長矛的敵人，他們覺得那是奧克。圖奧見狀說道：「看啊！那是我兒子埃雅仁德爾；且看，他的面容閃亮如荒野中的星星，他周圍的則是我白翼家族的護衛，他們正身陷危境。」他立刻挑選了五十個精力最充沛的人，離開大隊人馬追趕上去。他帶著那支小隊，拚盡殘存的氣力全速穿過了平原。等進了喊聲能及的範圍，圖奧朝埃雅仁德爾身邊的人高喊，叫他們奮力抵抗，不要再逃，因為狼騎兵正在驅散他們，將他們各個擊破，而埃雅仁德爾那孩子正被伊綴爾家中一個名叫亨多爾的僕人扛在肩上，他們眼看就要被落下了。聽見圖奧的喊聲，他們停下來背靠背站在一起，將亨多爾和埃雅仁德爾圍在中間；圖奧很快就趕了上來，儘管他和整支小隊都跑得上氣不接下氣。

狼騎士有二十個，而護在埃雅仁德爾身邊的人只剩了六個；因此，圖奧將帶來的人散開，布成新月形的一排，希望把那隊騎兵包圍起來，以免有人逃脫把消息帶給敵人的主力軍，給逃亡者們招來滅頂之災。他的計策成功了，只有兩個敵人逃走，由於他們負了傷又丟了坐騎，等他們將消息送進城裡，為時已晚。

埃雅仁德爾開心地向圖奧問候，而圖奧更是萬分欣喜地問候自己的孩子；可是埃雅仁德爾說：「父親，我渴了，因為我跑了很遠的路，而且沒有要亨多爾背我。」他父親聽了，什麼都沒說，因為他身上沒帶水，又想到他所領導的整支隊伍都需要吃喝；不過埃雅仁德爾又說：「看到米格林死了真好，因為他要來抱我母親——我不喜歡他；不過，就算米爾寇所有的狼騎士都來追我，我也不要再走隧道了。」這話讓圖奧笑了，他將兒子放到了肩上。不久，大隊人馬趕了過來，圖奧將埃雅仁德爾交給了他母親，她喜出望外；但是埃雅仁德爾不願被她抱在懷裡，他說：「伊綴爾媽媽，你累了，而剛多林穿鎧甲的戰士是不騎馬的，除了老薩爾甘特！」他母親儘管難過，還是忍不住笑了；可埃雅仁德爾又問：「不對，薩爾甘特在哪裡？」因為薩爾甘特不時會給他講離奇有趣的故事，跟他玩小把戲開玩笑；曾經有一段時間，那位老諾姆族經常來圖奧家，享受好酒和美食的招待，給埃雅仁德爾帶來了許多的歡笑。但是，當時沒有人說得出薩爾甘特在哪裡，如今他們也不可能知道了。也許他在床上被大火燒成了焦炭；但也有些人說，他被擄到米爾寇的廳堂裡，當了供他取樂的小丑——這對一位出身諾姆族這支優秀種族的貴族而言，真是太不幸了。埃雅仁德爾對此十分傷心，默默地走在他母親身邊。

等他們來到山腳下，已經是上午了，但天色仍然灰濛濛的。在上山的道路起點附近，人們停下來舒展筋骨，在一處樹木和榛木叢環繞的小山谷裡休息。許多人累得精疲力盡，不顧危險睡著了。不過圖奧設下了嚴格的輪值看守，他自己也沒有睡。他們在這裡吃了少得可憐的食物和碎肉，充作一餐；埃雅仁德爾解了渴，在一條小溪邊玩耍。然後，他對母親說：「伊綴爾媽媽，我真希望湧泉家族的好埃克塞理安在這裡吹笛子給我聽，或給我做柳笛！他是不是走在前面啊？」但伊綴爾說不是，對他講了她所聽說的埃克塞理安的結局。埃雅仁德爾聽了便大哭起來，說他再也不想看見剛多林的街道了。而圖奧說，他也不可能再看見那裡的街道了，「因為剛多林已經不復存在」。

之後，到太陽快下山時，圖奧才叫大家起來，他們沿著崎嶇的小徑繼續前進。不久，草地漸漸消失，取而代之的是長滿青苔的石地，樹木漸漸減少，就連松樹和冷杉也稀疏起來。到太陽下山的時候，山路拐了一個大彎，繞到山肩的背後，他們就要看不見剛多林了。在那裡，所有的人都轉過身來，看啊！沐浴在夕陽餘暉中的平原清淨明朗，一如既往；但在他們凝目的時候，遠處迸發了一道巨大的光芒，直衝上黑暗的北方天空——剛多林最後的一座高塔倒塌了。它曾堅固地聳立在南城門邊，它的影子常常投在圖奧家的牆上。然後，太陽沉落下去，他們再也看不見剛多林了。

須知，「群鷹裂隙」克瑞斯梭恩隘口是一處險地。要不是因為太怕被米爾寇的斥候發現，這一行人是不會趁夜冒險走上這條路的——他們沒有燈籠與火把，個個疲憊不堪，又被婦女、孩子、病號和傷患拖累。然而由於隊伍龐大，他們做不到祕密前進。他們接近那處高山隘口時，夜幕已經迅速合攏，他們必須排成一條散亂的長龍。加爾多和一隊手持長矛的人當先開路，萊戈拉斯和他們同行，他的眼睛宛如黑暗中的貓眼，但比貓眼看得更遠。尚有體力的婦女跟在他們後面，扶著還能行走的病號和傷患。伊綴爾和勇敢堅持的埃雅仁德爾同這群人在一起，圖奧則帶著所有白翼家族的人走在他們後面、隊伍的中段，他們抬著一些受了重傷的人。埃加爾莫斯和圖奧在一起，他從廣場上突圍時受了傷。在他們後面，又是許多帶著嬰孩的婦女、小女孩和殘跛的男人，不過前進的速度慢得足以讓他們跟上。最多的一隊尚能作戰的人負責斷後，金髮的格羅芬德爾就在其中。

就這樣，他們來到了克瑞斯梭恩。這裡由於太高，從未有過春夏，寒冷異常，環境惡劣。要知道，當山谷在陽光下歡舞的時候，這些荒涼的地方卻終年積雪。他們來到這裡時，刺骨的寒風呼嘯著從他們身後的北方吹來，雪花飄落，被裹挾在風中打轉，撲進了他們的眼睛。這很不妙，因為這一段山路十分狹窄。在他們的右邊，也就是西邊，有一堵峭壁拔地而起，幾乎有七鏈之高[12]，頂上裂成無數鋸齒狀的尖峰，上面有許多鷹巢。梭恩惑斯之主、鷹王梭隆多就住在這裡，埃爾達稱他為「梭隆圖爾」。另一邊則是懸崖，雖然不是垂直的，但仍陡峭得可怕，崖邊還有長如尖牙、指向上方的岩石，如此一來，一個人可以爬下去——或跌下去——卻絕對爬不上來。下方的深谷不但被兩壁封住，兩頭也出不去；梭恩西爾河在谷底流過，它從南方瀉下一片巨大的斷崖，但水量不多，因它是這片高山中的一條細流。它在崎嶇多岩的地面上只流過一哩，便向北流入了一條通入山腹的狹窄通道，水道窄到連一條魚也多半擠不過去。

這時，加爾多和他的部下已經快要來到山路的盡頭，接近梭恩西爾瀉入深淵的地方。儘管圖奧做出了極大的努力，其餘的人還是掉了隊，零零散散地走在深淵和峭壁之間那條近一哩長的險徑上，以至於格羅芬德爾的戰士們才開始踏上山路的起點。這時，暗夜中迸發了一聲吼叫，在那片陰森的區域裡迴蕩。看哪，加爾多的部下猝不及防，在黑暗中遭到了一群從岩石後面跳出來的身影圍攻，連萊戈拉斯的目光都沒發現他們藏在那裡。圖奧以為他們撞上了米爾寇的一支巡邏隊，顧慮的不過是一場黑暗中激烈的小衝突而已，但他還是把身邊的婦女和病號送往後隊，派他的人去增援加爾多，險徑上爆發了混戰。不料，這時上方又有亂石

12 譯者注：鏈（chain）是英制長度單位，一鏈為六六英尺，約二〇米，七鏈就是一四〇米。

落下，砸死砸傷了很多人，形勢看起來十分不利。而當隊尾也傳來兵器相擊之聲的時候，圖奧覺得情況更加不妙，一個飛燕家族的人給他送來消息，說格羅芬德爾被後方追來的人打得大敗，敵軍當中有一隻炎魔。

圖奧深恐遇到了陷阱，而那確實就是一個陷阱，因為米爾寇在整片環抱山脈中都布設了哨兵。不過，英勇的剛多林民在城被攻陷之前牽制了太多敵人的兵力去攻城，山中的敵人哨兵零散稀少，在南方尤甚。儘管如此，當他們從榛樹山谷動身往上走時，就有敵兵發現了他們，為了對付他們，敵人聚集了盡可能多的小隊，計畫就在克瑞斯梭恩的險徑上前後夾擊這群逃亡者。此時，加爾多和格羅芬德爾雖然出其不意遭到了襲擊，但還是穩住了陣腳，許多奧克被打落深淵；但是那陣落石幾乎讓他們的英勇付諸東流，剛多林民的逃亡眼看就要失敗。差不多就在那時，月亮升到了隘口上空，皎潔的光輝透進黑暗之地，驅散了些許昏暗，然而峭壁太高，月光不能照亮那條山徑。於是，鷹王梭隆多被驚動了。他不喜歡米爾寇，因為米爾寇曾經抓了許多他的親族，將他們鎖在尖利的岩石上，逼他們吐露飛翔的魔法咒語，好讓他也學會飛翔（他夢想在空中也能與曼威爭鋒）；然而那些鷹不肯說，他便割下他們的翅膀，想要以此造出一雙強大的翅膀作為己用，但是沒有成功。

當隘口的喧鬧往上傳到梭隆多的巨大鷹巢時，他說：「那些骯髒的東西，山裡的奧克，為何爬到了我的寶座之側？為什麼諾多族的子孫因為懼怕該受詛咒的米爾寇的後代，在低處大喊？嗦堅如鋼，爪利如劍的梭恩惑斯啊，行動吧！」

頓時，山岩間振翅聲大作，如同刮起一陣狂風，「大鷹之民」梭恩惑斯撲向了攀爬到山徑上方的奧克，抓向他們的臉和手，將他們丟到下方遠處梭恩西爾的岩石上。剛多林民見狀大喜，他們後來將大鷹作為本族的標誌，以表喜悅，伊綴爾也佩戴它，但是埃雅仁德爾更喜歡他父親的天鵝翅膀。加爾多的人沒了掣肘，將攻擊者擊退了，因為來犯的敵人不多，又被梭恩惑斯的突擊嚇得不輕。隊伍再次開始前進，然而隊尾的格羅芬德爾仍在苦戰不止。就在已經有一半的人走完危險的山徑，過了梭恩西爾瀑布時，後方敵軍中那只炎魔奮力一躍，跳上了一片屹立在左側裂谷邊緣，摸入山徑的高峻山岩，又從那裡狂暴地一躍，越過格羅芬德爾的戰士們，跳到前方那群婦女和病人當中，揮動火鞭抽打。格羅芬德爾立刻往前一躍，向那惡魔撲去，他金色的鎧甲在月光下閃著奇異的光芒。他一劍劈向炎魔，迫使它再次跳到一塊巨岩上，而格羅芬德爾緊跟著跳了過去。一場殊死搏鬥就在眾人上方那塊高高的岩石上展開，人們由於後路受逼，前路受阻，緊緊擠在了一起，幾乎人人都能看見那場激鬥；然而不等格羅芬德爾的人能跳上去援助他，戰鬥就結束了。格羅芬德爾戰意昂揚，驅趕著炎魔跳過一塊塊岩石，他的鎧甲擋下了炎魔的鞭子和利爪。他狠狠一擊，劈中炎魔的鐵盔，又齊肘砍下了那惡魔揮鞭的手。炎魔在劇痛和恐懼的折磨之下，和身朝格羅芬德爾撲來，而格羅芬德爾像蛇一樣疾刺一劍，卻只傷了炎魔的一邊肩膀，結果被炎魔扭住，兩人搖晃著摔到了危岩頂上。接著，格羅芬德爾左手摸出一把匕首，猛力一刺，捅進了炎魔近在面前的肚腹（因為那個惡魔的身材有他兩倍高）；炎魔尖叫著後仰，跌下了山岩，然而在墜落時一把揪住了格羅芬德爾頭盔下的金髮，他們雙雙墜入了深淵。

此事令人哀傷欲絕，因為格羅芬德爾最受眾人深愛——聽啊！他們墜落的聲音在群山間迴蕩，梭恩西爾的深澗中也傳出迴響。聽到炎魔臨死的呼號，擱在隊伍頭尾的奧克都顫抖動搖了，他們有的被殺，有的遠遠逃走。梭隆多這隻體型巨大的猛禽親自飛下深淵，將格羅芬德爾的遺體帶了上來；不過炎魔被留在了澗底，接連多日，梭恩西爾流到下方遠處圖姆拉登平原上的水都是黑的。

直至今日，每當埃爾達看見力量相差懸殊的美善對抗狂暴的邪惡時，仍然會說：「壯哉！正如格羅芬德爾與炎魔。」他們也仍然為那位俊美的諾多族心痛。當時，儘管眾人還要趕路，且懼怕會有新敵人出現，圖奧仍讓人在過了危險的山徑後，在鷹之澗的斷崖旁為格羅芬德爾築了一座巨大的石塚。梭隆多始終未讓那處石塚遭到損傷，金黃的小花在那裡生長起來，如今仍盛開在那片嚴酷之地的墳丘上。但是，金花家族的人在堆築石塚時潸然淚下，痛哭不已。

現在，誰能盡述圖奧和剛多林的流亡者，如何在圖姆拉登山谷南邊群山以外的荒野裡流浪？他們境況悲慘，飽受死亡、寒冷、饑餓之苦，守望警戒永無休止。他們之所以竟能成功穿過那片米爾寇的邪惡猖獗出沒的地區，是因為米爾寇在剛多林一役中損兵折將，傷亡慘重，也是因為圖奧率領他們走得迅速又警惕；因為米爾寇肯定知道了他們的逃脫，並為此大發雷霆。烏歐牟在遠方的深海中聽說了發生的一切，但是他當時無法幫助他們，因為他們離河流水域很遠——事實上，他們渴得厲害，卻找不到去水邊的路。

他們經歷了一年多的漂泊，其間多次被那片荒野的魔力纏住，走了很長的路，卻繞回了原來出發的地方。夏天再次來到，接近仲夏時，他們終於遇到了一條小溪，並順著溪流走到了富饒一些的地方，得以稍作歇息。是沃隆威把他們引到這裡來的，他在夏末的一天夜裡，從那條小溪中捕捉到了烏歐牟的低語——他從水聲中著實獲得了許多智慧。他帶領他們一直走到那條小溪匯入的西瑞安河，圖奧和沃隆威都意識到，他們離那條舊日的逃生之路出口並不遠，再次來到了那道長滿檉樹的深河谷中。這裡所有的灌木叢都被踏平，樹木也被燒毀了，谷壁被火燒得滿目瘡痍。他們忍不住流下淚來，因為他們可以想像那些從前在隧道出口與他們分道揚鑣的人，遭遇了什麼樣的命運。

他們沿河而下，但又一次開始對米爾寇感到懼怕。他們多次和小股的奧克戰鬥，並遭到了狼騎手的威脅。但火龍沒來對付他們，一方面是因為剛多林一役已經大大消耗了它們的火焰，一方面是因為烏歐牟的力量隨著河流的壯大而增長起來。他們走得很慢，要獲得食物維生非常艱難，因此，過了許多天，他們才抵達垂柳之地上方的廣大荒野和沼地，而沃隆威對這片地區一無所知。須知，西瑞安河在這裡有很長一程都是在地底流過的，它一頭扎入名為「烈風」的巨大洞穴，但到微光池塘上方又在光天化日下奔流而出，那裡正是托卡斯後來與米爾寇本人搏鬥的地方。圖奧在烏歐牟來到蘆葦叢中吩咐他之後，曾趁著夜晚和黃昏走過這一帶，但是他不記得路途。這片地到處都是陷阱，地面濕軟異常，整支隊伍在這裡耽擱了很長的時間，被惹人惱火的蟲蠅弄得焦頭爛額，因為這時還是秋天，很多人都染病發燒了。他們詛咒了米爾寇。

不過，他們終於還是來到了那片大池塘所在的地方，來到了那最柔美的垂柳之地邊緣。

那裡吹拂的風給他們帶來了安寧與平靜，那些為死在那場慘烈陷落中的親友哀悼的人，心中的悲痛因為這地的舒適而得到了緩解。女子在這裡恢復了美貌，病患得以康復，舊傷也不再疼痛；然而，唯獨那些有理由擔憂自己的親族仍活在鐵地獄，經受痛苦奴役的人，既不歌唱，也不歡笑。

他們在這裡居住的時間著實很長，埃雅仁德爾長成一個大孩子之後，烏歐牟的海螺聲又吸引了圖奧的心。他對大海的嚮往回來了，多年的壓抑只讓渴望變得更深。他命令所有人動身，領他們沿著西瑞安河而下，去了大海邊。

通過群鷹裂隙，目睹格羅芬德爾墜谷犧牲的，共有將近八百人——作為漂泊的旅人，誠然是很大一群，但作為一座人口眾多、美輪美奐的城的遺民，卻少得可憐。數年之後，那些離開垂柳之地的茵茵綠草，去到大海邊的人，於春日的金毛莨花開滿草地之際，為紀念格羅芬德爾而舉行了一次悲傷的集會。那時的人數，男子只有三百二十人，女子只有二百六十人。逃脫的女子人數很少，是因為城破時她們自己躲藏起來，或被親人藏在了城裡的隱祕之處。在那裡，她們有的被燒死，有的被殺害，有的被擄走成了奴隸，救援隊伍很少能找到她們。這想來真是悲哀之至，因為剛多林民的女子像太陽那樣明媚，像月亮那樣動人，比繁星還要耀眼。七名之城剛多林曾經繁榮昌盛，它的毀滅是大地上所有的城破浩劫當中最可怕的。無論是巴比靈斯、尼恩微、特魯伊的高塔，還是多次易手的人類最偉大之城羅姆，都不曾見過如同那日降臨到阿蒙格瓦瑞斯以及諾姆族身上的恐怖；人們認為，這是米爾寇在世間所做的惡事當中最壞的一樁。

如今，這些剛多林的流亡者居住在大海波濤邊的西瑞安河口。他們自稱「鮮花之民」洛絲民，因為「剛多林民」這個名字於他們無異於錐心之痛。在洛絲民當中，埃雅仁德爾在他父親家裡成長，長得十分俊美，而圖奧的偉大傳說也到了尾聲。

最後，布隆威格之子童心說：「哀哉剛多林。」

最早的文本

家父那些匆匆寫下的筆記，是遠古時代歷史的早期演變中的重要元素。正如我在別處所述，這些筆記大部分都是用鉛筆飛速寫在順序錯亂、沒有日期的零散紙片或小筆記本上的，如今字跡久經擦抹，已經變淡，有些地方縱然研究良久也幾乎無法辨認。在家父創作《失落的傳說》的那些年裡，他在這些筆記裡草草記下了一些想法和建議，其中有很多只是簡單的句子，甚至僅有孤立的名字，為的是提醒他自己要做什麼工作，要講述哪些故事，或要做出哪些改動。

剛多林陷落的故事，就是在這些筆記中初見端倪：

芬國瑪的女兒伊斯芬被諾姆族中黑鼴族的埃歐

爾（阿瓦爾）暗戀著。他身強力壯，博得了芬國瑪和費艾諾眾子（他是他們的親戚）的歡心，因為他領導著採礦者，並且搜尋隱藏的寶石。但他容貌醜陋，伊斯芬厭惡他。

關於選擇Gnome這個詞的緣由，參見第十九頁（注七）。「芬國瑪」是早期的名字，指的是後來的芬威（在遷離精靈甦醒之地帕利索爾的偉大旅程中，精靈第二支部族——諾多族的領導者）。在《失落的傳說之剛多林的陷落》中，伊斯芬是剛多林之王圖爾鞏的妹妹，埃歐爾之子米格林[13]的母親。

顯而易見，這條筆記雖然與《失落的傳說》中講述的故事有著重大的差異，但仍是故事的一種形式。在筆記中，追求芬國瑪的女兒伊斯芬，卻被她以醜陋為由而拒絕的是埃歐爾，一位「黑軀族」的採礦者。相比之下，在《失落的傳說》中，那位遭到拒絕的醜陋追求者是埃歐爾的兒子米格林，而他母親是伊斯芬，剛多林之王圖爾鞏的妹妹。傳說還明確地說（見第五三頁），伊斯芬與埃歐爾的故事「在此按下不表」，多半是因為家父覺得那會離題太遠。

我認為最有可能的是，上面給出的簡短筆記是在《失落的傳說之剛多林的陷落》和邁格林這個角色問世之前寫的，故事本來與剛多林無關。

13 譯者注：米格林（Meglin），後改為「邁格林」（Maeglin）。

（接下來，我通常會把《失落的傳說之剛多林的陷落》（第三三—九三頁）簡稱為《傳說》。）

圖爾林與剛多林的流亡者

有一篇標題是「圖爾林與剛多林的流亡者」的短文，寫在一張散頁上，無疑是完整保存下來的。論寫作時間，它應在《失落的傳說之剛多林的陷落》**之後**，顯然是一個被棄置的《傳說》新版本的開篇。

家父曾經再三斟酌過剛多林英雄的名字。在這篇文稿中，他給他起名叫「圖爾林」，不過後來又把它全部改成了「圖爾鞏」。由於這種不同角色之間換用名字的做法（這種做法並不罕見）會引起不必要的混淆，我將在下面給出的文稿中統一稱他為「圖奥」。

這篇文稿開頭講述了諸神（維拉）對諾

姆族的憤怒，他們封鎖了維林諾，禁止任何人前來，起因是諾姆族的反叛和他們在天鵝港的惡行。後者被稱為「親族殘殺」，在《剛多林的陷落》這個故事中具有重大的意義——事實上，在遠古時代的晚期歷史中亦然。

圖爾林（圖奧）與剛多林的流亡者

「然後，」布隆威格的兒子伊爾菲尼歐爾說，「要知道，眾水的主宰烏歐牟一直不曾忘記精靈各族在米爾寇淫威之下的悲慘遭遇，但他束手無策，因為其他神靈對諾姆族充滿了憤怒，硬下了心腸，居住在隱藏起來的維林諾群山之後，對域外世界不聞不問，他們對雙聖樹之死的悔恨和痛惜太深。除了烏歐牟，也沒有任何人擔憂米爾寇的力量會給整片大地帶來毀滅與悲傷。但烏歐牟希望維林諾集結全力，去消滅米爾寇的邪惡，以免為時過晚，而且在他看來，只要諾姆族派出的使者能夠成功抵達維林諾，懇求寬恕，懇求對凡世大地的憐憫，他的兩個目的就都有可能實現，因為帕露瑞恩和她兒子歐洛米心底仍沉睡著對那片遼闊疆域的愛。然而，從域外大地到維林諾的道路充滿艱難險阻，諸神親自施展魔法在途中布下陷阱，並且隱藏起周圍的山嶺。因此，烏歐牟不斷設法鼓勵諾姆族派使者到維林諾去。但狡猾的米爾寇老謀深算，時刻對精靈各族的所有動向保持警覺。諾姆族的使者無法戰勝世間那條最漫長、最險惡的道路上的危險和誘惑，許多敢於出發的人都一去不返。」

接下來故事講述，烏歐牟感到絕望，認為沒有一個精靈族人能夠克服途中艱險，於是他制訂了最深遠的最新計畫，這個計畫引發了其他的事件。

在那段時期，大部分人類家族在淚雨之戰以後居住在北方那片擁有很多名稱的大地上，但科爾的精靈稱那地為「微光迷霧」希斯羅迷，而精靈當中最瞭解那地的諾姆族稱它為「黯影之地」多爾羅明。那裡有一支人數眾多的民族，居住在那一帶的大湖米斯林遼闊的白水邊。其他人叫他們「圖恩格林」或「豎琴之民」，因為他們熱愛高原與林地上的原始音樂與歌謠，但他們不知道也不歌唱大海。這支民族在那場可怕的大戰之後遷到了那片地區，他們因為住在遠方，應召趕來時已經太遲，並沒有背叛精靈一族的劣跡。事實上，儘管甯霓阿赫山谷（淚雨之戰的戰場）中那些危害極大的作為導致了悲劇與猜忌，但他們當中有許多人仍然與黑暗精靈和藏在群山中的諾姆族保持著友誼。

圖奧就出自這支民族。他是佩烈格之子，而佩烈格是印多之子，印多是族長奮格爾之子，當年奮格爾回應召喚，帶著全族人從東方的深谷中行軍而來。但是圖奧不常和自己的親族住在一起，他更喜歡獨處，喜歡精靈的友誼。他懂得精靈的語言，獨自在米斯林湖的綿長岸邊遊蕩，有時在湖畔的林中打獵，有時在亂石間用以熊筋為弦的粗陋木製豎琴突然奏起音樂。但他不是唱給人類聽的，許多人聽說他粗獷的歌聲含有的力量，從遠處趕來聽他彈唱，但圖奧不再歌唱，動身去了山中偏僻荒涼的地方。

他在那些地方見識了諸多奇異的事物，聽說了關於遠方的零碎消息。他心中升起了對更深學識的渴望，但他的心尚未離開迷霧籠罩的米斯林湖，離開它漫長的湖岸和蒼淡的湖水。然而，他命中註定不會永遠留在那裡。據說，有一天魔法和命運將他引到了山岩中一個巨大洞穴的入口，洞中有一條發源於米斯林湖的暗河流淌。圖奧想要探查洞中的祕密，便進了山洞，不過他一進洞，就被米斯林的河水沖進了山中深處，可能再也回不到日光下了。人們說，這未必不是眾水的主宰烏歐牟的旨意，諾姆族可能正是應他的要求，開鑿了那條幽深的隱祕之路。接著，諾姆族來見圖奧，領他沿著山中的黑暗通道前行，直到他再次來到光天化日下。

我們可以看出，家父在寫這篇文稿（以下稱為「圖爾林版」）時，面前擺著《傳說》的文本，因為文稿中再現了《傳說》中的詞句（例如「有一天魔法和命運將他引到了一個巨大洞穴的入口」，見第三四頁）。但有幾處特徵體現了新稿相對於早期文稿的發展。圖奧的最初家譜沒有改變（印多之子佩烈格的兒子），但他的族人得到了更多介紹——他們是來自東方的人類，前來參加那場被稱為「淚雨之戰」的慘烈大戰，援助精靈，對抗米爾寇的大軍。但他們來得太晚了，大隊人馬在「微光迷霧」希斯羅迷（希斯路姆），又稱「黯影之地」多爾羅明的地方定居下來。在遠古時代歷史的早期概念中，有一個至關重要的因素——米爾寇在淚雨之戰中取得了壓倒性的勝利，導致那支名為諾多族的民族大多數人淪為他的階下囚。《傳說》（第四三頁）說：「須知，米爾寇在淚雨之戰中殺害並奴役了大批的諾多族，對他們施了魔咒，迫使他們住在鐵地獄中，只服從他的意志與命令過活。諾多族中，唯獨剛多林民〔剛多林的居民〕一支逃脫了米爾寇的魔爪。」

同樣值得注意的是這篇文稿中對烏歐牟的「計畫和願望」的描寫，《傳說》（第四一頁）講述了他的目的，但《傳說》中說「圖奧沒有聽懂多少」，我們被告知的也僅此而已。相比之下，在「圖爾林版」這篇進一步的簡短文稿中，烏歐牟談到他無法說服其他維拉，獨自擔憂米爾寇的勢力，並談到他希望維林諾能起來對抗米爾寇的勢力，以及他還試圖說服諾多族派使者前往維林諾，懇求憐憫和幫助，而眾維拉「居住在隱藏起來的維林諾群山之後，對域外世界不聞不問」。這段時期被稱為「維林諾的隱藏」，如「圖爾林版本」（第九七—九八頁）所述，「諸神親自施展魔法在〔通往維林諾的〕途中布下陷阱，並且隱藏起周圍的山嶺」（關於這一歷史上的關鍵情節，參見《傳說的演變》，第一九三頁及以下）。

而最重要的是這一段（第九八—九九頁）：「接下來故事講述，烏歐牟感到絕望，認為沒有一個精靈族人能夠克服途中艱險，於是他制訂了最深遠的最新計畫，這個計畫引發了其他的事件。」

《神話概要》中講述的故事

現在我要提供另一版《剛多林的陷落》的故事，它來自一篇題為《神話概要》的作品，是家父一九二六年寫的，他後來稱它為「原始的『精靈寶鑽』」。《貝倫與露西恩》（第九九頁及以下）收錄了這篇作品的一部分，並且解釋了它的性質，我還摘錄了它的另一部分作為本書的前情提要。家父後來做了一些更正（幾乎都是以補充的形式），我收錄了大多數他所做的改動，以方括號標示。「伊爾米爾」是烏歐牟的諾姆族語名字。

大河西瑞安流過西南部的大地，它的河口是一片大三角洲，下游則流經青翠肥沃的遼闊土地，由於奧克騷擾，那裡杳無人煙，只有鳥獸居住。但奧克不在那裡駐留，寧願住在北方的森林中，因為他們害怕伊爾米爾的力量——西瑞安河口位於西海之濱。芬國昐之子圖爾鞏有個妹妹，名叫伊斯芬。淚雨之戰後，她迷失在陶爾－那－浮陰，在那裡被黑暗精靈埃歐爾困住。他們的兒子名叫米格林。圖爾鞏的大軍依靠英勇的胡林相助，逃離了戰場，魔苟斯不知他們的去向，實際上世間除了伊爾米爾，無人知曉。〔過去〕在群山中一個不為人知的地方，他們的偵察兵爬到山頂，發現了一座寬闊的山谷，山谷四周環抱著一圈又一圈向中心逐漸降低的山嶺。在這一圈山嶺中有一片寬闊的土地，平原上矗立著孤零零的一座小石山。這座小山不是位於正中，而是最靠近那段貼著西瑞安河邊綿延的外環山嶺。〔離安格班最近的山嶺被芬國昐的石塚守衛著。〕

伊爾米爾沿西瑞安河送來信息，命令他們到這個山谷裡避難，並教給他們魔咒與魔法，施展在周圍的山嶺上，阻擋敵人和探子。他預言，他們的要塞將是精靈抵抗魔苟斯的所有避難所中屹立最久的，而且正如多瑞亞斯，除非禍起蕭牆，否則絕不會陷落。雖然環抱山脈在西瑞安河附近最低，但魔咒在這裡最強大。諾姆族在這裡的群山根基底下挖了一條曲折的巨大隧道，盡頭的出口就在被守衛的平原上。隧道的外部入口被伊爾米爾的魔咒保護著，內部則由諾姆族日夜看守。這條隧道開鑿出來，以備城中的人逃離之用，它還是一個能讓偵察兵、漫遊者和信息更快離開山谷的出口，也是從魔苟斯那裡逃亡的人們的入口。

眾鷹之王梭隆多把鷹巢遷到環抱山脈的北面高峰上，〔高踞在芬國昐的石塚上〕守護他們不受奧克探子的騷擾。諾姆族把「瞭望山」阿蒙格瓦瑞斯的山側打磨得如同琉璃一般光滑，將山頂夷平，在這座石山上建起了擁有鋼鑄大門的偉大城市剛多林。城市四周的平原平坦光滑，就像一片修剪過的草地，直抵群山腳下，如此一來，沒有什麼能神不知鬼不覺地潛過平原。剛多林的人民變得強大起來，他們的軍械庫裡堆滿了武器。但是圖爾鞏沒有出兵援助納國斯隆德或多瑞亞斯，在迪奧被殺之後，他與費艾諾眾子也斷絕了往來。最後，他封閉了山谷，不容任何逃亡者進入，並禁止剛多林的居民離開山谷。剛多林是精靈僅存的要塞。魔苟斯沒有忘記圖爾鞏，但他的搜索徒勞無果。納國斯隆德被毀，多瑞亞斯覆滅，胡林的子女身亡，除了在鍛造坊和礦場勞作的大批奴工，只剩下分散亡命的精靈、諾姆族和伊爾科林。魔苟斯幾乎大獲全勝了。

埃歐爾和圖爾鞏的妹妹伊斯芬的兒子米格林被母親派去剛多林，他雖有一半伊爾科林的血統，但還是得到了接納，被當作一位王子對待〔從外界來的最後一位逃亡者〕。

希斯路姆的胡林有個弟弟胡奧。胡奧的兒子名叫圖奧，〔年紀比胡林的兒子圖林小改為：〕是圖林的堂弟。胡奧的妻子莉安去了淚雨之戰的戰場，在陣亡者當中尋找丈夫的屍體，她在那裡亡逝。她的兒子被留在希斯路姆，落到魔苟斯在大戰後趕進希斯路姆的那群背信棄義的人類手裡，被迫成了奴隸。他變得粗野且無法無天，逃到森林裡，成了一個獨來獨往的亡命徒，離群索居，只偶爾與隱藏的流浪精靈來往。有一次，伊爾米爾設法將他引去一條地下河道，那條河起自米斯林湖，注入一條裂谷，最終流入西方大海。如此一來，他的去向就沒有被人類、奧克或探子注意到，從而不為魔苟斯所知。他在西邊海岸遊蕩了很長一段時間後，來到了西瑞安河口。在那裡，他遇到了曾在剛多林生活的諾姆族布隆威格。他們一起祕密地沿著西瑞安河逆流而上。圖奧在「柳樹谷」南塔斯林那片美好的土地上逗留良久，但伊爾米爾親自沿河而上，找到了他，告知了他的使命。他將請求圖爾鞏準備與魔苟斯作戰，因為伊爾米爾將讓眾維拉回心轉意，讓他們寬恕諾姆族，伸出援手。如果圖爾鞏願意備戰，那麼大戰將是慘烈的，但奧克種族將會滅亡，再不能在未來的歲月裡侵擾精靈和人類。但如果圖爾鞏不願備戰，那麼剛多林的居民就要準備逃往西瑞安河口，伊爾米爾將在那裡幫助他們建造一支艦隊，引導他們返回維林諾。如果圖奧依照伊爾米爾之意行事，圖奧將在剛多林暫住一段時間，然後帶領一支諾姆族的軍隊回到希斯路姆，讓人類再次與精靈結盟，因為「沒有人類，精靈就不可能戰勝奧克和炎魔」。伊爾米爾之所以這樣做，是因為他知道，整整七年之後，剛多林的末日將因米格林而降臨（如果他們不採取任何行動的話）。

圖奧和布隆威格找到祕密通路（他們憑藉伊爾米爾的恩典找到了這條路），進到了被守護的平原上。他們被哨兵俘虜了，被帶去面見圖爾鞏。圖爾鞏已經年邁，極具威嚴與驕傲，剛多林美不勝收，城中人民為它無比自豪，並對它的隱祕和堅不可摧的力量充滿信心，因此，國王和大多數人民不希望被外面的諾姆族和精靈打擾，他們不在乎人類，也不再渴望維林諾。國王得到了米格林的支持，儘管他女兒，也是他最睿智的謀臣——有遠見的伊綴爾（又稱為「銀足」伊綴爾，因為她喜歡赤腳走路）一再勸說，他還是不予考慮圖奧的口信。圖奧留在了剛多林，成了一位偉大的將領。三年後，他與伊綴爾成婚——在所有的凡人當中，唯有圖奧和貝倫娶了精靈。貝倫之子迪奧的女兒埃爾汶嫁給了圖奧與伊綴爾之子埃雅仁德爾，精靈的血緣正是通過他們二人，進入了凡人的血脈。

不久之後，米格林翻過群山外出遠行，被奧克抓走了。他被帶到安格班，通過吐露剛多林的所在地及其祕密來換取自己的性命。魔苟斯答應讓他統治剛多林，占有伊綴爾。對伊綴爾的欲望使他的背叛更加輕易，並增加了他對圖奧的仇恨。

魔苟斯派他回到剛多林。埃雅仁德爾出生了，他擁有精靈的美貌、光明和智慧，還擁有人類的堅韌和力量，以及對大海的渴望——當年伊爾米爾在垂柳之地對圖奧說話時，這種渴望就俘獲了他，永不消退。魔苟斯終於準備就緒，派出惡龍、炎魔和奧克攻擊剛多林。在一場發生在城牆上下的惡戰之後，城市遭到了猛攻，圖爾鞏與許多最高階的貴族都在大廣場上的最後一戰中犧牲。圖奧從米格林手中救出了伊綴爾和埃雅仁德爾，把米格林從城垛上拋了下去。然後，他帶領剛多林的餘民走下一條祕密隧道，這條隧道是遵從伊綴爾的勸告事先建造的，出口遠在平原北部。那些不願和他一起去，而是逃往那條舊的逃生之路的人，都被魔苟斯派去監視那條出路的惡龍截住了。

在大火燃燒的濃煙中，圖奧帶領一行人走進山中，進入寒冷的隘口克瑞斯梭恩（群鷹裂隙）。在那裡，他們遭到了伏擊，但被英勇的格羅芬德爾（剛多林金花家族的領主，與炎魔在一座山峰上一對一決鬥後犧牲）和梭隆多的干預所救。倖存者們到了西瑞安河，沿河一路來到河口地區——西瑞安水澤。至此，魔苟斯大獲全勝。

以這種壓縮的形式講述的故事，內容與《失落的傳說之剛多林的陷落》中的形式並沒有太大的不同，但仍有重大的發展。正是在這裡，《傳說》中的圖奧被安插在精靈之友伊甸人的譜系中。他成了胡林的弟弟胡奧的兒子，而胡林是悲劇英雄圖林·圖倫拔的父親，因此圖奧是圖林的堂弟。這裡還出現了胡奧犧牲在淚雨之戰中的故事，他的妻子莉安去戰場上尋找他的屍體，在那裡亡逝（見第一〇四頁）。他們的兒子圖奧留在希斯路姆，被「魔苟斯在大戰後趕進希斯路姆的那群背信棄義的人類」（見第一〇四頁）奴役，但他從他們那裡逃了出來，在荒野中獨自一人生活。

從更廣泛的遠古時代歷史的角度來看，故事的早期版本裡有一個主要的不同之處，就是家父講述隱藏在環抱山脈中的圖姆拉登山谷是怎樣被發現的。《神話概要》（見第一〇三頁）中說，圖爾鞏的部下從大戰（「淚雨之戰」尼爾耐斯·阿諾迪亞德）中逃脫，魔苟斯不知道他們的下落，因為「在群山中一個不為人知的地方，他們的偵察兵爬到山頂，發現了一座寬闊的山谷」。但是，在家父寫作《失落的傳說之剛多林的陷落》那段時期，故事是這樣的：**在慘烈的大戰之後，剛多林被毀之前，隔著很長一段時間**。《傳說》中說（見第五〇頁），圖奧去到那裡時，聽說「長年累月的不停勞作，仍不足以完成它的建造和裝飾，人們還在辛勞不休。」時間順序上的困難使家父後來把剛多林所在地的發現——發現者是圖爾鞏——和城市的建造過程安排到了淚雨之戰的數百年之前。圖爾鞏帶領他的人民沿著西瑞安河向南逃離戰場，**逃到了他很久以前建成的那座隱匿之城**。圖奧去到的是一座非常古老的城市。

我相信，在《神話概要》中，出現了一個剛多林遭到攻擊的故事的獨特變化。

在《失落的傳說之剛多林的陷落》中，說到魔茍斯在米格林被奧克俘虜之前就發現了剛多林（見第五六頁及以下）。他聽到一條奇怪的消息，說有人看見「有個人類在西瑞安河的河谷中遊蕩」，因而動了疑心。為此，他召集了一支由走獸、飛鳥和爬蟲組成的「強大的間諜大軍」，它們「毫不懈怠，經年累月」給他帶來了大量的信息。他的探子曾經從環抱山脈上俯瞰圖姆拉登平原，

就連「逃生之路」也暴露了。當埃雅仁德爾一歲的時候，剛多林收到消息，魔茍斯的奸細已經「四面包圍了圖姆拉登谷」。圖爾鞏加強了城市的防禦。在《失落的傳說之剛多林的陷落》中，米格林接下來的背叛在於他詳細描述了剛多林的計畫及其防禦的所有準備工作（見第五五—五六頁），他與米爾寇一起「制訂了一個征服剛多林的計畫」。

但《神話概要》（見第一〇五—一〇六頁）的濃縮敘述說，當米格林在山中被奧克俘虜，「他被帶到安格班，通過吐露剛多林的所在地及其祕密來換取自己的性命」。在我看來，「吐露剛多林的所在地」這個說法清楚地表明，變化已經發生，後期的故事出現了：魔茍斯不知道也找不到隱匿王國在哪裡，直到奧克捕獲米格林。但接下來還會有另一個變化，見第二五七—二五八頁。

＊

諾多族的歷史

現在我要引入《精靈寶鑽》的一篇主要文稿，我曾經從中摘錄一些段落收入《貝倫與露西恩》，而在這裡，我要引用一段那本書裡對這篇文稿的說明。

《諾多族的歷史》（*Quenta Noldorinwa*），是家父在《神話概要》之後所寫的唯一一版完整的「精靈寶鑽」。它是他在一九三〇年（這個時間應是準確的）製成的一份打字稿，我將它簡稱為《諾多史》。在《諾多史》之前，即便有過草稿或綱要，它們也沒留存下來，但顯而易見的是，有相當一部分內容，家父是參照《神話概要》寫成的。《諾多史》比《神話概要》長，顯然已經體現出「精靈寶鑽風格」，但它仍然是簡寫版本，是扼要的敘述。

我把這篇文稿稱為「簡寫版本」，並不是說它是一篇倉促寫成，以期日後擴充完善的作品。比較《諾多史一稿》和《諾多史二稿》兩個版本（下文會解釋這兩個版本的來由），可以看出家父是如何用心地體會、權衡修辭節奏的。但文稿確實經過了縮簡——《諾多史》中對戰鬥的描寫只有二十幾行，《傳說》中卻有十二頁。

家父在《諾多史》快結束的時候擴充了文稿的部分內容，並且將其重新打字成稿（同時保留了廢棄的稿件）。我把重寫之前的原始文稿稱為《諾多史一稿》。在敘述接近末尾時，《諾多史一稿》中斷了，只有重寫的版本（也就是《諾多史二稿》）繼續寫到了完結。從這一點看來，重寫的部分（關於剛多林及其毀滅）顯然應該屬於同一段時期。從剛多林的傳說開始起，我將全部使用《諾多史二稿》的正文。眾鷹之王的名號「梭恩多」在全文中都改成了「梭隆多」。

我們可以看到，在現存的《諾多史》手稿中，《神話概要》中提到的情節（見第一〇七頁）仍然存在——剛多林的山谷是圖爾鞏麾下的偵察兵在逃離淚雨之戰時發現的。後來（無法確定是什麼時候），家父重寫了所有相關的段落，我接下來給出的文本中已經包含了這些修改。

在此需要介紹剛多林。西瑞安大河是精靈歌謠中最偉大的河流，它的河道是西南走向，流經貝烈瑞安德全境，入海口有一片大三角洲。河的下游流經青翠肥沃的土地，人煙稀少，只有鳥獸居住。奧克很少往那裡去，因為那片地區遠離北方的樹林和山地，而且越接近大海，水中烏歐牟的力量就越強大，因為那條河注入西方大海，海的彼岸就是維林諾的大地。

芬國盼之子圖爾鞏有個妹妹，名叫「白手」伊斯芬。淚雨之戰後，她迷失在陶爾—那—浮陰，在那裡被黑暗精靈埃歐爾捉住。據說，他性情陰鬱，在戰鬥打響之前當了逃兵，不過他不曾為魔苟斯作戰。他娶了伊斯芬為妻，他們的兒子名叫米格林。

如前所述，圖爾鞏的大軍依靠英勇的胡林相助，逃脫了魔苟斯的耳目，消失在所有人的視野之外，他們的去向只有烏歐牟知曉。〔他們的偵察兵攀到高處，發現了一處坐落在群山中的祕境，一座寬闊的山谷 改為：〕因為他們回到了圖爾鞏興建的隱匿之城剛多林。在群山中一個不為人知的地方，有一座寬闊的山谷，山谷四周都有連綿不斷的山嶺環抱衛護，離中心越近，山嶺便越低。在這一圈雄偉的山嶺中央，有一片寬廣的土地，青翠的平原上只有一座孤零零的石山。它並不矗立在平原正中，而是最靠近那段貼著西瑞安河邊綿延的外環山嶺。環抱山脈面朝安格班威脅的北邊一段最高，外側朝東和朝北的山坡降入恐怖的陰影高地陶爾—那—浮陰，但那段山嶺頂上有芬國盼的墳塚守護，當時還不曾有任何邪惡侵擾。

〔諾姆族 改為：〕圖爾鞏就在這座山谷裡避難，周圍的山嶺被施下了隱藏和迷惑的魔咒，這樣敵人和探子便永遠無法找到它。圖爾鞏在此得到了烏歐牟沿著西瑞安河送來的信息的幫助，因為他的聲音在諸多流水中都能聽到，有些諾姆族仍保留著聆聽的習俗。在那段時期，烏歐牟心中對流亡精靈充滿了憐憫，他們身處危難當中，如今幾乎遭遇滅頂之災。烏歐牟預言，剛多林這座要塞將是精靈抵抗魔苟斯的所有避難所中屹立最久的，而且正如多瑞亞斯，除非禍起蕭牆，否則絕不會陷落。由於他的保護力量，隱藏的魔咒在離西瑞安河最近的地方最強，儘管環抱山脈在那裡最低。諾姆族在那片地區的群山根基下挖了一條曲折的巨大隧道，隧道的出口在一道壑谷的陡壁上。西瑞安河就從這道林木覆蓋的陰暗谷中歡快地流過，它在這裡仍是一條年輕的溪流，但很湍急，從夾在環抱山脈和希斯路姆的山障〔刪去：它就是發源於這道山脈的北部群峰中〕——黯影山脈〔埃瑞德羅明 改為：〕埃瑞德威斯林兩邊山肩之間的狹窄山谷中奔流而下。

他們首先修建了那條通路，它是逃亡者和那些從魔苟斯的囚禁中脫身的人的歸路，但主要是剛多林的偵察兵和信使的出口。當他們在那場可怕的戰鬥結束後首次來到這座山谷時，14
圖爾鞏認為魔苟斯·包格力爾的勢力已經強大到精靈和人類無法戰勝的地步，他們在一敗塗地之前，如果還有可能，最好向維拉尋求原諒和幫助。因此，趁著魔苟斯的魔影尚未蔓延到貝烈瑞安德的邊緣之地，不時會有一些圖爾鞏的子民沿西瑞安河而下。他們在河口一帶建起了一座祕密的小港口，不時會有船載著諾姆族之王的使者，從此處啟航，駛往西方。有些船被逆風吹了回來，但大多數一去不返，更沒有哪艘抵達維林諾。

逃生之路的外側出口被他們所能設想出的最強大的魔咒和存留在烏歐牟摯愛的西瑞安河中的力量保護、掩蔽著，任何邪物都發現不了。它那通往剛多林山谷的內側大門，則由諾姆族日夜看守。

在那段時期，眾鷹之王梭隆多將鷹巢遷離了桑格洛錐姆，因為魔苟斯勢力壯大，如今濃煙、臭氣和不祥的烏雲終年籠罩著他地穴宮殿上方的高峰。梭隆多搬去了環抱山脈的北方群峰，他高踞在芬國盼王的石塚上守望，將諸多動向收諸眼底。芬國盼之子圖爾鞏就住在山下的谷地裡。偉大的剛多林就建造在平原中的石山——「防禦山」阿蒙格瓦瑞斯上，歌謠中提到的域外之地的精靈居處，數它的聲名與榮光最為顯赫。它的諸門以鋼鐵鑄就，城牆以大理石築成。諾姆族將山側打磨得如同黑琉璃一般光滑，為建造城鎮而把山頂夷平，只留出最中間矗立著國王之塔和王宮的地方。在那座城裡有諸多泉源，微微發光的白水沿著阿蒙格瓦瑞斯閃亮的山側瀉下。他們還鏟平了山丘四周的原野，從城門前的階梯直到群山腳下都成了一片修剪整齊的草坪，什麼都不能穿過或潛過平原而不被發現。

剛多林的人民變得強大起來，他們的軍械庫裡堆滿了武器和盾牌，因為他們起初打算在時機成熟之後出城參戰。但隨著歲月流逝，他們身為諾姆族，不由自主地漸漸愛上了那座城，他們親手所造之工。他們愛它至深，別無所求。於是，無論是為了戰爭或和平的使命，都不再有人離開剛多林。他們不再派出使者前往西方，西瑞安海港變得荒涼。他們把自己關在銅牆鐵壁一般，被施了魔法的群山之中，不容任何人進入，哪怕那人是在逃離魔苟斯的魔爪，被憎恨追獵。外界的消息傳到他們那裡，顯得微弱而遙遠，他們置若罔聞。他們的居住地變成了傳聞，成了無人能尋得的隱祕之地。他們沒有援救納國斯隆德和多瑞亞斯，流浪的精靈徒勞地尋找他們。只有烏歐牟知道圖爾鞏的王國在哪裡。圖爾鞏從梭隆多那裡聽說了辛

14 這一句被標記刪去，但沒有替換的內容。

葛的繼承人迪奧被殺的消息，從此以後他再也不聽外界的不幸。他發誓決不與費艾諾眾子並肩作戰，並且禁止自己的國民離開群山的合圍。

如今，剛多林成了僅存的精靈要塞。魔苟斯沒有忘記圖爾鞏，他知道只要沒找到這位精靈王，他的勝利就不算達成。然而，他雖不斷尋找，卻徒勞無功。納國斯隆德不復存在，多瑞亞斯一片荒涼，費艾諾眾子被逐到東南方的荒蠻林地中度日，希斯路姆充斥著邪惡的人類，陶爾—那—浮陰變成了一片難以名狀的恐怖之地。哈多家族與芬羅德家族後繼無人，貝倫不再參戰，胡安已犧牲。所有的精靈和人類都屈服在魔苟斯的意志之下，或淪為奴隸，在安格班的礦井和鍛造坊裡做苦工，只有那些漂泊與不開化的流浪者例外，但他們人數寥寥，只居住在曾經美好的貝烈瑞安德的遙遠東方。魔苟斯幾近大獲全勝，但還未大功告成。

有一次，埃歐爾在陶爾—那—浮陰迷路了，伊斯芬經歷了巨大的危險和恐怖回到了剛多林。自她回來之後，再也沒有人進入，直到烏歐牟的最後一位使者到來——傳說在結束前還會細述此人的事蹟。伊斯芬的兒子米格林隨她前來，他被圖爾鞏當作外甥來接待。雖然他有一半黑暗精靈的血統，但他被當作芬國盼一脈的王子來對待。他膚色雖深，但面容俊美，有智慧且有口才，善於贏得他人的心，左右他人的想法。

須知，希斯路姆的胡林有個弟弟胡奧。胡奧的兒子名叫圖奧。胡奧的妻子莉安去了淚雨之戰的戰場，在陣亡者當中尋找自己的丈夫，她在那裡為他悲泣，之後亡逝。那時她的兒子年紀尚幼，他被留在希斯路姆，落到魔苟斯在大戰後驅趕進入那地的那群背信棄義的人類手裡，成了奴隸。他漸漸長大，面容英俊，身材高大，儘管生活困苦，但勇敢且有智慧。他逃進了森林，成了一個獨來獨往的亡命徒，離群索居，只偶爾與流浪或隱藏的精靈來往。[15]如《失落的傳說之剛多林的陷落》所述，按照烏歐牟的計畫，圖奧會被引去一條發源於希斯路姆中央的米斯林湖，自地底流入一道巨大裂谷的河道。這道裂谷名叫「彩虹裂隙」（克瑞斯－伊爾縫 改為：）奇立斯赫爾溫，湍急的河水經過裂谷，最後注入西方大海。裂谷之所以得名，是因為那裡的急流和瀑布激起了大團的浪花水霧，導致總有彩虹在陽光下閃閃發光。

如此一來，圖奧的逃亡就沒有被人類或精靈注意到，更不曾讓那些遍布希斯路姆的奧克或魔苟斯任何一個探子知曉。圖奧在西邊海岸遊蕩了很久，一路向南旅行。最終，他到達了西瑞安河口那片住著許多海鳥的沙洲。他在那裡遇到了一個諾姆族精靈布隆威，他是從安格班逃出來的。布隆威過去曾是圖爾鞏的子民，一直在尋找通往主君那隱祕國度的途徑，在所有的安格班俘虜和逃亡者中都流傳著關於那地的說法。布隆威沿著通往遙遠東方的路遊蕩到了河口，儘管他十分不願往回邁出哪怕一步，走近他所逃離的奴役，但他現在的計畫是沿著西瑞安河而上，在貝烈瑞安德尋找圖爾鞏。他心懷恐懼，小心翼翼，幫助圖奧趁著夜晚和黃昏祕密前行，因此他們沒有被奧克發現。

15 此處的文稿由於匆促的改動而有些令人費解。重寫的部分講述，莉安「動身去了荒野」，而圖奧就出生在那裡；但又說：「他被黑暗精靈收養了，但莉安在殺戮之丘上躺下，亡逝。圖奧在希斯路姆的森林中長大，他面容英俊，身材高大……」因此，重寫的部分中沒有提到圖奧曾被奴役。

他們先到了美麗的「垂柳之地」南塔斯林，那地受到納洛格河與西瑞安河滋養，萬物猶綠，茂盛的草地上開滿了鮮花，有許多鳥兒在歌唱。因此，圖奧像中了魔法一樣徘徊不去，經歷過嚴苛的北方大地和他那場勞頓不堪的漂泊，他覺得那裡的生活十分甜蜜。

一天晚上，當他佇立在長草裡的時候，烏歐牟來了，在他面前現身。圖奧在他給兒子埃雅仁德爾所作的歌謠裡講述了當時那宏大威嚴的景象。從此以後，大海的聲音和對大海的渴望一直縈繞在圖奧的心間和耳邊；他不時感到一種不安，這種不安最終將他帶去了烏歐牟領域的深處。但是現在，烏歐牟吩咐他盡快趕往剛多林，並且指點他如何找到隱匿的門戶，並且讓他給圖爾鞏帶去來自精靈之友烏歐牟的口信，要圖爾鞏在一敗塗地之前準備出征，與魔苟斯作戰，並要他再度派出使者前往西方，若有可能還要向東方送出號召，招聚人類（他們如今在大地上繁衍生息）加入他麾下，而圖奧是擔當這項任務的不二人選。烏歐牟建議：「勿念該受詛咒的烏多的背信棄義，但要牢記胡林；因為沒有必死的凡人，精靈就無法戰勝炎魔和奧克。」與費艾諾眾子的仇怨也不能放任不理，因為這將是諾姆族最後一次集聚希望，每一柄劍都至關重要。他預言了一場恐怖而致命的爭鬥，但只要圖爾鞏敢於參戰，勝利就會到來，粉碎魔苟斯的勢力，彌合仇怨，最偉大的善將通過人類和精靈之間的友誼降臨，而魔苟斯的僕從將再也不能為害世間。但如果圖爾鞏不肯出兵參加這場戰爭，那麼他就應該放棄剛多林，帶領他的人民前往西瑞安河口，在那裡建立艦隊，尋找返回維林諾的路，懇求眾神的寬恕。但是，後者比前者更危險，儘管表面看來或許不然；從此以後，域外之地將永遠背負不幸的命運。

烏歐牟履行這一使命是出於他對精靈的愛，也是因為他知道，如果剛多林的人民繼續躲在屏障背後，它的末日很快就將到來，如此一來，世上任何歡樂或美好的事物都不能免於魔苟斯的惡意。

圖奧與布隆威聽從烏歐牟的指示，向北而行，終於抵達隱匿的門戶。他們走下隧道，來到內門，卻被守衛當作囚犯逮捕。在那裡，他們看到美麗的圖姆拉登山谷如同一顆嵌在群山中的綠寶石，而在谷中的平原上，七名之城——偉大之城剛多林遠遠地閃爍，白城沐浴著玫瑰色的曙光。他們被領去那城，經過鋼鑄的大門，被帶到王宮的臺階前。在那裡，圖奧說出了烏歐牟的口信，他的嗓音裡含有一種眾水主宰的力量和威嚴，使得所有的人都驚奇地注視著他，懷疑他是不是真如他所宣稱的那樣，是一個凡人。但圖爾鞏已變得驕傲，而剛多林美如記憶中的圖恩，他相信剛多林的隱祕和堅不可摧的力量，所以他和他的大多數子民都不希望破壞它或離開它。他們不希望捲入外界精靈與人類的悲傷，也不願意再冒著恐怖和危險回到西方。

米格林總在王的會議中反對圖奧，他的話更合圖爾鞏的心意，故而顯得更有分量。最後，圖爾鞏拒絕了烏歐牟的建議，不過有些最睿智的謀臣內心充滿了不安。王的女兒心思聰慧，即便在精靈之地的女子當中，也堪稱出類拔萃，她總是支持圖奧，但無濟於事，她的心情也沉重起來。她十分美麗，身材高挑幾近戰士，一頭秀髮如同流動的金子。她名叫伊綴爾，人稱「銀足」凱勒布琳達爾，因為她雙足雪白，總是赤腳在剛多林的潔白街道上漫步，在青翠的草坪上起舞。

從那以後，圖奧就旅居在剛多林，沒有前去召喚東方的人類。因剛多林的美與福樂，以及城中子民的智慧，都深深迷住了他。他變得深受圖爾鞏器重，因為他身心都變得十分強大，並且精研流亡精靈的學問。於是，伊綴爾傾心於他，他亦傾心於她。對此米格林咬牙切齒，因為他覬覦伊綴爾，儘管他與她是近親，他仍打算占有她，而她是剛多林之王唯一的繼承人。事實上，米格林已經在心中謀畫如何驅逐圖爾鞏，奪取他的王位；圖爾鞏卻愛他也信任他。儘管如此，圖奧依然娶了伊綴爾為妻，城中舉辦了一場歡樂的宴會，因為除了米格林及其祕密部屬，圖奧已經贏得了全城居民的心。在所有的凡人當中，唯有圖奧和貝倫娶了精靈為妻。後來，貝倫之子迪奧的女兒埃爾汶嫁給了圖奧與剛多林的伊綴爾之子埃雅仁德爾，精靈的血緣正是通過他們二人，融入了凡人的血脈。但埃雅仁德爾那時還只是個孩子，他生得俊美過人，臉龐煥發一種光輝，猶如穹蒼之光。他既擁有精靈的美與智慧，又擁有古時人類的剛強與堅韌。正如他父親圖奧，他心頭與耳際總是縈繞著大海的聲音。

在埃雅仁德爾年紀尚幼的時候，剛多林仍然過著充滿歡樂與和平的日子（然而伊綴爾內心憂慮，不祥的預感如同烏雲，悄然爬上了她的心頭），米格林失蹤了。須知，米格林最愛的工藝便是開採金屬礦藏。他負責掌管領導遠在城外山中勞作的諾姆族精靈，尋找各種金屬，供他們鍛造和平與戰爭時所用的器物。然而米格林時常帶著很少的隨從越過山嶺的界限外出，而王並不知道自己的命令遭到了違抗。因此，事情就如命中註定那樣發生了，米格林被奧克俘虜，押到魔苟斯面前。米格林既非孱弱之輩，亦非懦夫，但他被威脅要經受的折磨令他低了頭。他向魔苟斯透露了剛多林的確切位置和如何找到並進攻它的辦法，以此換取性命與自由。魔苟斯著實大喜過望，承諾將來把城攻下後，米格林可作為他的代理人統治剛多林，並占有伊綴爾。米格林對伊綴爾的欲望與對圖奧的憎恨，令他更輕易地做出了臭名昭著的背叛。但魔苟斯派他回到剛多林，以免有人疑心背叛，並且如此一來，米格林屆時也可充當內應，協助攻擊。米格林住在王的宮殿中，面帶微笑，心懷鬼胎，與此同時聚在伊綴爾心頭的黑暗也愈發深重。

終於，埃雅仁德爾七歲那年，魔苟斯準備就緒，向剛多林派去了大批奧克、炎魔與巨蛇，後者都是專為攻城而新造出來的眾多形貌恐怖的惡龍。魔苟斯的大軍翻過北方山嶺而來，那邊的山勢最高，警戒也最鬆懈。他們趁夜到來，那時正值節日前夕，剛多林所有的子民都在城牆上等候日出，要在太陽上升時歌唱，因第二日便是他們稱為「夏日之門」的盛大宴會。然而紅光並未從東方浮現，而是自北方群山中亮起。敵人沿途沒有遭到任何抵抗，長驅直入，逼至剛多林的城牆下，於是全城被圍，毫無希望。

諸位貴族領主和他們麾下的勇士於絕境中英勇奮戰，尤其是圖奧。他們立下的種種功績，在《剛多林的陷落》一文中有詳細的記述：洛格衝出城牆突擊，壯烈犧牲；湧泉家族的領主埃克塞理安與炎魔之首勾斯魔格就在王之廣場上激戰，同歸於盡；圖爾鞏的近衛隊死守王之塔，直到高塔坍塌；高塔崩毀時聲勢驚人，圖爾鞏也殞落於廢墟中。

圖奧試圖去救伊綴爾脫離城破的劫難，但她和埃雅仁德爾已經落入米格林之手。圖奧在城牆上與他展開格鬥，將他拋下城牆摔死。然後圖奧和伊綴爾在大火引起的混亂中盡力集合起殘餘的剛多林子民，帶領他們走下伊綴爾在預感不祥的時候命人預備的密道。密道尚未完成，但它的出口已經遠在城牆之外，位於北邊平原上，那裡群山離阿蒙格瓦瑞斯還十分遙遠。不願跟他們走的人，逃往通向西瑞安峽谷那條古老的逃生之路，然而米格林已經把它出賣給了魔苟斯，他們被魔苟斯派去看守那道大門的惡龍截住消滅了。但米格林不知道那條新的密道，也沒有人認為逃難之人會取道向北，走那條山嶺最高，離安格班也最近的路。

剛多林的美麗噴泉盡數被北方的惡龍噴火燒乾，騰起的大團水霧加上大火燃起的濃煙，令谷地都籠罩在淒慘的迷霧中，如此反而幫助圖奧一行人脫逃，因為從隧道出來後還要走很長一段路才能越過開敞之地，抵達山麓的丘陵。儘管如此，他們還是逃進了山中，境況哀傷又悲慘，因高山寒冷險峻，他們當中又有許多傷者和婦孺。

有一條險峻的山隘被稱為「鷹之裂隙」〔克瑞斯梭恩 改為：〕奇立斯—梭隆那斯。在最高群峰的陰影下，有一條窄路曲折經過，路右邊是高聳的絕壁，左邊是可怖的無底深淵。他們沿著那條窄路排成一行前進，卻遭到了一夥魔苟斯手下哨兵的伏擊，領頭的是一隻炎魔。情勢千鈞一髮，縱使有剛多林金花家族的領主、金髮的格羅芬德爾那不朽的英勇，若不是梭隆多及時趕來援助，他們也可能不會得救。

格羅芬德爾與炎魔在高山中的岩峰頂決鬥的事蹟，許多歌謠都曾傳唱。他們雙雙跌落深淵，但梭隆多將格羅芬德爾的屍身馱了出來，他們將他葬在山隘旁，以石頭堆了一座墳塚。後來那裡長起了一片青草，在光禿禿的岩石間，有宛如黃色星星的小花在墳上盛開。梭隆多麾下的大鷹俯衝攻向奧克，將他們趕得尖叫後退。這群奧克不是被殺，就是被丟進深淵，因此剛多林有人逃脫的消息過了很久才傳到魔苟斯耳中。

就這樣，剛多林的殘餘子民走過艱辛又危險的旅途，到了「垂柳之地」南塔斯林。他們在那裡休整了一陣，療好了傷痛，擺脫了疲累，卻無法治癒悲傷。他們在那裡舉辦了一場宴會，紀念剛多林和在那裡身亡的精靈：美麗的少女、妻子、戰士和他們的王。他們為深受愛戴的格羅芬德爾唱了很多支動聽的歌。圖奧當時為兒子埃雅仁德爾作了一首歌謠，講述從前烏歐牟的現身與陸地中央的大海景象，對大海的渴望在他和他兒子心中甦醒過來。因此，他們帶著大多數子民遷去了海邊，在西瑞安河口住下。他們加入了剛逃來此地不久的迪奧之女埃爾汶的一小支族人。

如此一來，魔苟斯心中認為自己已經大獲全勝，至於費艾諾眾子和他們的誓言，他並未放在心上，因那個誓言不但從未傷到他分毫，還屢屢倒過來幫了他的大忙。懷著黑暗心思哈哈大笑，一點也不為失去一顆精靈寶鑽懊惱，他認為它將把最後一撮精靈族人從大地上除掉，不再給這地添亂。他或許知道西瑞安河口的居住地，但他沒有表示，而是等待時機，靜候誓言與謊言自動生效。

不過，西瑞安河邊和海邊有一支精靈子民漸漸興起，他們是多瑞亞斯與剛多林的遺民。他們從事航海，建造美麗的船，始終居住在海岸附近，處在烏歐牟之手的蔭蔽之下。

至此，《諾多族的歷史》中的剛多林故事就講到了《神話概要》在第一〇六頁講到的地方。我將在這裡擱置《諾多史》，轉向剛多林故事的最後一個主要文本，它也是對剛多林的奠立和圖奥如何進入那座城的最後一份敘述。

最後的版本

這份文稿題為〈圖奧與剛多林的陷落〉，與《諾多族的歷史》中講述的那版剛多林傳說相隔多年。可以肯定的是，它寫於一九五一年（見第一七五頁，〈傳說的演變〉一章）。

胡奧之妻莉安與哈多家族的人民共同生活，然而當淚雨之戰的消息傳到多爾羅明，她的夫君卻杳無音訊，她變得心神狂亂，孤身流浪進了荒野，險些死於非命，幸而灰精靈向她伸出了援手。這一族精靈在米斯林湖西面的山嶺中有一處居住地，他們帶她去了那裡，她在哀悼之年結束之前生下了一個兒子。

莉安對那些精靈說：「就叫他圖奧吧，這是他父親在戰爭拆散我們之前取的名字。我懇求你們收養他，並且保護他不被發現，因為我有預感，精靈與人類將因他而獲益匪淺。而我必須去尋找我的夫君胡奧了。」

精靈們聞言，都憐憫她。這族前去參加淚雨之戰的精靈，戰後只有一位名叫安耐爾的生還。他對莉安說：「唉，夫人，現在我們已經聽說，胡奧戰死在其兄胡林身邊。奧克在戰場上堆起了一座巨大的陣亡者之丘，我認為他就在那裡。」

因此莉安動身離開精靈的居住地，穿過米斯林地區，終於來到了安法烏格礫斯荒漠中的豪茲—恩—恩登禁。她在那裡躺下，亡逝。但精靈撫育了胡奧年幼的兒子圖奧，圖奧在他們當中長大。他面容英俊，繼承了父系親族的金髮，長得強壯、高大又英勇。由於得到了精靈的教養，他無論學識還是技能，都不遜色於毀滅降臨北方之前的伊甸人領袖。

然而時間一年年過去，希斯路姆尚存的舊日居民不管是精靈還是人類，日子都過得愈發艱難，也愈發危險。因為正如別處所述，曾為魔荀斯出力的東來者本來覬覦的是貝烈瑞安德的豐饒土地，但魔荀斯毀棄了承諾，拒絕把那片土地交給他們。他把這些邪惡的人類逐入希斯路姆，命令他們住下。那些人類儘管不再熱愛他，但出於恐懼仍然替他效力，並且憎恨所有的精靈族人。他們鄙視並欺壓哈多家族殘餘的族人（大多數都是老人和婦孺），強娶女子，奴役兒童，掠奪土地和財產。奧克在當地肆意來去，把還沒有離去的精靈趕進了偏遠山中，並把很多俘虜充作魔荀斯的奴隸，押去安格班的礦坑做苦工。

因此，安耐爾帶著一小群族人遷去了安德洛思山洞。他們在那裡艱苦又警醒地度日，直到圖奧年滿十六歲，長得身強力壯，能夠使用武器——灰精靈的戰斧和弓箭。圖奧聽說了自己族人遭遇的不幸，怒火中燒，渴望去找奧克和東來者，替族人報仇。但安耐爾不准他那麼做。

「胡奧之子圖奧，我認為你命中註定前程遠大。」他說，「而不到桑戈洛錐姆本身崩毀，這片土地就無法擺脫魔苟斯的陰影。因此，我們終於下定決心捨棄此地，動身前往南方。你應當跟我們走。」

「可我們怎樣才能從敵人的羅網裡逃脫？」圖奧問，「這麼多人一起行路，必定引來注意。」

「我們不會公然行過這片土地。」安耐爾答道，「幸運的話，我們就能找到一條祕密通路，它是很久以前在圖爾鞏統治的時期由諾多族的能工巧匠修建的，因而我們稱之為『諾多之門』安農—因—戈律茲。」

圖奧一聽到圖爾鞏的名字，心中便是一動，卻不知原因何在，於是他向安耐爾問起了圖爾鞏。安耐爾答道：「他是芬國昐的兒子，如今在芬鞏犧牲以後，已被奉為諾多族的至高王。他還在世，是魔苟斯最忌憚的對手。當年多爾羅明的胡林和你父親胡奧為他斷後，守住了西瑞安隘口，他因而逃脫了淚雨之戰的劫難。」

「那我要去找圖爾鞏。」圖奧說，「他看在我父親分上，必定會幫助我吧？」

「這你做不到。」安耐爾說，「他的據守之地瞞過了精靈和人類的眼目，我們也不知道它位於何方。諾多一族也許有人知道如何前往那地，但他們不肯對任何人吐露。不過，倘若你想和他們談談，那就聽我的話，跟我走——在遙遠的南方諸港，你有可能遇到隱匿王國來的流浪者。」

因此，精靈們捨棄了安德洛思山洞，圖奧與他們同行。然而敵人監視著他們的居住地，很快就發現了他們的行蹤。他們離開山嶺、進入平原之後，沒走多遠就遭到了一大批奧克和東來者的襲擊。他們趁著聚攏的夜色逃走，被四下衝散了。但圖奧心中燃起了戰鬥之火，他不願逃跑。他雖然還是個少年，但用起戰斧如同其父再世。他抵抗了很久，殺了很多攻擊他的人，然而他寡不敵眾，終究還是被俘，被帶到了東來者羅甘面前。須知，這個名叫羅甘的人被東來者奉為首領，他宣稱有權把多爾羅明全境當作魔苟斯治下的封地來統治。他迫使圖奧給自己當了奴隸。彼時，圖奧的生活艱難又困苦，由於他是舊日領主的親族出身，羅甘不但以變本加厲地虐待他為樂，還竭盡所能，存心要瓦解哈多家族的驕傲。但圖奧很識時務，他小心又耐心地忍受了所有的折磨和嘲弄，從而境遇漸漸有所改善，至少不曾像很多羅甘的不幸奴隸那樣挨餓。這是因為他強壯又靈巧，羅甘在做苦工的「牲畜」還年輕能幹的時候，總是把他們餵得很飽。

圖奧過了三年的奴隸生活，終於等來了逃跑的機會。如今他幾乎長足了身體，任何東來者都不及他高大敏捷。他在和其他奴隸一起被派去樹林裡做工時，出其不意地襲擊了看守，用一把斧子殺掉他們，然後逃進了山嶺。東來者帶著狗追捕他，卻無濟於事，因為羅甘的獵犬幾乎只與圖奧為友，縱然追上他也只是親暱搖尾，接著就聽他的命令跑回家。因此，圖奧終於回到安德洛思山洞，孤身一人生活在那裡。有四年時間，他成了父輩領地上一個獨來獨往、令人生畏的逃犯。他的名號被人懼怕，因為他經常出去，殺死很多路遇的東來者。東來者為此出了重金懸賞他的頭顱，但即便人多勢眾，他們也不敢前往他的藏身之處，因為他們害怕精靈族人，對精靈住過的山洞避之唯恐不及。然而，據說圖奧並非為了復仇而外出，而是一直在尋找安耐爾提到的諾多之門。但他沒有找到，因為他不知道該去哪裡尋找。依然留在深山中的精靈人數寥寥，也不曾聽說過它。

於是圖奧意識到，儘管自己仍受命運眷顧，但逃犯的日子終究有限，並且總是時日無多，不見希望。他也不願就這樣像個野人一樣永遠在荒山野嶺裡生活，他的心始終催促他去立下豐功偉績。據說，這其中便體現了烏歐牟的力量。因為貝烈瑞安德發生的一切，他都搜集了消息，每一條從中洲流向大海的河流都是他的信使，皆能來回傳訊。他也如古時一樣，同奇爾丹和西瑞安河口的造船匠們交好。彼時烏歐牟最關心的是哈多家族的命運，因為他心存深遠的謀略，打算讓他們在自己救助流亡者的計畫中擔當重任。他也十分瞭解圖奧的淒慘處境，因為安耐爾同很多族人成功地逃出了多爾羅明，最終投奔了遙遠南方的奇爾丹[16]。

因此，在年初（淚雨之戰後的第二十三年）的一天，圖奧坐在一條發源於他住的山洞入口附近的山泉邊，向西眺望濃雲遮蔽的落日。他驀然感到不願再等，寧可動身離去。「這片灰暗之地屬於我那業已逝去的親族，現在我要離開這裡，去追尋我的命運！」他喊道，「但我當何去何從？我找了諾多之門良久，卻仍然不見它的蹤影。」

說完，擅長彈奏的他拿出了一向隨身攜帶的豎琴，為了振奮心情，他不顧荒野中自己孤

16 這與《魔戒》中在第三紀元末作為灰港之主登場的造船者奇爾丹是同一個人物。

零零的清朗嗓音會引來危險，唱起了一支北方的精靈歌謠。而就在他歌唱時，他腳下的泉水沸騰起來，水量大漲，竟湧出了河道，一條喧鬧的小溪在他面前流下了多石的山坡。圖奧把此景當作徵兆，立刻起身跟了上去。就這樣，他下了米斯林的高山，進了多爾羅明朝北的平原。他跟著小溪向西走，小溪則一路不斷延長，直到三天之後，他得以遠遠望見西方埃瑞德羅明山脈那綿長起伏的蒼灰輪廓。那道山脈在那片地區是南北走向，隔斷了西部大地那遙遠的濱海地帶。圖奧過去歷次出行時，都不曾去過那片山嶺。

接近山嶺時，地面變得愈發亂石密布，崎嶇不平。在圖奧腳下，地勢很快就開始升高，小溪則向下流進了一道裂開的河床。然而就在旅程第三天薄暮降臨時，圖奧發現前方有一堵岩壁，岩壁上有個如同龐大拱門的開口，小溪流了進去，便消失了。圖奧見狀，大失所望：「我的希望竟然成了泡影！山嶺中的徵兆只不過把我帶到了黑暗的終點，還在敵人的土地中央。」他心情沮喪地在高高河岸上的亂石間坐下，整晚保持警醒，過了不能生火的難熬一夜。因為當時還只是三月（Súlimë），春意尚未在那片遠在北方的大地上萌動，並且刮著尖嘯的東風。

朝陽升起，透過遠方米斯林的迷霧射出蒼白的光輝，就在這時，圖奧聽到了語聲。他低頭望去，驚異地發現有兩個精靈涉過了淺水。當他們走上鑿在堤岸中的階梯時，圖奧站了起來，呼喚他們。精靈們當即拔出雪亮的劍，縱身向他衝來。圖奧注意到他們披著灰斗篷，但斗篷下穿著鎧甲。他十分驚奇，因為這兩個精靈眼光明亮，看上去比他從前見過的所有精靈族人都更俊美、更勇猛。他挺直身軀，等著他們。而他們發現他並沒有亮出武器，而是獨自站在那裡用精靈語問候他們，於是還劍入鞘，以禮相待。一個精靈說：「我們二人是蓋米爾和阿米那斯，是菲納芬的子民。淚雨之戰前，這片土地上生活的是舊時的伊甸人，你想必是他們的一員？我認為，你正是出身哈多和胡林的親族，因為你金色的頭髮洩露了你的身分。」

圖奧答道：「對，我是胡奧之子圖奧，而胡奧是加爾多之子，加爾多是哈多之子。但我現在終於想離開這片土地了，我在這裡成了逃犯，無親無故。」

「那麼，」蓋米爾說，「如果你想逃走，尋找南方諸港，你的雙腳就已經被引上了正確的道路。」

「我也曾這麼以為，」圖奧說，「因為我跟著一股突然從山嶺中湧出的泉水，直到它匯入這條詭異叵測的河流。但現在我不知該何去何從，因為河水流進了黑暗。」

「穿過黑暗，也許會找到光明。」蓋米爾說。

「然而只要可能，人還是寧願走在日光下。」圖奧說，「不過，既然你們出身諾多一族，倘若能說，就請告訴我諾多之門在哪裡。自從我的灰精靈養父安耐爾對我提起它，我已經找它很久了。」

兩個精靈聞言大笑，說：「你再也不必找了，因為我們二人剛才就穿過了那道門。它就在你面前！」他們指向溪水流入的那處拱門，「來吧！穿過黑暗，你必將找到光明。我們會領你上路，但不能引你太久，因為我們是身負一項緊急任務，被派回這片當初逃離之地的。」

「但不要怕，」蓋米爾說，「你眉宇間顯露出偉大的命運，它將引你遠離這片大地，我猜甚至遠離中洲。」

於是，圖奧跟著兩位諾多族精靈走下階梯，涉過冰冷的河水，一直走進石拱門內的暗影。蓋米爾隨即拿出了一盞燈，這種諾多族造的燈非常有名，因為它們是古時在維林諾製成的，無論風還是水都不能撲滅，燈中以白水晶封著一簇光焰，燈罩取下後，燈就發出清澈的藍光。此時，蓋米爾把燈高舉過頭，圖奧借著燈光看到河水沿著平緩的斜坡流下，突然瀉入一條巨大的隧道，但在山石中開出的河道旁邊有一段段長長的階梯，一路向下延伸，沒入提燈的光束所不能及的幽深暗處。

他們走到急流底部，便立於一處巨大的石穹頂下。奔騰的河水在那裡陡然瀉落，巨大的響聲迴蕩在洞窟中。河水接著穿過另一道拱門，流進了一條更深的隧道。在瀑布旁邊，兩個諾多族精靈停下腳步，向圖奧告別。

「現在我們必須回頭，全速上路了。」蓋米爾說，「因為極大的危機正在貝烈瑞安德醞釀。」

「那麼圖爾鞏是否已到現身之時？」圖奧問。

兩個精靈聞言，吃驚地看著他。「此事於諾多族大有關係，於人類的後代卻不然。」阿米那斯說，「你對圖爾鞏有何瞭解？」

「幾乎沒有，」圖奧說，「我只知道，我父親曾助他從淚雨之戰中脫身，諾多族的希望就在於他那不為人知的要塞。不過，他的名字總在我心中微動，總在我唇邊徘徊，我卻不知緣由何在。假如我能遂心如願，我就會去找他，而不是踏上這條恐怖的黑暗之路。除非，這條祕密道路或許正是通向他的居所？」

「誰說得準呢？」阿米那斯答道，「圖爾鞏的居所不為人知，通向那裡的路亦然。我雖尋覓已久，也不知路在何方。然而我即便知道，也不會向你或任何人類透露。」

但蓋米爾說：「但我曾聽說，眾水的主宰眷顧你的家族。倘若他的謀畫引你去見圖爾鞏，那麼你無論轉向何方，都必定會找到。現在，沿著帶你走出山嶺的那股泉水指明的道路走下去吧，不要怕！你不會在黑暗中行走太久。別了！不要以為我們是萍水相逢，因為那位居於深淵者依然影響著這片土地上的諸多事物。Anar kaluvatielyanna!〔願陽光照耀你的前路！〕」

兩個諾多族精靈說完，轉身重新上了長長的階梯。圖奧靜立原地，直到他們那盞燈的光亮消失，他獨自置身於比夜色更濃的黑暗中，周遭瀑布轟鳴不止。然後，他鼓起勇氣，伸出左手扶著岩壁摸索前行。起初他走得很慢，但等到更加習慣黑暗，又意識到並沒有阻礙，他便加快了速度。他覺得自己走了很長一段時間，感到疲憊，卻又不願在這條黑暗的隧道裡休息。就在這時，他看到前方遠處有一線光明。他加快步伐，來到了一道高峻又狹窄的裂隙處，河水夾在兩面傾斜的岩壁之間嘩嘩流淌，他順著河水走了出去，便進了一片金燦燦的暮光。因為他進了一座兩側崖壁高聳陡峭的深深壑谷，谷口正對著西方。在他面前，夕陽正在晴朗的天空中沉落，陽光射進壑谷，彷彿在谷壁上點燃了明黃的火焰，河水衝擊著無數微微發亮的礫石，泛起泡沫，金子般閃光。

圖奧在南側崖下的狹長岸邊找到了一條小路，懷著極大的希望和強烈的喜悅在深谷中前進。待到夜幕降臨，奔流的河水隱入了夜色，只有高空中的群星倒映在幽暗的水塘裡，閃著微光。這時，他停下休息，並且睡著了，因為他在那條湧動著烏歐牟之力的河流旁不覺得恐懼。

第二天拂曉，他不慌不忙地再度上路了。太陽在他背後升起，在他面前落下，清晨和傍晚時分，但凡河水在大礫石間濺起泡沫或突然遇到瀑布、急速沖下的地方，水上都織出了跨河的彩虹。因此，他把那條壑谷取名為「奇立斯甯霓阿赫〔彩虹裂隙〕」。

就這樣，圖奧緩緩行了三天。他飲用冷水，但不想進食。水中有很多魚，它們鱗光或閃耀如金銀，或微微生輝，顏色猶如上空水沫裡的彩虹。到了第四天，水道變得更開闊了，兩邊的崖壁則變得更低矮、更平緩，但河水漸深，水流也更急了，因為現在兩側都是連綿不斷的高山，一股股新的水流從山嶺中流下，形成泛著微光的瀑布，注入奇立斯甯霓阿赫。圖奧在那裡坐了很久，眼望打著旋的流水，耳聽無休無止的水聲，直到夜幕再度降臨，群星在頭頂那一道墨黑的天空中閃著清冷的白光。那時，他撥動豎琴的琴弦，放聲歌唱。他的歌聲和美妙清越的琴音蓋過喧鬧的水聲，在岩壁間迴蕩，並且得以放大、傳播開去，在夜色籠罩的山嶺中鳴響，直到樂聲響徹繁星照耀下的空曠大地。圖奧並不知道，他此時已至專吉斯特狹灣周圍，到了拉莫斯的回聲山脈。很久以前，從海路來的費艾諾就是在此登陸，他麾下臣屬的呼聲被放大，膨脹為月亮升起之前北方海濱的震耳喧囂。

圖奧聞聲滿心驚奇，不再歌唱，樂聲漸漸消失在山嶺中，四下裡歸於寂靜。然而在寂靜當中，他聽到上方的空中傳來一聲奇特的呼叫，他不知道是什麼生物發出了那聲呼叫。他先說：「這是仙子的聲音。」又說：「不對，是一隻在荒野裡號叫的小獸。」然後他再一次聽到了牠，說：「肯定是一種我不知道的夜行鳥類。」他雖覺其聲哀傷，卻仍然渴望聽到牠，跟隨牠，因為牠召喚著他，而他不清楚要去何方。

次日清晨，他聽到頭頂傳來了同樣的聲音，抬頭時只見三隻碩大的白鳥迎著西風，拍翼降入壑谷，強壯的翅膀披著初升的陽光，閃閃發亮。牠們掠過他頭頂時，大聲鳴叫。就這樣，圖奧首次目睹了泰勒瑞族鍾愛的大海鷗。他起身追隨牠們，為了看清牠們飛向何方，他攀上了左側的懸崖，站在山頂，只覺得一股大風自西方撲面而來，吹得頭髮飛揚。他深深呼吸那股新鮮的空氣，說：「這真像飲下涼酒，叫人精神一振！」但他不知道，那風是剛剛從大海吹來的。

圖奧追蹤海鷗，在河流上方的高處再度前進。他一路前行，壑谷的兩側崖壁又漸漸靠近。他來到一條窄河槽邊，河槽裡水聲響亮。圖奧向下望去，只覺得目睹了一幕恢弘的奇景——一股洶湧的洪水順著窄槽倒灌進來，河水則向前奔流如故，兩股水流衝撞角力，大浪像一堵牆那樣升起，幾乎直抵崖頂，浪尖頂著的泡沫隨風飛散。之後河水被沖得逆流回去，洪水襲入，咆哮著倒湧上河槽，將它深深淹沒，洪水過處，礫石滾動的聲音猶如雷鳴。因此，海鳥的呼喚救了圖奧一命，讓他免遭上漲的潮水之厄。那場大潮極為壯觀，既是時節使然，也是海上吹來大風的結果。

然而當時這片狂暴的陌生大水令圖奧感到惶恐，他轉身離開，向南走去，因此沒去專吉斯特狹灣的漫長海岸，而是在不長樹木的崎嶇地帶又流浪了幾天。海上吹來的風刮過那片地區，那裡生長的植物無論小草還是灌木，皆受那股起自西方的恆風影響，總是向黎明日出的方向傾斜。圖奧就這樣進了奈芙拉斯特的疆域，那是圖爾鞏曾經居住的地方。最後，他不知不覺中（因為那片地區邊緣的崖頂高出崖後的斜坡）突然來到了中洲大地的黝黑外緣，見到了大海——無邊無際的貝烈蓋爾。那一刻，太陽猶如一團壯觀的火焰，沉落到世界的邊緣之外，圖奧獨自張開雙臂站在懸崖上，心中充滿了強烈的嚮往。據說，他是第一個到達大海邊的凡人，而除了埃爾達，沒有任何人曾比他更深地體會過大海激起的渴望。

圖奧在奈芙拉斯特逗留了多日，他覺得此地很好，因為那片土地臨海，北方和東方都有山脈保護，因而比希斯路姆的平原地區更加溫和宜人。圖奧早已過慣了獨居荒野的獵手生活，又發現不缺食物，因為奈芙拉斯特的春天生機盎然，鳥兒的鳴叫響徹天空，有些成群生活在海濱，還有一些蹤跡遍及窪地中央的利耐溫湖的沼澤。不過，彼時這一整片荒僻之地上都聽不到精靈或人類的聲音。

圖奧來到了大澤邊緣，但水域周圍全是寬闊的沼地和茂密如林、無路可走的蘆葦叢，他無法接近湖水。很快他就掉頭回到了海岸，因為大海吸引著他，他不願在聽不到濤聲的地方久留。在海濱，圖奧首次發現了舊日的諾多族精靈留下的痕跡。在專吉斯特狹灣以南那片海浪蝕成的高崖間，有許多拱洞和掩蔽的小水灣，黑亮的礁岩當中點綴著白沙海灘。圖奧常常發現天然岩石中鑿出了曲折的階梯，通向這類地方。水邊有廢棄的碼頭，以鑿自山崖的巨石建成，曾有精靈船停泊在此。圖奧在那一帶逗留了很久，觀望著動盪不止的大海。與此同時，那年的春天和夏天慢慢過去了，貝烈瑞安德大地上黑暗日深，納國斯隆德的厄運之秋也在逼近。

也許鳥兒早早便預見到嚴酷寒冬即將來臨，因為那些慣於向南遷徙的候鳥很早就集結離開，其餘通常留在北方的則離開故鄉，去了奈芙拉斯特。一天，圖奧坐在海邊，聽到了強壯羽翼破空拍動的聲音。他抬頭看時，只見七隻白天鵝排成一個人字迅速朝南飛來。它們飛到他頭頂上空，便開始盤旋，然後突然俯衝而下，降落時激起了一大片水花。

圖奧喜愛天鵝，他曾見過它們在米斯林那些灰色的水塘上暢遊，而且，天鵝還是養育他的安耐爾那一族精靈的標誌。因此，他起身迎接這些鳥兒，發現牠們比從前見過的任何天鵝都大、都高傲，不禁心生驚奇。他呼喚牠們，牠們卻拍動翅膀，發出刺耳的叫聲，彷彿在對他發怒，要把他趕離海濱。伴著一陣巨大的鼓噪，牠們再度從水中起飛，從他頭頂上飛過，翅膀激起的氣流撲向他，就像一陣尖嘯的風。牠們盤旋了一大圈，升上高空向南飛走了。

圖奧見狀，大聲喊道：「現在另一個徵兆來了，我已經耽擱了太久！」他徑直爬上崖頂，從那裡看到天鵝們仍然在高空中盤旋，但當他轉向南行，開始追隨牠們時，牠們就迅速飛走了。

圖奧沿著海岸線向南走了整整七天，每天早晨都在黎明時分被頭頂的拍翼聲喚醒，每天都是天鵝繼續飛行，他跟隨在後。隨著他一路前行，高崖變得越來越低，崖頂也披上了厚厚的開著花的草皮，東面遠處，樹林正在這一年將盡之際變黃。然而在前方，圖奧看見自己離一道雄偉的山嶺越來越近，它擋在他的去路上，向西一路綿延到一座高山為止——此山如同一座雲霧遮頂的黑塔，於壯觀的山肩上拔地而起，屹立在一道兀然插入海中的綠色大海岬上。

那道灰色的山嶺實際上就是貝烈瑞安德的北方屏障——埃瑞德威斯林山脈向西延伸出的支脈，那座高山就是那片地區的群峰當中最西端的塔拉斯山。若有水手駛近凡世海岸，他隔著數哩的海面，首先望見的就是塔拉斯山的峰頂。過去，圖爾鞏曾經居住在這座山的綿長山坡下，在溫雅瑪的宮殿中生活，它是諾多族在流亡之地修建的最古老的岩石建築。它仍然屹立在那裡，高聳在面朝大海的巨大階地上，荒涼卻不朽。歲月未曾動搖它，魔苟斯的爪牙不曾理會它，然而風霜雨水還是蝕刻了它的形貌，一層厚厚的蒼綠植被覆蓋了牆壁的頂部和屋頂的大瓦，這些植物以含鹽分的空氣為生，就連在光禿禿的石縫中也能茂盛生長。

圖奧踏上了一條早被遺忘的路僅存的殘跡。他在綠色的小丘和傾斜的岩石間穿行，就這樣在落日西斜時來到了那座古老的宮殿和它當風的高庭前。此地沒有邪惡或恐懼的陰影潛藏，但他想到那些一度在此居住卻已離去，無人知曉去往何方的居民，想到那支來自遙遠的大海彼岸，註定不朽卻背負著厄運的高傲種族，心中一股敬畏油然而生。他轉過身，像當年那些居民一樣，越過動盪洋面的粼粼波光，極目遠眺。然後他回過身，看到天鵝們已經落在階地最高層，停在宮殿的西門前。牠們拍動著翅膀，他覺得牠們在示意他進去。於是，圖奧走上如今已半隱在海石竹和剪秋蘿下的寬闊階梯，從宏偉的門楣下經過，走進圖爾鞏舊居的陰影，最後來到一座高柱支撐的大廳前。從外面看，它就已堪稱雄偉，此時圖奧身在其中，更是覺得它龐大又輝煌。他心生敬畏，只希望自己不要在空曠中激起絲毫回聲。大廳中，他只看得見東面盡頭的臺上設有一張王座，便盡量輕手輕腳地向它走去，但他踏過鋪石的地面時腳步響起，猶如命運的足音，回聲先他一步，順著柱間的走廊傳播開去。

他站在那張昏暗之中的莊嚴王座前，發現它由一整塊岩石鑿成，上面刻有奇特的符號。落日恰與朝西山牆下的一扇高窗平齊，一束光照射在他面前的牆上，就像照在拋光的金屬上一樣閃耀。於是圖奧驚奇地發現，王座後的牆上懸掛著一面盾牌和一套精製的鎖甲，還有一頂頭盔和一柄收在鞘中的長劍。那套鎖甲閃閃發光，好似用光亮如新的銀子製成，陽光為它鍍上了點點金輝。但在圖奧看來，那面盾牌的形狀很怪，因為它很長，且上寬下窄，盾面是藍的，盾中央嵌著一個紋章，恰似一只白天鵝翅膀。於是圖奧開了口，聲震屋宇，如同挑戰：「憑此標記，我將收取這些武器護甲，且無論它們承擔何種命運，我都一併接受。」他摘下盾牌，發現它出乎意料地輕巧趁手，因為它雖看似木質，但精靈巧匠為它包上了一層強韌卻又薄如蟬翼的金屬片，也正因此，它才得以免遭蛀蟲和天氣的侵蝕。

圖奧穿起鎖甲，戴上頭盔，把劍佩在腰間。劍鞘和腰帶都是黑的，配有銀質的扣環。他如此全副武裝，步出圖爾鞏的宮殿，披著夕陽的紅暉立在塔拉斯山高高的階地上。他向西眺望，周身閃金爍銀，彼時彼處無人一睹此景，他也不知在那一刻自己猶如西方大能者的一員，堪為海外人中王者的歷代君王之祖——那其實正是他未來的宿命。然而由於胡奧之子圖奧收取了這些武器護甲，一種變化也降臨到他身上，他的心變得偉大起來。他離開殿門，步下階梯，天鵝們向他致敬，各自從翅膀上拔下一根大羽毛奉送給他，長頸低伏在他腳前的石地上。圖奧取了這七根羽毛，把它們插上自己的頭盔冠頂。天鵝們立刻起身飛走，披著落日餘暉向北而去，圖奧再也沒有見過牠們。

此刻，圖奧感到雙腳被不由自主地拉向了海濱。他沿著長長的階梯下去，走到塔拉斯——奈斯北面的一片開闊沙灘上。一路上，他只見漸暗的汪洋盡頭湧起一團巨大的烏雲，太陽低低地沉入雲中。天冷了下來，起了一陣騷動低吟，彷彿有場風暴將至。太陽恰似一團煙霧彌漫的火焰，隱在散發著威脅的天幕之後。圖奧站在海灘上，覺得有一道巨浪自遠方漲起，滾滾奔向海岸，但他驚訝萬分，佇立在原地一動不動。海浪向他湧來，浪尖上籠罩著一團陰影般的迷霧。它越來越近，然後突然間捲起、破裂，化成一道道長長的泡沫急撲向前。然而就在海浪破裂之處，現出了一個極為高大威嚴的生靈形體，背對即將來臨的風暴，黑沉沉地屹立。

圖奧見狀，懷著敬畏躬身行禮，因為他覺得自己見到了一位偉大的王者。來者頭戴一頂閃亮如銀的高王冠，長髮在王冠下垂落，就像蒼茫暮色中閃著微光的泡沫。當他甩開迷霧一般裹在身上的灰色大氅，且看！他穿著一身如巨魚的魚鱗一般合體的發光甲冑，外罩深綠色的短衣，他緩步走向陸地時，海火就在衣上閃爍搖曳。居於深淵者——諾多族稱為烏歐牟的眾水主宰，就以這副外貌現身於溫雅瑪腳下，在哈多家族的胡奧之子圖奧面前。

他並未踏上海岸，而是留在齊膝深的幽暗海水中對圖奧開了口。他眼中的光芒和好似發自世界根基的深沉嗓音令圖奧心生恐懼，拜伏在沙灘上。

「起身，胡奧之子圖奧！」烏歐牟說，「且無懼吾威，雖則汝罔顧吾召已久，及啟程又於途中多加耽延。汝本應於今春來此，而今嚴酷寒冬不日即自大敵領地襲來。汝須加緊，吾原本為汝計畫之輕鬆旅程亦需有變。因吾之勸告已遭輕忽，大惡潛至西瑞安河谷，敵眾已擋在汝與汝之目標間。」

「大人，那我的目標是什麼？」圖奧問。

「乃汝心向來所求，」烏歐牟答道，「去尋得圖爾鞏，一睹隱匿之城。因汝所取用之武器正是很久以前為汝定制，汝將如此披掛，成為吾之使者。然汝今需祕密穿越險境，故汝須身著此氅，切勿除下，直至抵達旅程終點。」

接著，圖奧彷彿看到烏歐牟撕開身上的灰色大氅，把其中一片拋向他。它落到他身上，恰如一件大斗篷，可以把他從頭到腳完全裹住。

「如是，汝將於吾庇護之下行走，」烏歐牟說，「但勿復耽延。在阿納照耀的大地上，在米爾寇之火炎中，此氅不得久存。汝是否接受吾之差遣？」

「大人，我接受。」圖奧說。

「如此，吾將借汝之口傳話於圖爾鞏，」烏歐牟說，「然首先吾需指點於汝，汝需聽取凡人從未聽聞——不，縱是埃爾達之強者也不曾聽聞之事。」烏歐牟向圖奧講了維林諾，講了黑暗如何降臨那地，講了諾多族的流亡和曼督斯的判決，以及蒙福之地的隱藏。「然而且看！」他說，「命運（大地的兒女如此呼之）之鎧甲常存一隙，厄運之高牆慣有一缺，直至完工落成，亦即汝等所稱之終結。有吾在便如是，因吾乃祕密的異議之聲，裁定之黑暗中的一線光明。由是，雖吾貌似於此黑暗之時拂逆同胞手足、西方主宰之意，然此乃吾於其中應有之分，於創世之前即已指定。然厄運判決之力強大，大敵之魔影亦在增長。吾則遭到削弱，以致如今吾於中洲只餘呢喃祕語。流向西方的諸川日減，其源泉亦被毒汙，吾之力量退離大地。米爾寇之淫威令精靈與人類對吾閉塞耳目。而今曼督斯的詛咒正加緊達成，諸多族的全部成果均會毀去，他們構建的所有希望皆將破滅，唯最後的希望獨存——他們不曾期望也不曾預料的希望。而那希望就在於汝，因吾已做此選擇。」

「如此，圖爾鞏莫非不該如埃爾達舉族所願，抗擊魔苟斯嗎？」圖奧問，「大人，如果我即刻去尋找圖爾鞏，您想要我怎麼做？我衷心願意像我父親那樣，在那位王者有需要的時候助他一臂之力，但我孤身一個凡人，在如此眾多又如此英勇的西方高等種族當中，怕是於事無補。」

「吾既選擇遣汝前去，胡奧之子圖奧，便切勿以為汝一人一劍之力無足輕重。年湮世遠，精靈當永念伊甸人之英勇，驚歎其世間壽數何其短促，捨命卻何其慨然。然而吾遣汝前去，非只汝之英勇使然，更旨在為世間引入一分汝尚未預見的希望，一線穿破黑暗之光。」

烏歐牟說這些話的同時，風暴從竊竊低語升作洪大的呼號，風越來越猛，天黑了下來。眾水主宰的大氅隨風飄揚，如同一片飛舞的雲彩。「去吧，免得大海吞沒汝！」烏歐牟說，「因歐西服從曼督斯的意志，且他身為厄運的僕從，業已發怒。」

「遵命，」圖奧說，「只是我若逃離厄運，該對圖爾鞏做何言辭？」

「汝若至其處，則心中言辭自現，汝口自將依吾所願代言。」烏歐牟答道，「直言莫懼！而後便依汝之心意勇氣行事。勿除吾贈之氅，如此汝可得護佑。吾將於歐西怒火之中救出一人，送至汝側，如此汝可得引導：不錯，正是希望之星升起之前，最後一艘尋找西方之船上的最後一名水手。去吧，歸去岸上！」

接著雷聲轟鳴，海上閃電劃過。圖奧看到烏歐牟在波濤中挺立，猶如一座銀塔，映著迸射的火焰閃爍不止。他迎著風喊道：「大人，我這就去！但現在我的心更嚮往大海。」

烏歐牟聞言，舉起一支大號角，吹出了宏大無雙的一響，風暴的咆哮與之相比，只不過是風過湖面蕩起的一絲漣漪。那音調傳入圖奧耳中，包圍了他，占據了他，他覺得中洲的海岸似乎消失了，眼前是一幅壯觀的景象，從中他縱覽著世間所有的水流：從大地上的水脈到江河的入海口，從海灘和港灣向外直至汪洋深水。他注視著大海，看透了飽含奇異形體的動盪水層，直抵無光的深淵，那裡是永恆的黑暗，其中迴響著在凡人聽來過於恐怖的嗓音。他以維拉的迅捷視覺俯瞰不可度量的洋面，它在阿納的光輝下風平浪靜，或在彎月下粼粼閃爍，又或是化作狂暴的波峰，拍打著黯影群島，直到遙遠的視野邊界，在無數里格之外，他瞥見了一座高山，它超越他想像的極限拔地而起，穿入一團明亮的雲彩，一道長長的海浪在山腳下微微閃光。就在他竭力傾聽遠方波濤的聲音，努力看清遠處的光明時，號角聲停了。他立在風暴雷鳴之下，分叉的閃電撕裂了頭頂的天空。烏歐牟已經離去，大海波濤洶湧，歐西的狂暴海浪正湧向奈芙拉斯特的城牆。

於是圖奧逃離發怒的大海，艱難地回到高處的階地上。風把他壓向崖壁，在他爬到山頂時又吹得他雙膝跪倒。因此他又一次進入那座黑暗空曠的大廳暫避，通宵都坐在圖爾鞏的石王座上。大廳的支柱在猛烈的風暴中顫抖，圖奧覺得風中充斥著哭號和瘋狂的呼喊。然而他疲憊不堪，不時昏睡過去。他睡得並不安穩，做了很多夢，清醒時卻一概忘卻，只記得一幕景象——一座島嶼中央屹立著一座陡峭的山峰，太陽在山後沉落，陰影竄入了天空，但在山頂上空閃耀著一顆璀璨的星。

圖奧做完這個夢，便陷入了沉睡，因為暴風雨不等天亮就過去了，駕馭著烏雲奔往世界東方。他最後醒來時，天已濛濛發亮，他站起身，下了王座。他穿過昏暗的大廳，看到廳中到處都是風暴逐進來的海鳥，他出去時，日出前的最後一批星星正從西方隱去。然後他注意到，夜間巨浪曾經高漲上岸，波峰高過崖頂，甚至把海草和漂礫拋到了大門前的階地上。圖奧從階地最底層向下望去，發現亂石和海藻當中有個精靈，裹著浸透了海水的灰斗篷靠在階地的岩壁上。精靈靜靜地坐著，視線越過狼藉一片的海灘，望向一道道綿長起伏的波浪。萬籟俱寂，唯聞下方驚濤拍岸的咆哮。

圖奧站在那裡，看著那個沉默的灰影，不禁想起了烏歐牟的話。無人指點，一個名字便湧到了唇邊，他大聲喊道：「歡迎你，沃隆威！我在等你。」

精靈聞聲轉身，抬起頭來。他的眼睛是海一般的灰，目光十分銳利，圖奧與他四目相對，就知道他是諾多族那個高等種族的一員。然而精靈眼中恐懼和驚疑漸盛，因為他看到圖奧居高臨下站在崖上，身披一件陰影般的大斗篷，胸前的精靈鎧甲透過斗篷微微閃光。

他們如此僵持了片刻，審視著對方的面孔。然後精靈站了起來，在圖奧腳前深深鞠了一躬。「大人，您是誰？」他問，「我在無情的大海上辛勞了很久。請告訴我：自從我離開這片土地，可有什麼重大消息？魔影是否已被推翻？隱匿之民是否已經現身？」

「沒有，」圖奧答道，「魔影加長了，而隱匿的依舊隱匿著。」

沃隆威聞言，默然注視他良久，才又問道：「但你是誰？多年以前，我的族人就離開了這片土地，自那時起無人生活在這裡。你作此裝束，我先前以為你是他們之一，但現在我察覺了，你不是我的族人，而是出身人類一族。」

「的確，」圖奧說，「而你，難道不是從奇爾丹諸港出發的最後一艘尋找西方之船上的最後一個水手？」

「的確，」精靈說，「我是阿蘭威之子沃隆威。但我不明白你如何知道我的名字和經歷。」

「我之所以知道，是因為昨夜眾水的主宰對我說話。」圖奧答道，「他說他將救你脫離歐西的怒火，並且派你來此做我的嚮導。」

沃隆威聞言，又驚又懼地喊道：「您曾與偉大的烏歐牟交談？那您必定是大有價值、命運偉大之人！但是大人，我該帶您到哪裡去？您必定是位人類的君王，想必有很多人聽候您差遣。」

「不，我是個逃脫的奴隸，並且是個逃犯，在一片空蕩蕩的大地上孑然一身。」圖奧說，「但我身負一項使命，去見隱匿之王圖爾鞏。你可知道我如何才能找到他？」

「當此險惡時勢，很多逃犯和奴隸並非生來如此。」沃隆威答道，「我認為，你理應是一位人類的領袖。但即便你是你所有族人當中最尊貴之人，你也無權尋找圖爾鞏，你的任務將是徒然。因為哪怕我帶你到達他的門戶，你也無法進入。」

「你帶我到達大門就是，我所求不過如此。」圖奧說，「厄運將在那裡與烏歐牟的忠告角力。倘若圖爾鞏不肯接納我，那麼我的使命就到此為止，厄運將會獲勝。但若論我是否有權去尋找圖爾鞏，我乃胡奧之子圖奧，胡林的血親，這二人的名字圖爾鞏決不會忘記。此外，我奉烏歐牟之命去尋找他。圖爾鞏可會忘記烏歐牟舊日對他所言？『**切記，諾多族的最後希望來自大海**』，以及『**當危難臨近，將有一人從奈芙拉斯特前去警告汝**』。我就是那個將會前去的人，我穿戴的正是為我準備的裝備。」

圖奧說了這些話，自己也為之驚奇，因為他之前並不知道烏歐牟在圖爾鞏離開奈芙拉斯特時所說的話，這些話也只有隱匿之民知曉。因此沃隆威訝異更甚，但他轉過身去，望向大海，歎了口氣。

「唉！」他說，「我真希望永不歸返。我在汪洋深水上常常發誓，若能再次踏上陸地，就要去遠離北方魔影的地方安居，也可以去奇爾丹的諸港附近，或許還可以去南塔斯仁山谷的美麗田野，那裡的泉水比心中的渴望還要甘甜。但既然我漂泊在外時邪惡已然增長，最後的危險正向我的族人逼近，那我必須回到他們當中去。」他轉身重新面對圖奧。「我會帶你前往隱藏的門戶，」他說，「因為智者不會否決烏歐牟的建議。」

「那我們就依從他的建議，一同前往。」圖奧說，「但沃隆威，不要悲歎！我心中有感，你要走的長路將引領你遠離魔影，你的希望將回歸大海。」

「你亦如此。」沃隆威說，「但現在我們必須離開大海，上路急行。」

「對，」圖奧說，「但你要帶我去哪裡，要走多遠？我們難道不該先想想怎樣在荒野裡維生？如果要走很遠，我們又該如何度過無處托庇的冬天？」

然而涉及路線，沃隆威不肯給出任何明確的回答。「你清楚人類的力量，」他說，「至於我，我出身諾多族。饑寒交迫的冬天必須持續很久，才殺得死那些曾經涉過堅冰海峽者的親族。不過，你以為我們是怎樣在鹹苦荒蕪的大海上熬過了無數日子？你難道從未聽說過精靈的行路乾糧？我仍然保存著它，水手人人都會留它以備窮途末路之需。」他說完掀開斗篷，讓圖奧看了看一個緊扣在腰帶上的密封小囊。「只要它保持密封，就不會被潮濕或惡劣氣候毀壞，但我們必須把它省到緊要關頭。毋庸置疑，深冬到來之前，一個逃犯兼獵手可以找到其他食物。」「也許，」圖奧說，「但獵物從來都不那麼充足，也不是什麼地方都能放心狩獵。獵人還會在途中耽延。」

於是，圖奧和沃隆威做好了上路的準備。圖奧除了取自大廳的裝備，還帶上了先前帶來的小型弓箭。不過他把自己的長矛掛到牆上，以標誌他曾來過，長矛上用北境精靈的如尼文刻著他的名字。沃隆威除了一柄短劍，沒帶別的武器。

不等天大亮，他們就離開了圖爾鞏的古老居所。沃隆威帶領圖奧掉轉方向，從西面繞過塔拉斯山的陡坡，越過了大海岬。曾有一條從奈芙拉斯特通往布礫松巴爾的路從那裡經過，如今只餘一條夾在草皮覆生的古老堤岸之間的綠色小徑。就這樣，他們進入貝烈瑞安德，來到法拉斯的北部地方，然後他們轉向東行，前往埃瑞德威斯林山脈的黑簷下，在那裡躲了起來，一直休息到白晝過去，黃昏降臨。這是因為，儘管此地離布礫松巴爾和埃格拉瑞斯特這兩處法拉斯民的古老居住地還很遙遠，但當時奧克在那裡出沒，魔苟斯的爪牙遍布整片土地，因為他害怕奇爾丹的船隊不時突襲海岸，與納國斯隆派出的突擊隊聯合起來。

圖奧與沃隆威裹著斗篷坐著，就像山下的影子，其間他們相談良久。圖奧向沃隆威問起了圖爾鞏，但沃隆威不肯吐露這些事，而是說起了巴拉爾島上的居住地，還有利斯加茲——西瑞安河口的蘆葦地。

「如今彼處的埃爾達人數日增，」他說，「因為無論哪支親族，都有越來越多的人厭倦了戰爭，為逃離魔苟斯的恐怖而前往彼處。但我並非主動選擇拋棄我的族人。驟火之戰過後，安格班合圍被攻破，那時圖爾鞏心中首次萌生了懷疑——事實可能是，魔苟斯過於強大。那年他第一次派遣子民經過重重門戶外出，他們人數極少，身負一項祕密使命。使者們沿西瑞安大河而下，抵達了河口附近的海濱，在那裡造船。但那無濟於事，只幫他們到了大島巴拉爾，並在那裡建起了魔苟斯的勢力鞭長莫及的偏僻居住地。因為諾多族的造船技藝不足，造出的船不能長期耐受貝烈蓋爾大海的波濤。

「但法拉斯被毀，就在我們前方遠處，古老的造船者諸港遭到了洗劫。據說奇爾丹救下了殘餘的子民，向南航向了巴拉爾灣。等圖爾鞏後來聽說這一切，他便重新派出了使者。那只是短短一段時間以前的事，然而回想起來，就像我生命裡最長的一段日子。因為在埃爾達當中尚屬年輕的我就是他派出的使者之一。我出生在中洲，就在奈芙拉斯特的土地上。我母親是法拉斯的灰精靈，是奇爾丹本人的親人——圖爾鞏稱王初期，在奈芙拉斯特兩族之間有很多人通婚——我有一顆母系族人的愛海之心。我就是這樣被選中了，因為我們的任務是去找奇爾丹，請他幫助我們造船，如此或可不等大勢已去，就向西方主宰報訊，祈求他們援助。但我在途中耽擱了。因為我未曾見識過中洲各地，我們在春天時節來到了南塔斯仁山谷。圖奧，你要是有朝一日走上向南的路，順著西瑞安河而下，就會發現那片土地真是美好得令人心醉神迷。只要你並非厄運不肯放過之人，它便是治癒一切渴慕大海之情的良藥。在那裡，烏歐牟只不過是雅凡娜的僕人，大地誕育了種類繁多的美好之物，北方嚴峻山嶺裡的心靈無法想像。在那片土地上，納洛格河匯入西瑞安河，河道開闊了，河水不再湍急，而是寧靜地流過鮮活的草地。鳶尾如林，繁花盛開，簇擁著粼粼的河水，草地上到處都是花朵，像寶石，像鈴鐺，像赤紅金黃的火焰，像大片絢彩的繁星綴在碧綠的天穹上。然而最美的還是南塔斯仁的楊柳，色澤淡綠，或在風中現出銀光，不計其數的葉子沙沙作響，猶如含有魔力的音樂，縱是數不盡的晝夜流逝，我都能佇立在齊膝的長草中傾聽。我被那裡迷住了，心中忘記了大海。我在那裡漫遊，給新的花朵取名，或在鳥兒的歌唱、蜜蜂和飛蟲的嗡鳴聲中進入夢鄉。我本來還會在那裡快樂地生活，捨棄所有的親人，將泰勒瑞族的船和諾多族的劍一併棄於不顧，但我的命運不容我如此。或許，不容我如此的正是眾水的主宰本人，因為他強勢影響著那片土地。

「結果，我心中動念，想用柳枝造一隻木筏，在西瑞安河的明亮胸懷中暢遊。我這樣做了，也這樣被帶走。因為有一天，我正在河流中央，突然一陣風起，攫住了我，將我吹離垂柳之地，沖向大海。就這樣，我作為最後一名使者找到了奇爾丹。他應圖爾鞏之請而造的七艘船，當時只有一艘尚未竣工。一艘接一艘，他們揚帆駛向西方，但沒有人曾經歸返，也沒有傳來任何關於他們的消息。

「但當時含著鹹味的海風重新觸動了我心中承自母系親族的一面，我歡欣地破浪航行，學盡了駕船學識，就像它們已經儲存到了我的頭腦中。因此，最後也是最大的一艘船造好時，我渴望出發，心中忖道：『倘若諾多族所言不虛，那麼在西方就有垂柳之地也無法相提並論的草地。那裡沒有凋零，春天永無盡頭。或許就連我沃隆威也能去往彼方。最壞的情況不過是在海上漂泊，那也大大強於在北方的魔影下流浪。』我並不懼怕，因為任何水域都不會讓泰勒瑞族的船沉沒。

「然而胡奧之子圖奧啊，大海真是可怕。它憎恨諾多族，因為它遵從維拉的判決。它有比沉入深淵、葬身水底更糟糕的東西：厭惡、孤獨和瘋狂，恐怖的風和亂流，還有寂靜與黯影，其中一切希望都破滅，一切鮮活的形體皆消逝。大海沖刷著諸多邪惡又陌生的海岸，海上密布著諸多危險又恐怖的島嶼。中洲之子啊，我不想細說自己的故事，消沉了你的心情。我在大海上辛勞七年，從北方一直深入南方，然而從未到達西方。因為那裡業已對我們關閉。

「最後，我們陷入了深深的絕望，厭倦了整個世界，於是掉頭逃離那已經放過了我們許久的厄運，它卻愈發殘酷地打擊了我們—我們遙遙望見一座大山，我喊道：『看哪！那就是塔拉斯山，我的故鄉。』就在那時起了風，大團濃雲滿載著雷電，從西方撲來。波濤就像活物，充滿恨意地追擊我們，閃電劈向我們。等到我們被毀得只剩一個無助的船殼，大海便狂怒地撲來淹沒了我們。然而如你所見，我得救了，我覺得好像有一道海浪湧來，比其他海浪都大，但更平靜。它捲住了我，把我抬出船外，高高放在浪尖上，又滾滾沖上陸地，把我拋上一片草地，然後就退去了，像大瀑布一樣從懸崖上傾瀉回去。你遇到我時，我只不過在那裡坐了一個鐘頭，仍然被大海弄得頭昏目眩。我也仍然能感受它的恐怖，還有失去所有朋友的辛酸，他們和我一起航行了那麼久、那麼遠，出了凡世土地所能看見的界限。」

沃隆威歎了口氣，然後輕聲說了下去，如同自言自語：「可是，當籠罩西方的濃雲偶爾分開，世界盡頭上空的群星真是明亮非常。然而我並不知道，我們是僅僅看到了猶在更遠之處的雲彩，還是像有人認為的那樣，確實瞥見了佩羅瑞山脈。它就坐落在我們的恆久家園那蹤影已失的海灘上，但我認為，那道山脈屹立在非常遙遠的地方，來自凡世土地的人再也不能去往。」沃隆威說完就沉默了，因為夜幕已經降臨，群星閃耀著冷冽的白光。

不久之後，圖奧和沃隆威就起了身，轉身背離大海，在黑暗中踏上了漫長的旅途。有關這段旅途無可講述，因為烏歐牟的影子籠罩著圖奧，他們穿過樹林、岩地，走過田野、沼澤，從日落走到日出，沒有任何人見到他們經過。但他們始終警惕地前進，躲開魔苟斯那些能夜裡視物的獵手，避開精靈和人類常走的路。沃隆威擇路，圖奧跟隨。圖奧沒有無益地發問，但清楚地注意到他們始終沿著爬升的山脈一線向東而行，從未轉向南方。他為此驚訝，因為他像幾乎所有的精靈和人類一樣，相信圖爾鞏住在遠離北方戰事之處。

他們在傍晚或夜間前行，取道無路可走的荒野，因而走得很慢，而來自魔苟斯疆域的嚴酷寒冬迅速南下，縱有山嶺遮蔽，風仍是又大又猛，雪很快就在高山上深深堆積起來，或從各處山隘急撲而入，落在努阿斯森林尚未落盡的枯葉上。因此，雖然他們出發時尚不到十月（Narquelië）月中，但等他們接近了納洛格河源頭，十一月（Hísimë）伴著刺骨的霜凍到來了。

他們經過一整夜的跋涉，在昏暗的曙光中停在了那裡。沃隆威大為吃驚，懷著悲傷與恐懼四下環顧。過去，美麗的伊芙林潭就位於瀑布沖出的巨大岩石盆地當中，潭水周圍是山嶺下樹木覆蓋的窪地，此時他見到的卻是片汙濁的荒地。樹木被焚毀或連根拔起；水潭邊的石沿已破，伊芙林的潭水瀉了出去，在廢墟當中形成了一大片貧瘠的沼澤。如今一切唯餘狼藉一片的冰凍泥塘，大地上彌漫著一股腐朽的惡臭，好似瘴氣。

「唉！難道邪惡竟到了這裡？」沃隆威喊道，「此地曾經遠離安格班的威脅，但魔苟斯的指爪一直越探越遠。」

「這正如烏歐牟告訴我的，」圖奧說，**「源泉被毒汙，吾之力量從大地上的諸川裡退去。」**

「然而這裡來過力量比奧克更強的惡毒之物。」沃隆威說，「恐懼仍在此地盤桓不去。」

他在泥塘邊搜索，忽然僵立不動，再次喊道：「對，是種強大的邪惡！」他向圖奧招手，圖奧走了過去，看到了一條狹道，就像一條向南而去的巨大犁溝，溝的兩側留著龐大的有爪腳印，時而模糊，時而被冰霜凍得堅硬清晰。「看！」沃隆威說，恐懼和厭惡令他面色發白。

「安格班的大蟲不久前來過這裡，那是大敵最兇惡的生物！我們帶給圖爾鞏的口信已遲，必須加緊了。」

他話音未落，他們就聽到林中傳來了一聲呼喊。二人頓時猶如灰色的石頭一般凝立不動，傾聽著。然而那個聲音雖然飽含悲傷，卻是悅耳的，似乎反覆呼喚著一個名字，就像一個人在尋找另一個失蹤的人。就在他們等待的時候，有人從樹林中穿過，他們看見來者是一位高大的凡人，武裝著，一身黑衣，帶著一柄出鞘的長劍。他們感到驚訝，因為那柄劍的劍身也是黑的，但劍鋒閃耀著明亮冰冷的光輝。悲傷銘刻在這個人的面容上，他目睹了伊芙林的廢墟，哀痛地大聲喊道：「伊芙林，法埃麗芙林！格溫多和貝烈格啊！我曾在這裡被治癒。但現在我再也飲不到寧定心神的泉水了。」

他說完便迅速離去，奔向北方，就像在追趕什麼，又像身負一項十萬火急的任務。他們聽到他呼喚：「法埃麗芙林，芬杜伊拉絲！」直到聲音在樹林中漸漸消失。但他們並不知道，納國斯隆德已經陷落，此人就是胡林之子圖林——黑劍。就這樣，在這絕無僅有的短暫一刻，圖林和圖奧這對堂兄弟的道路有了交集。

黑劍走後，儘管天已經亮了，但圖奧和沃隆威又繼續前行了一陣，因為他們回想起他的哀傷，心中沉重，也無法忍受留在遭到玷汙的伊芙林潭邊。但沒過多久，他們就找了一處藏身地，因為整片土地如今都布滿了邪惡的預兆。他們睡得極少，也睡不安穩。白晝漸漸過去，天色陰沉下來，下了一場大雪，入夜後經歷了一場刺骨的霜凍。自此以後，冰雪未曾稍減，這場後來被久久銘記的嚴酷寒冬持續了五個月，牢牢地冰封了北方。此時圖奧和沃隆威為寒冷所苦，又害怕積雪會洩露行跡，使他們被搜獵的敵人發現，或令他們落入披上了偽裝的暗藏險處。他們堅持了九天，走得越來越慢，越來越艱難。沃隆威略向北轉，等他們過了泰格林河的三條源泉之後，他又轉向東方，背離山脈而行。他警惕地前進，直到他們過了格濎蘇伊河，來到冰封黑沉的瑁都因溪邊。

圖奧對沃隆威說：「這場霜凍真是嚴酷，不知你怎麼樣，但死亡正向我逼近。」因為此刻他們境況極差，已經很久不曾在野外找到食物，行路乾糧也漸漸減少，而且他們又冷又累。「被困在維拉的判決和大敵的惡意之間，這真是不幸。」沃隆威說，「我逃離了大海的吞噬，難道只是改成葬身雪下？」

但圖奧問：「現在還要走多遠？沃隆威，到頭來你必須不再對我保密。你是不是帶我走了正路？你要帶我去哪裡？我要是必須拚上最後的力氣，就得知道那能有何助益。」

「我一直盡可能安全地帶你走了正路。」沃隆威答道，「現在聽著：儘管無人相信，但圖爾鞏仍然居住在埃爾達領土的北方。我們已經接近了他所在之地，然而即便是鳥兒飛去，也還有很多里格之遙，而對我們來說，仍要渡過西瑞安河，途中可能有巨大的邪惡擋路。因為我們很快就要遇上那條從芬羅德王的米那斯通往納國斯隆德的古老大道。那裡必有大敵的爪牙來往監視。」

「我自認身在最堅韌的凡人之列。」圖奧說，「我曾在山中忍受過很多次冬天的折磨。但那時我背後有山洞，能生火。現在這樣餓著肚子，頂著嚴酷的天氣，我懷疑自己的氣力支持不了太遠。但只要希望尚存，我們就繼續走吧，能走多遠就走多遠。」

「倘若不想就此躺倒，長眠雪地，我們就別無選擇。」沃隆威說。

因此，難熬的一整天裡，他們都在跋涉，覺得就連敵人也不如嚴冬那麼危險。然而他們一路行去，發現雪越來越少，因為他們此時正再度南行，向下進入西瑞安河谷，多爾羅明的山脈被遠遠拋在了背後。他們披著漸深的暮色，來到了林木覆生的高堤，靠近了堤底的大道。突然，他們察覺了語聲。他們從樹林中警惕地望去，看到下方有一點紅光。一隊奧克在大道中央紮營，圍著一大堆篝火擠成一團。

「Gurth an Glamhoth！（奧克去死！）」圖奧壓低聲音說，「該從斗篷下拔出劍了。為了占有那堆火，我能冒生命危險，就連奧克的肉也算收穫。」

「不行！」沃隆威說，「這項任務能借助的只有斗篷。你必須放棄篝火，否則就放棄圖爾鞏。野外並不是只有這麼一夥敵人。你那凡人的眼睛難道看不到，北邊和南邊遠處還有其他崗哨的火光？一場騷亂將會引來一支大軍追捕我們。圖奧，聽我說！隱匿王國的法律是，任何人都不准在敵人緊追在後時接近國門。這條法律我決不會違背，不管是為了烏歐牟的命令還是為了逃命。驚動了奧克，我就離開你。」

「那就別管他們了。」圖奧說，「只是，但願我還能活著看到那天，不必像條夾著尾巴的狗一樣，偷偷摸摸地繞過一小撮奧克。」

「走吧！」沃隆威說，「別爭辯了，否則他們會聞到我們的氣味。跟我走！」

他說完便悄悄穿過樹林，保持在下風頭向南走去，直到他們來到大道上這處奧克營火與下一處的中間地段。他在那裡側耳傾聽，佇立良久。

「我沒聽到大道上有人走動，」他說，「但我們不知道陰影裡潛藏著什麼。」他凝望前方的昏暗，打了一個寒戰。「氣氛不祥，」他小聲說，「唉！我們此行的目標與活命的希望就在那邊，但死亡擋在路上。」

「死亡在四面八方，但我剩下的氣力只夠走完最短的路。」圖奧說，「我必須在這裡過去，否則就會橫死。我決定依賴烏歐牟的斗篷，它也能裹住你。現在我來領路！」

他一邊這樣說，一邊悄悄走到了大道邊。然後，他把沃隆威緊緊拉近，將眾水主宰的灰斗篷抖開裹住二人，舉步前行。

萬籟俱寂。冷風歎息著掃過古老的大道。然後，風也忽然沉默下來。停頓間，圖奧感到空中起了變化，就像魔苟斯疆域吹來的氣息止住了片刻，一股微風從西方吹來，如同對大海的模糊回憶。他們就像一團乘風而去的灰霧，橫過石路，鑽進了大道東緣的灌木叢。

剎那間，近處爆發了一聲野蠻的大吼，喚起了大道沿線的眾多回應。一聲刺耳的號角吹響，接著響起了奔跑的腳步聲。但圖奧沒有輕舉妄動。他在被俘期間學會了足夠的奧克語言，聽得出那些吼叫的含義：哨兵聞到了他們的氣味，聽到了他們的響動，但沒看到他們。搜捕開始了。圖奧與身邊的沃隆威一起，連滾帶爬地拚命向前，逃上了一道長長的山坡，坡上長著濃密的棘豆和越橘，其間點綴著一簇簇花楸和矮樺。他們在山梁頂上停了下來，聽著背後的喊聲和奧克在下方灌木叢裡的嘈雜聲響。

他們身旁有塊大石，頂端探出了一片亂蓬蓬的歐石楠與荊棘叢。大石底下有個穴窩，遭到追獵的野獸就會尋找這樣的地方，希望在此躲過追擊，或至少能背抵石壁，拚死一戰。圖奧拉著沃隆威下到黑影中，兩人並排躺在灰斗篷底下，像疲憊的狐狸一樣氣喘吁吁。他們沒有說話，只是全神貫注地傾聽。

追獵者的吼聲漸漸低落，因為奧克從不深入大道兩側的野地，寧願來回搜索大道。他們不在乎流浪的逃亡者，但害怕斥候，也怕武裝對手的前哨。因為魔苟斯在大道上布置守衛，不是為了捕獲圖奧與沃隆威（他對他們還一無所知）或任何從西邊來的人，而是要監視黑劍，以防他逃脫。他或許會從多瑞亞斯搬來援兵，去追趕納國斯隆德的俘虜。

黑夜過去，沉鬱的寂靜又一次籠罩了空曠的大地。圖奧筋疲力盡，在烏歐牟的斗篷下睡著了，但沃隆威悄悄爬了出來，像塊岩石一樣默立，一動不動，以精靈的雙眼查看陰影。破曉時分，他喚醒了圖奧，圖奧爬出來，發現天氣確實緩和了一段時間，滾滾烏雲散了。黎明霞光彤紅，他能遙遙看到前方陌生山脈的群峰，映著東方的如火朝陽閃爍。

沃隆威見狀，低聲說：「Alae! Ered en Echoriath,ered e. mbar nín!（啊！埃瑞德埃霍瑞亞斯，我家鄉的山脈！）」因為他知道，他看見的正是環抱山脈，圖爾鞏國度的屏障。在他們下方，歌謠中著名的美麗河川西瑞安在東邊的幽深河谷中流動。河對岸有一片迷霧籠罩的灰色土地，從河邊一直爬升到山脈腳下的坎坷丘陵。「那邊就是丁巴爾。」沃隆威說，「真希望我們在那裡！因為敵人幾乎不敢涉足那地，至少從前不敢，那時西瑞安河中烏歐牟的力量還很強大。但現在可能一切都變了，不變的只有河本身的危險——它本來就又深又急，就連埃爾達要過河也很危險。但我帶你走得恰到好處，因為再稍往南去，那閃著微光的就是布礫希阿赫渡口，從西方的塔拉斯山遠道而來的東大道以前就從那裡過河。現在，無論精靈、人類還是奧克，不到萬不得已都不會走那條路，因為它通向夾在戈堝洛斯山脈與美麗安環帶之間的山谷頓塌塞布，恐怖之地。年深日久，它已經在荒野中湮沒了蹤跡，或淪為穿過野草與蔓生荊棘的小道。」

於是圖奧順著沃隆威的指示望去，借著黎明的短暫晨光，看到遠處閃著波光，似有開闊水面，但過了那處就有一片黑影隱約聳現，那是向南爬升到遙遠高地上的布瑞希爾大森林。他們警惕地尋路爬下河谷一側，終於來到一條從布瑞希爾邊境上的路口（納國斯隆德通來的大道在此與它相交）通下來的古路上。這時，圖奧發現他們接近了西瑞安河。在那裡，深河道的兩岸降低消失，水流為大片亂石所阻，漫成了寬闊的淺灘，條條溪流相互衝擊，水聲潺潺不絕於耳。過了此地不遠，河水重又匯聚起來，沖掘出一條新的河床，向森林流去，遠遠消失在一團他的雙眼看不透的濃霧裡。他雖不瞭解，但那就是多瑞亞斯的北方邊界，已經位於美麗安環帶的陰影之中。

圖奧立刻就要趕去渡口，但沃隆威阻止了他，說：「我們不能在白天公然涉過布礫希阿赫，只要有可能遭到追擊，就不能走。」

「那我們是不是就待在這裡爛掉？」圖奧說，「因為只要魔苟斯的國度尚存，這種可能就不會消失。走吧！我們必須躲在烏歐牟斗篷的陰影下前進。」

沃隆威仍然猶豫不決，回頭向西望去，但後面的小道杳無人跡，四周萬籟俱寂，唯有河水奔流。他抬頭眺望，天空灰暗又空曠，連一隻鳥也不見飛過。然後他忽然面露喜色，大聲喊道：「太好了！大敵的對手仍然守護著布礫希阿赫。奧克不會跟蹤我們到此，現在我們不必多慮，披著斗篷過去就是。」

「你看見了什麼新東西？」圖奧問。

「凡人的眼力真是不濟！」沃隆威說，「我看到了克瑞賽格林的大鷹，牠們正向這邊飛來。且看！」

於是圖奧駐足凝望，很快看到高空中有若干形體拍動著強壯的翼翅，從此時已再次被雲霧遮住的遙遠群峰上飛來。牠們兜著巨大的圈子慢慢下降，接著突然向兩個旅行者俯衝下來。不等沃隆威來得及呼喚牠們，牠們就繞了個大圈一掠而過，掉轉方向，沿著河流一線向北飛走了。

「現在我們走吧。」沃隆威說，「附近若有任何奧克，也肯定瑟縮著伏到了塵埃裡，直到大鷹遠遠飛走。」

他們立即匆匆走下一條長坡，過了布礫希阿赫，途中經常可以不濕腳地踏著卵石灘走，或涉過至多沒膝的淺水。水很清，極冷，諸多水流在礫石間漫溢，形成淺塘，表面結了冰。但即便在納國斯隆德陷落那年的嚴酷寒冬，北方的致命氣息也從不曾凍結西瑞安河的主流。

他們抵達渡口對岸，來到一條深溝邊。它就像一條如今已沒有河水流動的古老河床，然而貌似曾有一股水流沖刷出了深深的水道，水流湧出埃霍瑞亞斯群山後自北瀉下，從山中挾來布礫希阿赫的全部礫石，沖下了西瑞安河。

「不可思議，我們終於找到它了！」沃隆威喊道，「看！乾河的河口在此，那是我們的必經之路。」於是他們進了溝。隨著溝轉向北方，山坡地勢也陡然升高，溝的兩壁因而高聳起來。光線昏暗，圖奧在亂石當中的粗糙河床上跌跌撞撞。「這要是一條路，」他說，「那它對疲憊的人來說可很不妙。」

「然而這是去找圖爾鞏的路。」沃隆威說。

「那我就更吃驚了。」圖奧說，「它的入口敞開著，無人看守。我本來以為會找到一道重兵防守的大門。」

「那些你且等著瞧，」沃隆威說，「這只是通往那裡的途徑。我稱它為路，然而三百多年來除了少數祕密使者，這裡無人行走。自從隱匿之民進入，諾多族不惜運用全部技藝來掩蔽它。它敞開著嗎？假如沒有隱匿王國的居民引導，你能不能認出它？你多半只會猜測，它只不過是野外風吹日曬，由流水造就。而且，你難道不是已經見過，還有大鷹在？它們是梭隆多的子民，在魔苟斯未曾變得如此強大時，甚至在桑戈洛錐姆山上居住。它們自從芬國盼犧牲，就居住在圖爾鞏的群山中，直到現在。除了諾多族，只有它們知道隱匿王國，它們也守衛著王國上方的天空——儘管暫時沒有大敵的爪牙敢於飛上高空。它們還為王帶來很多消息，報告外界的一切動向。不消懷疑，假如我們是奧克，一定已經被抓住，從高空丟到無情的岩石上了。」

「這我不懷疑。」圖奧說，「但我還在想，不知我們接近的消息此時會不會已經搶先一步，傳到了圖爾鞏耳中。而那是吉是凶，唯有你知曉。」

「非吉也非凶，」沃隆威說，「因為我們不管是不是出人意料，都不可能不被發現就通過守衛之門。倘若我到了門前，衛士不需報告也知道我們不是奧克。但我們若想通行，就得給出比那更好的理由。圖奧，你想不到我們那時要面對的危險。我警告過你了，到時別為發生之事責備我。願眾水主宰的力量真正顯現出來！因為我全是抱著那個希望，才願意做你的嚮導，如果希望破滅，那我們必死無疑，野外和寒冬的全部威脅都及不上。」

但圖奧說：「別再預言不祥了。在野外肯定是死；而在大門前會不會死，不管你怎麼說，我看都不一定。帶我繼續走吧！」

他們在乾河的亂石間跋涉了數哩，直到再也走不動為止。夜幕降臨，使深深的裂隙中一片黑暗，他們因而爬了出來，上了東岸。此時他們已經到了山脈腳下的起伏丘陵。圖奧抬起頭，只見群山高聳在前，模樣不同於他所見過的任何山脈，它們的山壁猶如陡峭的牆，一層疊一層，層層加高，層層後退，就像多層懸崖壘就的巨塔。但此時白晝已逝，大地一片灰暗，霧氣朦朧，西瑞安河谷也籠罩在陰影中。於是沃隆威帶他找到了山坡上一個淺洞，開口朝向丁巴爾那片人跡罕至的斜坡。他們爬進洞裡，躺下藏身，吃掉了最後一點食物，又冷又累，卻無法入睡。就這樣，圖奧與沃隆威在十一月（Hísimë）的第十八天，也就是旅途的第三十七天傍晚來到了埃霍瑞亞斯的群峰，圖爾鞏的門檻前。他們依靠烏歐牟的力量，既逃過了厄運，又躲過了惡意。

當白晝的第一線朦朧灰光透進丁巴爾的迷霧時，他們爬回了乾河。河道不久就轉向東邊，一直曲折通到了群山峭壁之前。一堵巨崖從荊棘亂叢覆蓋的陡坡上拔地而起，赫然屹立在正前方。亂石河道通入那片樹叢，那裡仍然像夜裡一樣黑暗。他們停了下來，因為荊棘順著深溝兩壁蔓延出很遠，枝條交錯，在溝的上方形成了一層極低的緻密頂蓬，圖奧和沃隆威不得不像悄悄回巢的野獸一樣，從底下爬過去。

他們費了極大力氣，終於到了懸崖腳下，找到了一個山洞。它就像群山深處湧出的水流在堅硬的岩石中沖蝕出的隧道開口。他們走了進去，裡邊不見亮光，但沃隆威穩步向前，圖奧則把手搭在他肩上跟隨。圖奧略彎著腰，因為洞頂很低。就這樣，他們一步一步地盲目走了一陣，直到開始感到腳下的地面變得水平，不再有鬆動的碎石。然後他們停了下來，駐足傾聽，同時深深呼吸。空氣似乎是新鮮清潔的，他們察覺頭頂和四周都有很大空間，但一片寂靜，就連滴水的聲音也聽不見。圖奧覺得沃隆威不安又疑惑，悄聲說：「那麼守衛之門在哪裡？還是說，我們現在其實已經通過了？」

「沒有，」沃隆威說，「然而我在懷疑，因為闖入者居然能不受妨礙地潛行這麼遠，這真奇怪。我擔心暗中會有襲擊。」

然而他們的低語喚醒了沉睡的回聲，回聲被放大、疊加，傳到洞頂，傳到看不見的洞壁，就像眾多嗓音在竊竊私語，嘶嘶作響。就在回聲漸漸消失在岩石中時，圖奧聽到黑暗中心傳來一個聲音，說的是精靈語，先用了他不懂的諾多族的高等語言，接著用了貝烈瑞安德的語言，不過後者在他聽來口音有些奇怪，就像說這種語言的人與親族分離了很久。

「站住！」那個聲音說，「不得稍動！否則無論是敵是友，你們都是死路一條。」

「我們是友。」沃隆威說。

「那就照我們的吩咐做。」那個聲音說。

雙方語聲的回音漸漸歸於沉寂。沃隆威與圖奧佇立著，圖奧覺得分分秒秒都過得很慢，心中升起了途中任何危險都不曾激發的恐懼。然後腳步聲響了起來，逐漸加重，變成了響亮的踏步聲，好像食人妖在那片空曠之地行軍。突然間，一盞精靈之燈顯露出來，明亮的光線投射在圖奧前面的沃隆威身上，圖奧在黑暗中能看見的就只有這顆耀眼的星，而他明白，光束照在身上時，他不能動，既不能逃跑，也不能奔上前。

有那麼片刻，他們就這樣被暴露在光亮中心，然後那個聲音又開口了，說：「露出你們的臉！」沃隆威掀開了兜帽，面容在光線下閃耀，如同石刻一般，剛硬又清晰。圖奧目睹其美，不禁驚奇。然後沃隆威自豪地開口說道：「你難道不知眼前的人是誰？我乃芬國昐家族的阿蘭威之子沃隆威。難道區區幾年，故鄉之人就已將我遺忘？我曾遠遊到中洲之人無法想像的地方，可我記得你的嗓音，埃倫瑪奇爾。」

「那麼，沃隆威也一定記得故鄉的法律。」那個聲音說，「他既然是奉命外出，便有權歸來。但他不能帶任何陌生人來此。他歸來的權利由於此舉而作廢，他必須作為囚犯，被帶去由王裁決。至於那個陌生人，當由衛士裁決，或者處死，或者囚禁。帶他過來，如此我便可裁決。」

於是，沃隆威引著圖奧向燈光走去。隨著他們走近，很多身穿鎧甲、手執武器的諾多族邁步上前，走出黑暗，拿著出鞘的劍圍住了他們。守衛隊長埃倫瑪奇爾提著明燈，仔細審視了他們良久。

「沃隆威，你這樣做真是不可思議。」他說，「我們曾是老友。你為何要如此殘忍，逼我在法律和友情之間抉擇？你若自作主張，把諾多族其他家族的成員帶來此地，那也罷了。可你把通路的所在透露給了一個凡人——我從他的眼睛能辨認出他的種族。然而他既然知道了祕密，就再也不能自由離去，何況他是膽敢闖入的外族人，我應當殺了他——即便他是你所珍視的朋友。」

「埃倫瑪奇爾，在外面的廣闊天地裡，一個人可能遇到很多非同尋常之事，接到出乎意料的任務。」沃隆威答道，「遊子歸來之後，不會誠如出發之前。我所做的一切，都是遵從比守衛法律更事關重大的命令而行。唯王一人能對我和隨我而來的他做出裁決。」

於是圖奧開口了，不再恐懼。「我隨阿蘭威之子沃隆威前來，因為眾水的主宰指派他做我的嚮導。正是為了這個目標，他才得到解救，從大海的憤怒與維拉的判決中脫身。因為我帶來了烏歐牟傳給芬國盼之子的口信，我將把口信告知他本人。」

埃倫瑪奇爾聞聽此言，驚異地看著圖奧。「那麼你是何人？」他問，「從哪裡來？」

「我乃哈多家族的胡奧之子圖奧，是胡林的親人。據我所知，這些名字在隱匿王國並非默默無聞。我為了尋找隱匿王國，歷經諸般艱險，從奈芙拉斯特而來。」

「從奈芙拉斯特而來？」埃倫瑪奇爾說，「據說自從我們的族人離開，那裡就無人居住。」

「此說不假，」圖奧答道，「溫雅瑪的庭院空蕩又冰冷。然而我正是從那裡來。現在帶我去見那位修建了那些古老廳堂的人吧。」

「如此重大之事，我無權決定。」埃倫瑪奇爾說，「我會帶你去或可揭露更多情況的亮處，然後我會把你移交主門長官。」

他隨即下了命令。高大的衛兵兩位在前，三位在後，圖奧與沃隆威被安排走在中間，守衛隊長帶著他們離開了外門守衛的山洞。他們似乎進了一條筆直的通道，在水平的地面上走了很久，直到前方有一團微弱的燈火閃動。就這樣，他們終於來到一道寬大的拱門前，門兩側都有自岩石中鑿出的高柱，中間懸著一道用十字交叉的木條製成的巨大吊門，雕刻精美，鉚以鐵釘。

埃倫瑪奇爾一觸之下，吊門無聲無息地升了起來，他們由此通過。圖奧看到他們站在一道裂谷的一端，這樣的裂谷他從未見過，也從未想像過，儘管他曾在北方的荒山野嶺中遊蕩過很久，因為與歐爾法赫·埃霍爾相比，奇立斯甯霓阿赫只不過是一道石中裂紋。在創世之初的上古戰爭中，維拉親手在此掰裂了雄偉的山脈，裂隙的兩壁如同利斧劈開一般陡峭，升向無法測度的高處。那裡的極高極遠處現出一線天空，烏黑的山頂與參差的尖峰映襯著深藍的天色，遙遠卻堅硬，如長矛般殘酷。那道雄偉的山障極高，冬天的太陽竟無法越過。此時雖然天已大亮，但群星仍然在山頂上空閃爍著微弱的光輝，下方的一切都是昏暗的，唯見盞盞蒼白的燈光安設在爬升的路旁。因為裂谷的底部朝東陡然上升，圖奧在左側看到河床邊有一條岩石鋪出砌就的寬路，蜿蜒向上，一直隱沒到陰影中。

「你們已經通過了第一道門——木之門。」埃倫瑪奇爾說，「這邊走，我們必須加緊了。」

圖奧無法猜測那條縱深之路究竟延伸多遠，他凝視前方時，有種強烈的疲倦像一團雲那樣降臨到他身上。一陣寒風掠過岩壁嗖嗖吹來，他拉緊斗篷，裹住自己，說：「從隱匿王國吹來的風真冷！」

「不錯，千真萬確。」沃隆威說，「外來者會覺得，驕傲令圖爾鞏的臣屬殘酷無情。七門的里程對忍饑挨餓、風塵僕僕的人來說，既漫長又艱難。」

「倘若我們的法律不這麼嚴格，那麼詭詐與憎恨早就入侵，消滅了我們。你對此心知肚明。」埃倫瑪奇爾說，「但我們並非殘酷無情。這裡沒有食物，外來者也不能回頭走出已經通過的門。所以請稍加忍耐，到了第二道門，你們就可以放鬆。」

「好。」圖奧說。他按照吩咐向前走去。走出幾步，他轉過身，看到埃倫瑪奇爾獨自一人與沃隆威跟在他身後。「更多的衛士已無必要，」埃倫瑪奇爾看出了他的想法，說道，「無論精靈還是人類，都逃不出歐爾法赫，也無法回頭。」

他們就這樣繼續沿著那條陡峭的路上行，走在懸崖令人生畏的陰影下，有時登上長長的階梯，有時取道迂迴的斜坡，直到離開木之門大約半里格遠的地方，圖奧看到路被一堵建在兩側谷壁之間，扼守著裂谷的巨牆擋住了。牆兩邊都有堅固的石塔，牆中留有一座龐大的拱門，橫跨在路的上方，但石匠似乎用一整塊巨岩堵住了門。拱門上方正中懸掛著一盞白燈，他們走近時，巨岩那打磨光滑的漆黑表面在燈光中閃爍。

「這就是第二道門——石之門。」埃倫瑪奇爾說。他走上前去，輕輕一推那塊巨岩。它沿著一處看不見的樞軸轉動起來，到邊沿朝向他們時停住，路就在它兩側敞開。他們穿過大門，進了一處庭院，那裡站著很多身穿灰衣的武裝衛士。無人開口，但埃倫瑪奇爾帶著歸他看管的兩人去了北塔下的一個房間。在那裡，有人給他們送來了食物和葡萄酒，他們被允許休息一陣。

「飲食可能顯得不多，」埃倫瑪奇爾對圖奧說，「但如果你的說法得到證實，日後必將得到豐厚的補償。」

「這就夠了，」圖奧說，「膽怯之人才需要更好的照料。」他也確實從諾多族的飲料與食物中汲取了精力，很快就渴望繼續上路了。

他們走出一小段距離，就來到一堵比先前兩道更高、更堅固的護牆前，第三道門——青銅之門就設在其中。這道門分兩扇，掛滿青銅盾與青銅盤，其上鐫刻著很多圖形和奇異的符號。大門的門楣上方有三座方塔，塔頂和塔面都覆銅。巧藝使然，它們永遠明亮，被火把一樣沿牆安設的盞盞紅燈一照，閃出的光猶如火焰。又一次，他們不出聲地穿過了大門，看到門後的庭院裡有人數更多的一隊衛士，他們穿著像悶燃之火那樣沉沉發光的鎧甲，戰斧的鋒刃是紅的。守衛這道門的衛士，大多數都是奈芙拉斯特的辛達族。

此時他們走到了最艱苦的一段路，因為歐爾法赫在中央部分坡度最陡。他們攀登時，圖奧看到上方黑壓壓地聳立著最壯觀的一堵牆。就這樣，他們終於接近了第四道門——絞鐵之門。護牆又高又黑，無燈照明，牆上屹立著四座鐵塔，內側兩塔之間立著一座鐵鑄的巨鷹像，恰如鷹王梭隆多親臨，彷彿正要從高空降落到一座大山上。但當圖奧站到大門前，他驚奇地覺得自己透過這些不朽之樹的枝幹，窺見了一片月光下的蒼白空地。因為大門的飾格被鍛造成樹木的形狀，有盤曲的樹根，還有綴滿葉子與花朵的交錯枝條，飾格內有光透出。他穿過大門時，發現了這是如何做到的。牆極厚，鐵柵並不是一重，而是排成一行的三重，如此設置使得路中央走近大門的人覺得每一重都是門的一部分，但門後的光是白晝的日光。

因為他們至此已經爬到了比出發時的低處高得多的地方，過了鐵之門，道路便幾成水平。而且，他們已經過了埃霍瑞亞斯的山頂與中心，群峰此時向內側的丘陵急劇降去，裂谷更加開闊，谷壁也不那麼陡峭了。白雪覆蓋著裂谷兩邊的綿長山肩，積雪反射的天光透過彌漫在空中微微閃爍的迷霧照來，皎潔宛如月光。

他們穿過了立於大門之後的鐵門衛士的陣列。衛士的斗篷、鎧甲與長盾都是黑的，面容隱藏在飾有鷹喙的面罩之後。然後埃倫瑪奇爾走到前面領路，圖奧與沃隆威跟著他走進了蒼白的亮處。圖奧隨即看到路旁有一片草地，那裡微洛斯的白花像繁星那樣盛開。它們便是「永志花」，不論季節，永不凋謝。如此，他懷著驚奇與放鬆的心情，被引到銀之門前。

第五道門的護牆低矮寬厚，以白大理石築成，其扶牆用銀架搭建，設於五個龐大的大理石球之間。門前站著很多白衣的弓箭手。大門的形狀就像一個三段的圓環，以白銀和奈芙拉斯特的珍珠仿照月亮造成。在大門上方，位於正中央的石球上立有白樹泰爾佩瑞安的雕塑，雕塑以白銀和孔雀石製成，花朵則用巴拉爾的大珍珠造就。大門後是綠白兩色大理石鋪成的寬闊庭院，兩側各站著一百名身穿銀甲、頭戴白冠頭盔的弓箭手。然後，埃倫瑪奇爾帶著圖奧與沃隆威從他們沉默的陣列中穿過，踏上一條直通第六道門的白色長路。他們一路前行，草地愈來愈寬闊，白星般的微洛斯花當中綻放了很多小花，宛如金色的眼睛。

他們就這樣到了金之門，圖爾鞏在淚雨之戰前修建的古老諸門的最後一道。它極似銀之門，只是護牆以黃大理石築成，石球與扶牆都是赤金。石球共有六個，正中有一座金色四稜錐塔，塔頂立著太陽之樹勞瑞林的雕塑，花朵用金鏈串起的長簇黃玉製成。大門本身則裝飾著排成眾多光束的金盤，狀若太陽，嵌在石榴石、黃玉與黃鑽組成的圖案當中。門後的庭院裡列著三百名身負長弓的弓箭手，他們的鎧甲是鍍金的，頭盔上豎有高高的金色羽飾，大圓盾牌鮮紅如火。

陽光此時灑在了前路上，因為兩邊的山障都很低，山丘青翠，唯山頂還有積雪。埃倫瑪奇爾加快了速度，因為通向第七道門的路很短。那道門被稱為主門，即邁格林在淚雨之戰歸來後修建的鋼之門，扼守歐爾法赫·埃霍爾的寬闊入口。

那裡沒有護牆，但兩側各有一座極高的圓塔。塔有諸多窗口，共分七層，逐層變細，至塔頂變為光亮的鋼塔樓。雙塔之間屹立著一道雄偉的鋼柵，永不鏽蝕，而是閃著冰冷的白光。它共有七根巨大的鋼柱，高矮粗細都如結實的小樹，但柱頂收為尖端鋒利如針的利刺。鋼柱之間則有七根橫向的鋼棒，每處間隙中又豎立著七七四十九根鋼杆，尖頭就像長矛的闊刃。但在中央，在正中那根最大的鋼柱頂上，托起了一座遍鑲鑽石的巨像——圖爾鞏王的頭盔，隱匿王國的王冠。

圖奧在這道宏偉的精鋼護籬中沒看見大門或入口，但他走近時，覺得鋼棒之間的空隙裡透出了耀眼的光芒。他遮住眼睛，既恐懼又驚訝地止了步。但埃倫瑪奇爾走上前去，一碰之下，並沒有門戶開啟，不過他敲了敲一根鋼棒，鋼柵就像一架多弦的豎琴那樣鳴響起來，發出和諧的清亮音調，從一座塔樓傳到了另一座。

兩座塔中立即派出了騎兵；但北塔來人當中，一人騎著白馬當先而至，他下了馬，向他們大步走來。埃倫瑪奇爾固然堪稱出色又高貴，這位新來者卻更傑出、更尊貴，他便是彼時主門的守衛長官——湧泉家族的領主埃克塞理安。他全身銀甲，閃亮的頭盔頂上設有一根鋼刺，其尖端鑲著一顆鑽石。侍從接過他的盾牌，只見它微光閃爍，彷彿沾了無數雨滴，其實那是成千顆水晶飾釘。

埃倫瑪奇爾向他行禮，說：「我帶來了從巴拉爾島歸來的沃隆威·阿蘭威安；這位則是他帶來此地的陌生人，要求覲見王上。」

於是埃克塞理安轉身看向圖奧，但圖奧面對著他，裹緊身上的斗篷，沉默而立。在沃隆威看來，有一團迷霧籠罩了圖奧，他的身形變大了，斗篷的高帽彷彿一道湧向陸地的灰色海浪，尖頂如同波峰，竟高過了精靈領主的頭盔。但埃克塞理安明亮的雙眼專注地看著圖奧，沉默片刻後，他嚴肅地說道[17]：「你已抵達末道大門。須知，陌生人一旦進入此門，便永世不得離開，除非是取道死亡之門。」

「休得預言不祥！倘若眾水主宰的信使取道死亡之門，那麼此間所有居民都將步他的後塵。湧泉的領主，莫要阻擋眾水主宰的信使！」

沃隆威與站在附近的人全都訝異地重新看向圖奧，為他的言辭和嗓音而驚奇不已。沃隆威覺得像聽到了一個洪亮的聲音，卻又像發自遠方的呼喚。但圖奧覺得，像在聽著自己說話，彷彿借他之口發言的另有其人。

埃克塞理安注視著圖奧，默立了片刻，彷彿在圖奧那件灰影一般的斗篷裡見到了遙遙浮現的景象，臉上漸漸充滿了敬畏之色。然後他鞠了一躬，走到鋼柵前，雙手按在柵上，大門從王冠雕塑所在的鋼柱兩側向內敞開。於是圖奧穿過大門，來到一片居高俯瞰著前方山谷的草地上，目睹了皚皚白雪當中剛多林的美景。他心醉神迷，竟久久不能移開目光，終於看見了夢寐以求、一心嚮往的景象。

因此，他佇立著，一言未發。兩側各有一支剛多林的步兵軍隊靜立，鎮守七門的七類士兵皆有代表，但軍官與首領都騎在白馬或灰馬背上。他們驚奇地注視著圖奧，就在那時，他的斗篷滑落了，他穿著奈芙拉斯特那套非凡的服飾立在他們面前，而在場的很多人都曾見過圖爾鞏親手把這些物品掛在溫雅瑪王座背後的牆上。

見此情景，埃克塞理安終於開口說：「現在不需要額外的證據了。即便他自稱胡奧之子，也不及這個明確的事實重要——他正是烏歐牟本人派遣而來。」

*

故事至此終於結束，只剩下一些簡短的備忘筆記列出家父當時預想中的故事線索。圖奧詢問城名，得知了它的七個名字（見《失落的傳說之剛多林的陷落》，第四四頁）。埃克塞理安下令發出信號，主門的雙塔上吹響了號聲，然後他們聽到遠方的城牆上響起了應答的號聲。

---

17 從這裡開始，仔細寫成的手稿就結束了，接下來的內容是在一張碎紙上潦草地匆匆寫就的。

他們騎馬前往城市，隨後是一段對城門、雙樹、噴泉之地、王宮的描述，接著會講述圖爾鞏對圖奧的接待。邁格林會被看到在王座右邊，伊綴爾則在左邊。圖奧將公布烏歐牟的口信。另有一條筆記表明，會對圖奧遠遠望見的剛多林加以描寫，還會解釋剛多林為何沒有王后。

傳說的演變

這些筆記（即「最後版圖奧」手稿末尾提到的筆記）在《剛多林的陷落》這部傳奇的歷史上意義不大，但它們最起碼可以表明，家父不是因為某種意料之外的、突發的倉促情況而放棄這篇作品，再也不曾寫下去的。但毫無疑問的是，在埃克塞理安在剛多林第七道大門前對圖奧說了那番話之後，故事就再也沒有了演變完善的下文。

好了，家父的確放棄了傳奇故事這個至關重要、（可以說是）決定性的表現與處理形式，就在他終於讓圖奧「目睹了皚皚白雪當中剛多林的美景」的那一刻。在我看來，這很可能是他所放棄的諸多文稿中最令人痛心的一篇。那麼，他為什麼在那裡停了筆？一定程度上，我們可以找到答案。

那是一段他深感苦惱的時期，也是一段他極度沮喪的時期。可以肯定的是，《魔戒》最終完成後，他以一股全新的十足幹勁，回頭去創作遠古時代的傳奇。一九五〇年二月二十四日，他給艾倫與昂溫出版社的董事長斯坦利·昂溫爵士寫了一封不同尋常的信。我在這裡引用這封信的片段，因為它清楚表明了家父當時對出版前景的看法。

你在最近的一封信中表示，仍然很想看到那部我計畫中的作品的手稿，就是原本打算寫成《哈比人》續集的《魔戒》。十八個月來，我一直盼著寫完它的那一天，但直到耶誕節（一九四九年）之後，這個目標才終於實現。這本書雖然還有一部分需要修改潤色，但已經完成了，而且我認為，它達到了審稿人可以閱讀的標準，如果它沒有讓審稿人望而生畏的話。

我這裡雇人打出整潔的文稿大約要花費一百英鎊（我挪不出這筆錢），所以我不得不親手打了幾乎全部文稿。如今回顧，我覺得這顯然是個巨大的災難。我的作品脫離了我的控制，我創造了一個怪物，一個極其漫長、複雜，相當苦澀、非常可怕的冒險故事，很不適合孩子們閱讀（如果適合任何人閱讀的話）。它並不是《哈比人》的續集，而是《精靈寶鑽》的續集。我估計，即使不包括某些必要的附錄，它也足有六十萬字左右，而且有位打字員估計的字數比這還多。這有多麼不切實際，我心如明鏡。但是我累了。這是我的肺腑之言，我覺得除了稍微修改一下錯漏之外，我對它是無能為力了。更糟的是，我覺得它和《精靈寶鑽》不可或分。

你也許還記得那部作品，一部以「嚴肅高尚的風格」講述那些虛構時代的長篇傳奇，裡面充滿了（某一類的）精靈。多年前，你的審稿人建議不出版它。據我回憶，他認為它具有一種凱爾特的美感，而大劑量的這種美感，是盎格魯—撒克遜人無法消受的[18]。他很可能完全正確又公允。而你說，這是一部可以汲取其內容，但無法出版的作品。

不幸的是，我不是盎格魯—撒克遜人。儘管《精靈寶鑽》和相關的一切都被打入了冷宮（直到一年前），但它不肯就此消沉。從那時起，我動筆寫的每一部（哪怕只是與「仙靈」沾邊的）作品，都流露、滲透出了它的痕跡，甚至很可能被它毀掉了。我努力沒有讓它影響到《農夫賈爾斯》，但此後沒能堅持下去。它的陰影深深地籠罩了《哈比人》的後半部。它俘虜了《魔戒》，讓《魔戒》變成了它的延續和完結，而這就要求《精靈寶鑽》十分清晰易懂，不能讓某些地方被大量的引用和解釋弄得雜亂無章。

18 審稿人實際上只看過幾頁《精靈寶鑽》，不過他並不知道這一點。正如我在《貝倫與露西恩》（第二七〇—二七一頁）中提到的，他把那幾頁內容與《蕾希安之歌》對比，讚揚前者，批評了後者，因為他不瞭解它們之間的關係。他對那幾頁《精靈寶鑽》讚不絕口，荒謬地說，這個故事「以一種獨特的簡潔和莊嚴來講述，儘管其中的凱爾特名字令人眼花繚亂，但吸引了讀者的興趣。它有一種令人眼前一亮的瘋狂之美，所有盎格魯—撒克遜人在面對凱爾特藝術時，都為這種美而感到迷惑不解。」

你可能會覺得我既可笑又無聊，但我想把這兩本書——《精靈寶鑽》和《魔戒》——一同或連續出版。「我想」——更明智的說法是，「我希望」它們這樣出版，因為，這麼「小小一包」詳細寫來有上百萬字的題材，盎格魯—撒克遜人（或說英語的大眾）對它的容忍是有限的，即便紙張可以隨意取用，它也是不大可能見到天日的。

無論如何，我希望它們能同時出版。否則我就順其自然。我不考慮接受任何大幅度的重寫或縮減。當然，作為一個作家，我希望看到我的作品付梓，但情況就是這樣。對我來說，最重要的是，我覺得這一整件事現在都像「驅邪」一樣從我身上被趕出去了，它不再駕馭我了。我現在可以去做別的事了……

我不打算詳述接下來那兩年複雜又痛苦的歷史。家父從未放棄他的看法，用他在另一封信中的話來說，「《精靈寶鑽》相關的作品與《魔戒》是一體的，是精靈寶鑽與力量之戒的長篇傳奇」，「無論它們能怎麼正式發表，我都決心把它們作為一體來處理。」但是在「二戰」之後的幾年裡，出版這樣一部大部頭作品的成本，使他完全沒有如願以償的希望。一九五二年六月二十二日，他寫信給雷納．昂溫說：

至於《魔戒》和《精靈寶鑽》，它們還是老樣子。《魔戒》已經完成（結尾修改過了），《精靈寶鑽》仍然沒有完成（也沒有修改），二者都在蒙塵。我的健康狀況時好時壞，我負擔太重，無法為它們付出很多精力，而且我太灰心了，眼睜睜地看著紙張短缺，成本上升，與我作對。但我已經改變了看法。有總比沒有好！雖然在我看來全部內容都是一體的，而《魔戒》作為整體的一部分要好得多（也適合得多），但我還是很樂意考慮出版這套內容的任何一個部分。歲月變得越來越珍貴了。就我所見，退休（那一天不遠了）帶來的不會是閒暇，而會是貧困，會讓我不得不做「評卷」和諸如此類的工作，聊以謀生。

正如我在《中洲歷史》第十卷《魔苟斯之戒》（出版於一九九三年）中所說：「他就這樣做出了必要的讓步，但這對他來說是極痛苦的。」

我相信，我們可以從上面的信件摘錄中找到他放棄這個「最後版本」的原因。首先，我們來看他在一九五〇年二月二十四日寫給斯坦利·昂溫的信。他堅定地宣布《魔戒》完結了：「耶誕節（一九四九年）之後，這個目標才終於實現。」他還說：「對我來說，最重要的是，我覺得這一整件事現在都像『驅邪』一樣從我身上被趕出去了，它不再駕馭我了。我現在可以去做別的事了……」

其次，存在一個至關重要的日期。〈圖奧與剛多林的陷落〉的「最後版本」手稿，有一頁寫著那個版本的故事來不及講到的情節（見第一六九頁）。這一頁來自一九五一年九月的記事日曆，而日曆的其他頁被用來重寫段落了。

我曾在《魔苟斯之戒》的前言中寫道：

但是，當時開始的工作，沒有一件得以完成。新版的《蕾希安之歌》、新版的「圖奧與剛多林的陷落」傳說、（貝烈瑞安德的）《灰精靈編年史》、修訂版的《精靈寶鑽征戰史》，全都被放棄了。我毫不懷疑，最主要的原因就是他對出版——至少是以他認為必要的形式出版——已經絕望。

正如他在一九五二年六月二十二日寫給雷納．昂溫的信中所說：「至於《魔戒》和《精靈寶鑽》，它們還是老樣子。《魔戒》已經完成（結尾修改過了），《精靈寶鑽》仍然沒有完成（也沒有修改），二者都在蒙塵。我的健康狀況時好時壞，我負擔太重，無法為它們付出很多精力，而且我太灰心了。」

因此，我們只需回顧這個我們所擁有的最後一版故事——它從未寫到「剛多林的陷落」，但仍然獨一無二地重現了遠古時代的中洲，尤其體現在家父對細節、氣氛、連續場景的極端注重上。讀到他對眾水的主宰、神靈烏歐牟來見圖奧那一幕的敘述，讀到他對烏歐牟的形象的刻畫，讀到烏歐牟「留在齊膝深的幽暗海水中」，我們不禁想要知道，他對剛多林大戰中那一場場的宏大交鋒，又會有什麼樣的描述。

目前處於戛然而止狀態的這版傳說，是個講述一段旅程的故事。那段旅程關乎一項不同尋常的使命，它由一位偉大的維拉構思、授予，專門交給了出身於偉大的人類家族的圖奧，最終神靈烏歐牟在一場巨大的風暴中，在海洋的邊緣現身在圖奧面前。那項不同尋常的使命將帶來一個更加不同尋常的結果，它將改變這個想像世界的歷史。那場旅程的深遠意義，壓在圖奧和成為他嚮導的諾多族精靈沃隆威身上，每一步都是如此。他們在那年的嚴酷寒冬裡經歷的越來越致命的疲倦，家父感同身受，彷彿他自己曾經夢回中洲遠古時代的末期，懷著對奧克的恐懼，拖著沉重的步伐，饑寒交迫地從溫雅瑪跋涉到剛多林。

至此，我們已經從一九一六年問世的初版到大約三十五年後這個被不可思議地放棄了的最後版本，重溫了剛多林的傳說。我在下文中將把初版故事稱為「失落的傳說」（簡稱為「傳說」），而把被放棄的文稿稱為「最後的版本」（簡稱為「最後版」）。關於這兩版相隔多年的文稿，我可以立刻評論說：毫無疑問，家父寫作最後的版本時，面前擺著「失落的傳說」的手稿，或至少才看過不久。之所以得出這個結論，是因為這兩篇文稿中不時出現非常相似，甚至接近一致的段落。試舉一例：

（《失落的傳說》，見第三六頁）

隨後，圖奧發現自己來到一片不長樹木的崎嶇地帶，從日落之處吹來的風刮過那片地區，所有的灌木叢都受那恆風的影響，向日出的方向傾斜。

（「最後的版本」，見第一三三頁）

〔圖奧〕在不長樹木的崎嶇地帶又流浪了幾天。海上吹來的風刮過那片地區，那裡生長的植物無論小草還是灌木，皆受那股起自西方的恆風影響，總是向黎明日出的方向傾斜。

尤其有趣的是，我們可以對比兩版文稿中那些可比的部分，觀察舊版故事的核心情節如何被保留下來，但又改變了意義，同時全新的元素和維度已經加入。

在《傳說》中，圖奧是這樣宣布他的名字和家系的（見第四七頁）：

我是佩烈格之子、印多之孫圖奧，出身於天鵝家族，祖先是居住在遠方的北方人類。

《傳說》中還說（見第三七頁），圖奧在法拉斯奎爾的小海灣裡，在海濱為自己造了一處棲身之所，用許多雕像裝飾它，「其中最多的總是天鵝，因為圖奧喜愛天鵝這個徽記，後來天鵝變成了他本人、他的親族以及子民的標誌。」

此外，《傳說》中還提到（見第五二頁），當圖奧在剛多林得到一套量身打造的盔甲時，「頭盔兩側有一對用金屬和珠寶製成的裝飾，形如天鵝的翅膀，盾牌上也嵌刻了一隻天鵝的翅膀」。另外，在剛多林遭到攻擊的時候，所有站在圖奧周圍的戰士「頭盔上都裝飾著一對像天鵝或海鷗的翅膀，盾牌上都嵌有白翼的紋章。」（見第六二頁），他們是「白翼家族的人」。

然而，在《神話概要》中，圖奧已經被引入了演變中的「精靈寶鑽」。北方人類的天鵝家族消失了，圖奧成了哈多家族的一員。他是在淚雨之戰中犧牲的胡奧之子，因而是圖林·圖倫拔的堂弟。不過，圖奧與天鵝以及天鵝翼翅的聯繫並沒有在演變中消失。「最後的版本」中說（見第一三五頁）：

圖奧喜愛天鵝，他曾見過它們在米斯林那些灰色的水塘上暢遊，而且，天鵝還是養育他的安耐爾那一族精靈的標誌（關於安耐爾，見「最後的版本」，第一二四頁）。

然後，在圖爾鞏發現剛多林之前曾經居住過的古老宮殿溫雅瑪，圖奧找到的盾牌上有白天鵝翅膀的標記，他說：「憑此標記，我將收取這些武器護甲，且無論它們承擔何種命運，我都一併接受。」（見「最後的版本」，第一三七頁）

最初的《傳說》開篇（見第三三頁）只對圖奧做了十分簡單的介紹，「在十分遙遠的過去，生活在那片名叫『黯影之地』多爾羅明的北方大地上」。他離群索居，在米斯林湖周圍的地區打獵，唱自己作的歌，彈自己的豎琴。他與「流浪的諾多族」熟悉起來，從他們那裡學到了很多東西，尤其是他們的語言。

但是，「據說，有一天魔法和命運將他引到了一個巨大洞穴的入口，洞中有一條發源於米斯林湖的暗河流淌。」圖奧進了洞。據說，「這是眾水之王烏歐牟的旨意，從前諾多族正是應他的要求，開鑿了這條隱祕之路。」

當圖奧無法克服河水的衝擊，退出山洞時，諾多族來見他，領他沿著山中的黑暗通道前行，直到他再次來到光天化日下。

在一九二六年的《神話概要》中，出現了上文所述的圖奧家系——他是哈多家族的後裔。《神話概要》講述（見第一〇四頁），圖奧在母親莉安死後，淪為魔苟斯在淚雨之戰後趕進希斯路姆的那群背信棄義的人類的奴隸，但他從他們手中逃脫了，烏歐牟設法將他引去一條地下河道，那條河起自米斯林湖，注入一條裂谷，最終流入西方大海。一九三〇年的《諾多史》中的記載與這段敘述十分接近（見第一一五頁），而在這兩篇文稿中，故事被賦予的唯一重要意義就是它使圖奧的逃亡成了祕密，魔苟斯的探子完全不知道。但性質使然，這兩篇文稿都是濃縮的版本。

讓我們回頭再看《傳說》。它詳細講述了圖奧穿過裂谷的旅程，直到湧入的潮水迎上從米斯林湖急速流下的河水，激發了對擋在河道上的人來說十分可怕的湍流：「不過，眾愛努〔維拉〕事先讓他心中動念，提前爬出了溪谷，否則他就被打來的潮水淹沒了。」（見第三六頁）。為圖奧領路的諾多族似乎在他走出黑暗的洞穴後就離開了他：「〔諾多族〕領他沿著山中的黑暗通道前行，直到他再次來到光天化日下。」（見第三四頁）

圖奧離開河流，站在壑谷的崖頂，第一次目睹了大海。他在海濱找到了一個避風的小海灣（後來被稱為「法拉斯奎爾」），就在那裡用諾多族給他順流漂下的木材造了一所小屋。

在法拉斯奎爾，他「度過了很長一段時日」（見《傳說》第三七頁），直到他厭倦了孤獨。在這裡，據說眾愛努又一次插手干預了（「因為烏歐牟眷愛圖奧」，見《傳說》第三七頁），圖奧離開了法拉斯奎爾，跟著三隻沿著海岸向南飛去，顯然在引領他的天鵝走了。《傳說》裡描述了他從冬天到春天的漫長旅程，直到他到達西瑞安河。他繼續往前走，來到了垂柳之地（南塔斯林，塔薩瑞南），那裡蝴蝶、蜜蜂、鮮花和鳴唱的鳥兒迷住了他，他給牠們取名，在那裡逗留了整個春天和夏天（見《傳說》第三九頁）。

不出意外，《神話概要》和《諾多史》中的敘述都極其簡短。《神話概要》（見第一〇四頁）只提到圖奧「在西邊海岸遊蕩了很長一段時間後，來到了西瑞安河口。在那裡，他遇到了曾在剛多林生活的諾姆族布隆威格（沃隆威）。他們一起祕密地沿著西瑞安河逆流而上。圖奧在『柳樹谷』南塔斯林那片美好的土地上逗留良久。」《諾多史》中的段落（見第一一五頁）內容基本上是一樣的。在這篇文稿裡，那位諾姆族精靈名叫「布隆威」，據說是從安格班逃出來的，「過去曾是圖爾鞏的子民，一直在尋找通往主君那隱祕國度的途徑」，於是他和圖奧沿著西瑞安河而上，來到了垂柳之地。

有趣的是，在這兩篇文稿的敘述中，沃隆威在圖奧來到垂柳之地以前就登場了。在故事的主要來源，也就是《傳說》中，沃隆威是在烏歐牟現身**之後**，在完全不同的情況下出場的。在《傳說》中（見第三九頁），圖奧被南塔斯林迷住了許久，令烏歐牟擔心他永遠不會離開那裡；他在給圖奧的指示中說，諾多族會祕密護送他去找那座居民被稱為「剛多林民」

或「石中居民」的城（這是《傳說》中首次提到剛多林。《神話概要》和《諾多史》，都是在提到圖奧之前先對隱匿之城做了一番介紹）。結果，據《傳說》記載（見第四二頁），引導圖奧向東旅行的諾多族因為害怕米爾寇而拋下他走了，他迷了路。但是有一個諾多族精靈回到他身邊，主動提出陪他去尋找剛多林，而這個精靈只是對它有所風聞而已。他就是沃隆威。

將時間推進多年，我們將看到「最後的版本」，讀到圖奧年輕時的故事。無論《神話概要》還是《諾多史》，都完全沒有提到圖奧曾被希斯路姆的灰精靈收養，但在這個最終的版本裡有一段詳盡的敘述（見第一二四－一二七頁），講述了他身在精靈當中，被安耐爾撫養長大的歷程，講述了他們飽受壓迫的生活，以及他們通過被稱為安農－因－戈律茲（「諾多之門，它是很久以前在圖爾鞏統治的時期由諾多族的能工巧匠修建的」）的祕密通道南下逃亡的經過。這個版本還講述了圖奧的奴隸生涯、他的逃亡，以及接下來的歲月裡他作為一個令人畏懼的亡命徒的經歷。

這一切當中最重要的發展來自圖奧逃離故土的決心。他按照他從安耐爾那裡得知的線索，到處尋找諾多之門和圖爾鞏那神祕的隱匿王國（見「最後的版本」，第一二六－一二七頁）。這是圖奧的明確目標，但他不知道那「門」是什麼。他來到發源於米斯林山中的一道山泉邊，就是在這裡，他下定了決心，要離開「這片（屬於我親族的）灰暗之地」希斯路姆，然而他搜尋諾多之門的努力失敗了。他順著小溪前行，走到一堵岩壁前，小溪流進一個「如同龐大拱門的開口」，消失了。他絕望地在那裡坐了一整夜，直到朝陽升起，他看到兩個精靈從拱門裡爬了上來。

他們是諾多族精靈，名叫蓋米爾和阿米那斯，身負一項他們沒有吐露的緊急任務。圖奧從他們那裡得知，那座大拱門正是諾多之門，而他在一無所知的情況下找到了它。蓋米爾和阿米那斯取代了舊版《傳說》中引導他的諾多族精靈（見第四一—四二頁），引導他穿過隧道，在一處地方停了下來。圖奧向他們問及圖爾鞏，說每當他聽到這個名字，它都會異乎尋常地觸動他。他們沒有回答他的問題，只是向他告別，爬上黑暗中的長長階梯回去了（見第一三一頁）。

「最後的版本」在講述圖奧的旅程時，幾乎沒有改動《傳說》中圖奧從隧道裡出來，順著陡峭的壑谷前行的敘述。然而值得注意的是，在《傳說》中（見第三六頁），「眾愛努事先讓他心中動念，提前爬出了溪谷，否則他就被打來的潮水給淹沒了」，而在「最後的版本」（見第一三三頁）中，他爬上山崖，是因為他想跟隨三隻大海鷗，「海鳥的呼喚救了圖奧一命，讓他免遭上漲的潮水之厄」。在「最後的版本」中，那個名叫法拉斯奎爾的小海灣已經消失了，圖奧曾在那裡為自己建造了一座小屋，「度過了很長一段時日」，「經過緩慢的勞作」，用各種雕刻作品來裝飾它（見《傳說》，第三六—三七頁）。

在那篇文稿中，這片狂暴的陌生大水令圖奧感到惶恐（見「最後的版本」，第一三三—一三四頁），他離開河谷，向南走去，進入了位於最西邊，「圖爾鞏曾經居住的」奈芙拉斯特地區的疆域。最後，他在日落時分來到中洲的海岸邊，見到了大海。在這裡，「最後的版本」完全背離了先前講述的圖奧的經歷。

讓我們回頭再看《傳說》中烏歐牟前往垂柳之地，與圖奧見面（見第四〇頁）的內容。這裡出現了家父對這位偉大維拉的形象的最初描述（見《傳說》，第四〇—四一頁）。烏歐牟是所有海洋和河流的主宰，他前來力勸圖奧不要再在那個地方逗留下去。這段描述精心刻畫了這位神靈本尊的清晰形象：他橫越海洋，遠航而來；他住在外環海水下的一座「宮殿」裡，乘著他那模仿鯨魚模樣而造的「車駕」，以驚人的速度前行。我們讀到他的頭髮和長鬚，他的鎧甲「如同藍與銀的魚鱗」，他的短上衣（外衫）「閃著熒熒的綠光」，他用碩大的珍珠串成的腰帶，以及他的石鞋。他把「車駕」停在西瑞安河口，沿著大河在岸邊大步而上，「在黃昏時分坐在蘆葦叢中」，就在圖奧「佇立在齊膝的長草中」的地方附近。他演奏他那式樣奇特的樂器，它「由許多穿了孔的長螺旋貝殼組成」（見《傳說》第四〇頁）。

也許，烏歐牟最引人注目的特徵，是他對圖奧說話時那深不可測的眼神和嗓音，那使圖奧充滿了恐懼。圖奧在諾多族的祕密護送下離開垂柳之地，必須去尋找剛多林民之城（見第四二頁及以上）。在《傳說》（見第四一頁）中，烏歐牟說：「到得彼處，我將假你之口開言，你將在城裡暫居。」這個版本中沒有表明他要對圖爾鞏說什麼話，但據說，烏歐牟對圖奧說了「他的一些計畫和願望」，而圖奧沒有聽懂多少。烏歐牟還說出了另一則異乎尋常的預言，關乎圖奧將來的孩子，「普天之下，無人能比他更瞭解至深之境，無論那是汪洋深淵還是蒼穹高空」。那個孩子就是埃雅仁德爾。

*

另一方面，在一九二六〇年寫的《神話概要》中，烏歐牟要圖奧在剛多林宣布的意圖得到了明確的陳述（見第一〇四—一〇五頁）：簡而言之，圖爾鞏必須準備與魔苟斯進行一場可怕的戰鬥，在這場戰鬥中「奧克種族將會滅亡」；但如果圖爾鞏不答應這樣做，那麼剛多林的居民必須逃離他們的城，前往西瑞安河口，烏歐牟將在那裡「幫助他們建造一支艦隊，引導他們返回維林諾」。在一九三〇年寫的《諾多族的歷史》（見第一一七頁）中，烏歐牟主張的前景本質上是相同的，不過，這樣一場被形容為「恐怖而致命的爭鬥」的大戰，其結果表現在魔苟斯的勢力被粉碎，以及更多——「最偉大的善將通過人類和精靈之間的友誼降臨，而魔苟斯的僕從將再也不能為害世間」。

我們在此正適合轉向一篇寫於二十世紀三〇年代後期，題為《精靈寶鑽征戰史》（Quenta Silmarillion）的重要手稿。它本來是繼一九三〇年寫的《諾多族的歷史》之後，講述遠古時代歷史的一個散文體新版本，但在一九三七年，隨著「有關哈比人的新故事」的問世，它戛然而止（我在《貝倫與露西恩》第二六九—二七二頁中講述了這段奇怪的過往）。

我附上這篇作品中的一些段落，它們與圖爾鞏的早期歷史有關，包括他如何發現圖姆拉登，如何建造了剛多林。但這些內容沒有出現在《剛多林的陷落》的文稿中。

西（堅冰海峽），來到中洲，他居住在奈芙拉斯特。在這篇文稿中有這樣一段話：《精靈寶鑽征戰史》中記載，諾多族的領導者之一圖爾鞏曾冒奇險穿過恐怖的赫爾卡拉克

有一次，圖爾鞏離開了他居住的奈芙拉斯特，去好友英格羅那裡做客。他們暫時厭倦了北方群山，於是沿著西瑞安河南下旅行。他們途經西瑞安大河旁的微光池塘時，正值夜幕降臨，二人便在夏夜星空下的河岸上入眠。但烏歐牟沿河上溯前來，使他們沉睡酣夢。他們醒來後，夢中的憂患之感依然縈繞不去，但誰也未向對方提起，因為他們印象模糊，且都以為烏歐牟只給自己傳來了訊息。從此之後，他們總是心存不安，對未來之事心存疑慮。他們常常孤身在杳無人跡的荒野中遊蕩，四處尋找可以隱藏實力的地方。因他們都感覺自己受命要為將來的兇險之時做好準備，奠定一個退守之處，以防魔苟斯衝出安格班，擊潰當前鎮守北方的大軍。

結果，英格羅發現了納洛格河的深谷和它西岸旁的洞穴。他照著明霓國斯地下殿堂的模樣，在那裡興建了一處要塞與兵器庫。他稱那地為納國斯隆德，與他的眾多子民在那裡安家。為此，起初過了一段快樂日子的北方諾姆族稱他為「洞穴之主」費拉貢德。他此後直到去世，都沿用了這個名字。但圖爾鞏獨自去了隱祕的地方，靠著烏歐牟的指引，他發現了祕密的山谷剛多林。彼時他並沒有向任何人提起此地，而是回到了奈芙拉斯特他的子民當中。

《精靈寶鑽征戰史》接下來的一個段落中提到，芬國昐的次子圖爾鞏統治的子民人數眾多，但「那股烏歐牟在他心中激起的不安越來越重」，

> 他動身離開，向東而行，帶著大批諾姆族和他們的家產妻兒，人數足有芬國昐麾下子民的三分之一。他是趁夜離開的，旅程迅速無聲，他的族人從此不知他的下落。他去了剛多林，在那裡仿照維林諾的圖恩建了一座城，並鞏固了周圍的山嶺。剛多林隱藏了許多年。

第三段，也是最重要的一段引文，來源有所不同。有兩份分別題為《貝烈瑞安德編年史》和《維林諾編年史》的文稿，都在一九三〇年左右動筆，並且都存在於後來的版本中。我曾這樣評論它們：「這兩篇編年史很可能是與《寶鑽史》同時並行開始寫作的，是一種便於齊頭並進的方式，也適合在日益複雜的敘事網路中追蹤不同的元素。」《貝烈瑞安德編年史》的最終文本又稱《灰精靈編年史》（The Grey Annals），來自二十世紀五〇年代初，家父在《魔戒》完成後，重新去寫作遠古時代題材的時候。它是已出版的《精靈寶鑽》的主要原始資料。

下面是《灰精靈編年史》中的一段，指的是「祕密辛苦勞作了五十二年後，該城終於落成」的那一年。

> 於是，圖爾鞏開始準備遷離奈芙拉斯特，離開他在塔拉斯山下位於溫雅瑪的美

麗宮殿。那時，烏歐牟再次前去那裡向他說話。烏歐牟說：「圖爾鞏，汝今終將遷居剛多林，我將於西瑞安河谷中施展力量，從而無人能注意汝遷移之蹤跡，亦無人能違背汝之意願尋得通往汝之領域的隱藏入口。所有埃爾達的王國中，剛多林將屹立抵禦米爾寇最久。然切勿愛它過甚。切記，諾多族的真正希望乃在西方，來自大海彼岸。」[19]

烏歐牟又警告，圖爾鞏也同樣受到曼督斯之判決的轄制，那判決烏歐牟無力解除。他說：「因此，這將會發生：諾多的詛咒也終將找上汝，背叛將起自蕭牆之內，汝城隨後將有火焚之災。但若這危難確已臨近，將有一人從奈芙拉斯特前去警告汝。度過烈焰劫毀之後，通過此人，精靈與人類必將生出希望。因此，汝當在此屋中留下盔甲與寶劍，將來他將找到這副裝備，而汝也將借此識出那人，不致遭受蒙騙。」接著烏歐牟向圖爾鞏透露，他該留下什麼種類和尺寸的頭盔、甲冑以及寶劍。

然後烏歐牟返回了大海，圖爾鞏開始遣送自己的全部子民……他們一小群一小群地祕密啟程，走在埃瑞德威斯林的陰影下，帶著妻兒家產，未受察覺地來到了剛多林，沒有人知道他們去了何處。圖爾鞏最後才動身，他帶著麾下的臣屬，悄然穿過山嶺，通過了群山中的重重大門，它們隨即被關閉。但奈芙拉斯特直到貝烈瑞安德毀滅，都杳無人煙。

在最後這段引文中，我們可以看到圖奧在進入溫雅瑪大殿中時發現的盾牌、寶劍、鎖子甲和頭盔的由來（見「最後的版本」，第一三七頁）。所有的早期文稿（《傳說》《神話概要》《諾多族的曆史》）都在講完烏歐牟與圖奧在垂柳之地的相遇之後，繼續講述圖奧和沃隆威尋找剛多林的旅程。它們確實幾乎沒有提及那段向東的旅程本身，沒有提及那座坐落在通往圖姆拉登的祕密入口後方的神祕的隱匿之城（《神話概要》和《諾多族的歷史》提到，烏歐牟給了他們幫助）。

但我們回頭再看一下「最後的版本」。之前我在圖奧來到奈芙拉斯特地區的海濱時（見「最後的版本」，第一三四頁）中止了討論。在這裡，我們看到了塔拉斯山下被遺棄的壯觀的溫雅瑪宮殿（「諾多族在流亡之地修建的最古老的岩石建築」），它是圖爾鞏起初居住的地方，也是圖奧當時進入的地方。早期文稿中沒有任何線索或伏筆提到接下來發生的一切（見「最後的版本」，第一三六頁及以下，「圖奧在溫雅瑪」）——當然，除了烏歐牟的現身，而這一幕在三十五年後得到了重述。

*

我在這裡暫停一下，先說別處是如何介紹圖奧受到指示（實際上是敦促），去推進烏歐

---

19 這些話稍加改動之後，由圖奧在溫雅瑪告訴了沃隆威，見「最後的版本」第一四四頁。

牟的計畫的。

烏歐牟這個以圖奧為中心展開的「計畫」，源頭來自後來被稱為「維林諾的隱藏」的事件，這一事件範圍廣大，影響深遠。《失落的傳說》中有一個早期的故事就以「維林諾的隱藏」為題，描述了這個對遠古時代的世界的改變的起源和性質。它源於諾多族在精靈寶鑽的琢造者費艾諾的領導下，對維拉掀起反叛，並且意圖離開維林諾一事。我在《貝倫與露西恩》（見第一九一－二〇頁）中已經簡明扼要地描述了那個決定的後果，在此我重複一遍。

在他們離開維林諾之前，發生了令中洲的諾多族精靈歷史蒙羞的恐怖事件。當時，第三支加入〔離開精靈甦醒之地的〕偉大旅程的宗族——泰勒瑞族生活在阿門洲海濱，費艾諾要求他們把引以為豪的大批船隻交給諾多族，因為沒有船隻，如此大隊人馬就不可能渡海前往中洲。泰勒瑞族斷然拒絕了這個要求。於是，費艾諾率領屬下攻擊了「天鵝港」澳闊瀧迪的泰勒瑞族，將船隻強行奪走。那場戰鬥被稱為「親族殘殺」，很多泰勒瑞族在那場戰鬥中遭到殺害。

在〈維林諾的隱藏〉中有一段精彩的描寫，講的是眾維拉就這個問題召開了一場非常激烈，事實上非同尋常的會議。當時有一個澳闊瀧迪的精靈在場，名叫愛耐洛斯，他的親人在港口之戰中被殺害了，「他不斷地遊說〔泰勒瑞族〕，使他們心中的苦恨愈發深重」。這位愛耐洛斯在辯論中發了言，他說的話被記載在〈維林諾的隱藏〉中。

他向諸神陳述了精靈（即泰勒瑞族）對諾多族的看法，和維林諾之境暴露在外部世界面前的事實。這引發了不小的騷動，許多維拉和他們的族人都高聲贊同他，還有另外一些埃爾達看到米爾寇統治了世界，這使他們即使心裡想，也不敢出發前往他們的甦醒之地，於是高呼說，曼威和瓦爾妲曾經讓他們的族人居住在維林諾，承諾這裡會有經久不衰的福樂，現在諸神應該負責使他們的歡樂不至縮減成微不足道之物。

此外，大多數維拉都樂享古老的安逸，只渴望和平，再也不希望有關米爾寇及其暴行的流言或躁動不安的諾姆族的抱怨傳入他們耳中，打擾他們的福樂。因此，他們也吵著要求把維林諾大地隱藏起來。這群人中以瓦娜和奈莎為首，不過即便是那些偉大的神靈，也都是這麼想的。烏歐牟有先見之明，他在他們面前懇求他們憐憫、寬恕諾多族，曼威揭示了愛努的大樂章和世界的目的，然而都是徒勞。那場會議持續了很久，充斥著那種呼聲，言辭之苦恨與激烈甚於以往任何時候。最後，曼威·蘇利牟起身退席，說現在沒有任何高牆或堡壘可以保護他們不受米爾寇的邪惡侵犯，因為那種邪惡已經在他們當中生根，蒙蔽了他們所有人的心靈。

結果，反對諾姆族的一方繼續了諸神的會議，（天鵝港）的血債開始發揮殘酷的作用。因為被稱為「維林諾的隱藏」的過程開始了，曼威、瓦爾妲和四海的主宰烏歐牟沒有參與，但其他維拉或精靈沒有一個置身事外……

羅瑞恩和瓦娜領導諸神，奧力施展他的技藝，托卡斯施展他的力量。眾維拉當時沒去征討米爾寇，這是他們後來最為懊悔之事，至今如是。由於這個錯誤，直到大地上諸多紀元之後，維拉的偉大榮光都未能達成圓滿，世界仍在等候。

最後一段內容十分引人注目，點明了諸神怠惰，只關心自身的安全和福樂，還表達了這樣的看法：他們犯下了一個巨大的「錯誤」，由於未能征討米爾寇，他們讓中洲暴露在死敵的毀滅野心和仇恨之下。但是這種對維拉的譴責在後來的文稿中並沒有出現。「維林諾的隱藏」只是被講述成了一個具有傳奇色彩的古老事實。

在「維林諾的隱藏」之後，有一段文字描述了規模龐大、方面繁多的防禦工程——「自從起初建造維林諾的日子過了以後，一直不曾見到的嶄新、強大的工程」，例如使環繞周圍的山脈東側徹底無法通過。

從北到南，諸神一路施下了迷咒和高不可攀的魔法，然而他們仍不滿足。他們說：「且看，我們要使所有通往維林諾的路，無論是公開的還是祕密的，都徹底從世間消失，或詭詐飄流，歸於無有。」

於是他們就這樣做了。海中沒有一條水道不被危險的漩渦或強力的急流所困，所有的船隻都辨識不了方向。歐西的意志孕育著突如其來的暴風雨和意想不到的狂風，還有其他無法穿透的迷霧。

要瞭解「維林諾的隱藏」對剛多林的影響，可以先看看《傳說》中圖爾鞏對圖奧說的話，其中談到很多剛多林派去造船，以航向維林諾的船隻的信使的命運（見第五一頁）：

「……但是去往彼方的航路已經遭到遺忘，通途已經從世間消失，大海和高山將它團團圍繞，那些安享福樂，居住在內的人，並不在乎米爾寇的恐怖和世界的悲哀，而是把他們的疆域隱藏起來，在它四周編織了無法穿透的魔法，使任何邪惡的消息都不能傳到他們耳裡。不，多年以來，我有太多的子民出海遠航，一去不返，葬身在深淵之中，或迷失在無路可走的重重陰影裡。明年，不會再有人前往大海……」

一個非常有趣的事實是，圖爾鞏在這裡所說的話是諷刺地重複了圖奧剛剛依照烏歐牟的吩咐所說的話（見《傳說》，第四九頁）：

「……且看！去往彼方的航路已經遭到遺忘，通途已經從世間消失，大海和高山將它團團圍繞，但是精靈仍然生活在科爾山上，諸神仍然居住在維林諾，雖然他們的福樂因為悲傷和對米爾寇的恐懼而大不如前。他們隱藏了自己的疆域，在它四周編織了無法穿透的魔法，使任何邪惡都不能抵達它的海岸。」）

我在第九八頁（「圖爾林與剛多林的流亡者」）提供了一段簡短的文稿，它沒寫多少就被放棄了，但顯然是作為一個《傳說》新版本的開篇而寫的（但仍然沿用了老版本裡圖奧的家系，到一九二六年的《神話概要》才改成他出身於哈多家族）。這篇作品的顯著特徵是，烏歐牟被明確寫成是唯一一位還關心生活在米爾寇淫威之下的精靈的維拉，「除了烏歐牟，也沒有任何人擔憂米爾寇的力量會給整片大地帶來毀滅與悲傷。但烏歐牟希望維林諾集結全力，去消滅米爾寇的邪惡，以免為時過晚，而且在他看來，只要諾姆族派出的使者能夠成功抵達維林諾，懇求寬恕，懇求對凡世大地的憐憫，他的兩個目的就都有可能實現。」

正是在這裡，烏歐牟在維拉當中「特立獨行」的地位首次出現了，因為《傳說》中對此沒有任何暗示。我將重複烏歐牟親口表達的看法，為這段敘述作結，他當時站在溫雅瑪的海邊，在逼近的風暴中對圖奧說話（見「最後的版本」，第一三九頁）。

烏歐牟向圖奧講了維林諾，講了黑暗如何降臨那地，講了諾多族的流亡和曼督斯的判決，以及蒙福之地的隱藏。「然而且看！」他說，「命運（大地的兒女如此呼之）之鎧甲常存一隙，厄運之高牆慣有一缺，直至完工落成，亦即汝等所稱之終結。有吾在便如是，因吾乃祕密的異議之聲，裁定之黑暗中的一線光明。由是，雖吾貌似於此黑暗之時拂逆同胞手足、西方主宰之意，然此乃吾於其中應有之分，於創世之前即已指定。然厄運判決之力強大，大敵之魔影亦在增長。吾則遭到削弱，以致如今吾於中洲只餘呢喃祕語。流向西方的諸川日減，其源泉亦被毒汙，吾之力量退離大地。米爾寇之淫威令精靈與人類對吾閉塞耳目。而今曼督斯的詛咒正加緊達成，諾多族的全部成果均會毀去，他們構建的所有希望皆將破滅，唯最後的希望獨存——他們不曾期望也不曾預料的希望。而那希望就在於汝，因吾已做此選擇。」

這引出了下一個問題：他為什麼選擇圖奧？更進一步，他為什麼選擇一個凡人？對於後一個問題，《傳說》中給出了一個答案，見第五三—五四頁：

且看，自從圖奧被那些諾多族拋棄，在山腳下迷路，一晃已是多年；自從那些奇怪的消息第一次傳入米爾寇耳中，也有許多年過去了。那些消息語焉不詳、五花八門，說有個人類在西瑞安河的河谷中遊蕩。彼時，米爾寇的勢力如日中天，他並不怎麼害怕人類一族，正因如此，烏歐牟選擇這支親族中的一人行事，能更容易騙過米爾寇，因為他知道沒有維拉，也極少有任何埃爾達或諾多族的動靜，能逃過米爾寇的監視。

但我認為，那個遠為重要的問題的答案，就在烏歐牟在溫雅瑪對圖奧所說的話中（見

「最後的版本」，第一三九—一四〇頁）。當時圖奧對他說：「我孤身一個凡人，在如此眾多又如此英勇的西方高等種族當中，怕是於事無補。」而烏歐牟的回應是：

「吾既選擇遣汝前去，胡奧之子圖奧，便切勿以為汝一人一劍之力無足輕重。年湮世遠，精靈當永念伊甸人之英勇，驚歎其世間壽數何其短促，捨命卻何其慨然。然而吾遣汝前去，非只汝之英勇使然，更旨在為世間引入一分汝尚未預見的希望，一線穿破黑暗之光。」

那個希望是什麼？我相信它就是《傳說》中烏歐牟以極其不可思議的遠見向圖奧宣布的事件（見第四一頁）：

「……你必定會有一個孩子，普天之下，無人能比他更瞭解至深之境，無論那是汪洋深淵還是蒼穹高空。」

正如我在前文中所作的評述（見第一八四頁及以上），那個孩子就是埃雅仁德爾。毫無疑問，烏歐牟的預言中那「一線穿破黑暗之光」，就是埃雅仁德爾——由烏歐牟本人送出，由圖奧引入世界。但十分奇怪的是，別處有一段文字表明，我所謂的烏歐牟那「不可思議的遠見」，多年以前就已經出現了，並且與烏歐牟無關。

這段文字來自《貝列瑞安德編年史》那版被稱為《灰精靈編年史》的文稿，寫於《魔戒》完成後的時期——關於這段時期的討論可以在「傳說的演變」第一八七頁看到。這一幕發生在淚雨之戰接近尾聲的時候，精靈王芬鞏犧牲之後。

> 戰場上大勢已去，但胡林和胡奧，以及哈多家族殘餘的戰士都仍堅定地作戰，奧克還無法攻下西瑞安隘口……人類的先祖為埃爾達立下的所有戰功當中，最著名的便是胡林和胡奧的最後一戰。胡林對圖爾鞏說：「王上，快走，趁現在還來得及！您是芬國昐家族的最後一人，您身上留有諾多族最後的希望。只要剛多林猶在，堅固嚴守，魔苟斯便得繼續心存忌憚。」
>
> 圖爾鞏卻答道：「如今剛多林也無法長久隱藏了。它既被發現，必將陷落。」
>
> 胡奧開口說：「但哪怕它只是再屹立短短一段時日，您的家族中就必會生出精靈與人類的希望。王上，在死亡的凝視下，且容我向您這麼說：雖然我們在此永訣，我再不能見到您的潔白城牆，但從你我之中必要升起一顆新星。」

圖爾鞏接受了胡林和胡奧的建議。他帶著他所能召集起來的全部芬鞏麾下和剛多林的戰士撤退，消失在群山之中，而胡林和胡奧守住了他們身後的山口，抵擋著蜂擁而來的魔苟斯軍隊。胡奧的眼睛中了一支毒箭，犧牲了。

我們怎麼估量烏歐牟的神聖力量都不為過——他是眾神中最強大的一位，僅次於曼威；他的知識和預見都十分淵博，他具有不可思議的能力，能從遠方進入其他生靈的心智，影響他們的思想乃至領悟力。當然，最值得注意的是，圖奧來到剛多林時，烏歐牟經圖奧之口所說的話。這可以回溯到《傳說》（見第四一頁）：「我將假你之口開言」以及「最後的版本」（見第一四〇頁），當圖奧問：「〔我〕該對圖爾鞏做何言辭？」烏歐牟回答說：「汝若至其處，則心中言辭自現，汝口自將依吾所願代言。」在《傳說》（見第四八頁）中，烏歐牟的這種能力甚至更進一步：「圖奧聞言開口，烏歐牟將力量注入他心中，讓他的嗓音中充滿威嚴。」

在這番關於烏歐牟給圖奧制訂的計畫的鬆散討論中，我們來到了溫雅瑪，而在這篇敘述中，烏歐牟的第二次現身與《傳說》中大相徑庭（見第三九—四十頁與第一八四頁）。這次他不是沿著大河西瑞安上溯，坐在蘆葦叢中奏樂，而是在一場巨大的海上風暴逼近時，大步從一道波浪中走出來，「一個極為高大威嚴的生靈形體」，在圖奧眼中，他是一位戴著高王冠的偉大王者。這位神靈「留在齊膝深的幽暗海水中」對這個凡人開了口。但此前的故事中缺少了圖奧前往溫雅瑪的整段經過，同樣缺少的還有「最後的版本」中的關鍵元素，就是圖爾鞏的王宮中為他留下的盔甲武器（見「最後的版本」，第一三七頁，及第一八八頁）。

然而，這一段故事的萌芽很有可能早在《傳說》中就存在了（見第四八頁）。當圖爾鞏在王宮大門前迎接圖奧的時候，他說：「黯影之地的人類啊，歡迎你。且看！我們的智慧典籍中曾記載了你的到來，而根據記載，當你來此，剛多林民的家園中將有諸多大事發生。」

在「最後的版本」中（見第一四二頁），諾多族精靈沃隆威的首次登場，在敘述中與圖奧和烏歐牟的故事緊密相連，與他在早期文稿中的登場完全不同（見第四二頁）。烏歐牟離開之後，

圖奧從〔溫雅瑪的〕階地最底層向下望去，發現亂石和海藻當中有個精靈，裹著浸透了海水的灰斗篷靠在階地的岩壁上。……圖奧站在那裡，看著那個沉默的灰影，不禁想起了烏歐牟的話。無人指點，一個名字便湧到了唇邊，他大聲喊道：「歡迎你，沃隆威！我在等你。」

烏歐牟臨行前對圖奧說的最後一番話是這樣的（見「最後的版本」，第一四一頁）：

「吾將於歐西怒火之中救出一人，送至汝側，如此汝可得引導：不錯，正是希望之星升起之前，最後一艘尋找西方之船上的最後一名水手。」

這位水手就是沃隆威，他在溫雅瑪的大海邊對圖奧講述了他的遭遇（見「最後的版

本」，第一四六—一四九頁）。沃隆威對他在大海上度過的七年航行的敘述，對深深地被大海迷住了的圖奧來說，可謂令人沮喪。但沃隆威在動身去執行使命之前說（見「最後的版本」，第一四七頁及以下）：

> 我在途中耽擱了。因為我未曾見識過中洲各地，我們在春天時節來到了南塔斯仁山谷。圖奧，你要是有朝一日走上向南的路，順著西瑞安河而下，就會發現那片土地真是美好得令人心醉神迷。……它便是治癒一切渴慕大海之情的良藥……

在《傳說》中，圖奧被垂柳之地南塔斯林的美迷惑，停留太久，導致烏歐牟前去找他——這個最初的故事到這時當然已經從敘述中消失了，但它並沒有徹底消失。在最後的版本中，在南塔斯林停留了一段時間，「佇立在齊膝的長草中」被迷住了的是在溫雅瑪對圖奧傾訴的沃隆威（見「最後的版本」，第一四七頁）。而在舊版的故事裡，是圖奧在垂柳之地，「佇立在齊膝的長草中」（見《傳說》，第四〇頁）。圖奧和沃隆威都給他們不認識的花、鳥和蝴蝶取了名字。

由於我們在「傳說的演變」這一章中不會再直接提到烏歐牟，我在這裡附上一段家父對這位偉大維拉的描述，出自〈愛努的大樂章〉（二十世紀三〇年代後期）這篇作品：

> 烏歐牟一直居住在外環海，管轄眾水的流動、所有河流的走向、無數泉源的補

給，以及普天之下一切雨露的蒸發和凝聚。他在深海中構思著宏大又可畏的樂曲，這樂曲的回聲在世界所有的血脈中奔流，其中的歡樂正如豔陽下湧起的噴泉，儘管充滿歡樂，源頭卻是大地根基中那深不可測的悲傷泉井。泰勒瑞族精靈向烏歐牟學習良多，因此他們的音樂既哀傷又人著迷。

現在，我們來看圖奧和沃隆威離開遠在遙遠西方海邊的奈芙拉斯特的溫雅瑪，前去尋找剛多林的旅程。這趟旅程會領他們沿著「黯影山脈」埃瑞德威斯林（這道偉大的山脈形成了希斯路姆和西貝烈瑞安德之間的巨大屏障）南側而行，向東前進，最終將他們帶到從北方流向南方的西瑞安大河邊。

最早提到這段旅程的是《傳說》（見第四三頁），只說：「圖奧和沃隆威〔他在舊版故事裡從未去過那裡〕尋找那支居民〔剛多林民〕的城市，找了很久；直到多日以後，他們才來到群山中一座深深的河谷。」不出意外，《神話概要》同樣只是簡單地說（見第一〇五頁）：「圖奧和布隆威格找到祕密通路……出到了被守護的平原上。」《諾多族的歷史》（見第一一七頁）也同樣簡短：「圖奧與布隆威聽從烏歐牟的指示，向北而行，終於抵達隱匿的門戶。」

除了這些一筆帶過的扼要敘述，「最後的版本」中的敘述可以被看作剛多林歷史上至關重要的元素：圖奧和沃隆威頂著凜冽的寒風和刺骨的霜凍，在無遮無蔽的野外度過的淒慘時日，他們從成幫結夥的奧克及其營地那裡逃離，以及大鷹的到來。（關於大鷹為何會出現在那片地區，見《諾多族的歷史》第一一二頁，以及「最後的版本」第一五七—一五八頁。）

最值得注意的是，他們來到了伊芙林潭（見第一五〇─一五一頁），納洛格河就發源於此。此時伊芙林潭由於惡龍格勞龍（被沃隆威稱為「安格班的大蟲」）的經過而被玷汙，變得荒涼。在這裡，二位剛多林的尋找者觸及了遠古時代最偉大的傳奇──他們看見一位高大的凡人走過，他帶著一柄出鞘的長劍，劍身修長烏黑。他們沒有和這個黑衣人說話，他們也不知道他就是「黑劍」圖林．圖倫拔，正向北逃離納國斯隆德的陷落。「就這樣，在這絕無僅有的短暫一刻，圖林和圖奧這對堂兄弟的道路有了交集。」（圖林的父親胡林是圖奧的父親胡奧的兄長。）

現在，我們講到了「傳說的演變」的最後一步（因為「最後的版本」沒有寫下去）：通過一個守衛嚴密的隱藏入口進入圖姆拉登平原，初見剛多林。這個入口是中洲歷史上一處著名的「門戶」或「關口」。在《傳說》中（見第四三頁），圖奧和沃隆威來到河流（西瑞安河）流過的「河床遍布亂石」的地方。這就是布礫希阿赫渡口，當時還不曾得名。「河邊密密長滿了榿樹，遮蔽了河面」，但兩側河岸十分陡峭。在那裡，沃隆威在「青綠的山壁」中發現了「一個洞口，它就像一道兩側傾斜的巨門，被茂密的灌木叢和長年糾結生長的矮樹叢覆蓋著」。

他們走進這個洞口（見第四三頁），發現自己置身在一條蜿蜒曲折的黑暗隧道裡。他們在這條隧道裡摸索著前行，直到看見遠處的燈光，「他們奔向那點微光，發現自己來到了一道大門前，這門就像他們進來的那道門一樣」。在這裡，他們被全副武裝的衛兵包圍了，並發現自己來到了陽光下，站在陡峭的山腳下，山嶺環抱著一片廣闊的平原，在平原當中矗立著孤零零的一座山丘，山頂屹立著一座城。

《神話概要》中顯然不曾描述這個入口，但《諾多族的歷史》（見第一一二頁）提到了逃生之路：在環抱山脈最低的那片地區，剛多林的精靈在「群山根基下挖了一條曲折的巨大隧道，隧道的出口在一道壑谷的陡壁上。〔西瑞安〕河就從這道林木覆蓋的陰暗谷中歡快地流過」。《諾多史》（見第一一七頁）中說，當圖奧和布隆威（沃隆威）來到隱匿的門戶時，他們走下隧道，「來到內門」，在那裡被俘虜了。

這兩道「門」和連接它們的隧道就是這樣出現在家父一九三〇年寫的《諾多族的歷史》中，他在一九五一年寫最後的版本時也是立足於這個構思，不過相似之處僅止於此。我們可以看到，在最後的版本（見「最後的版本」，第一五七頁及以下）中，家父引入了一個地形上的明顯差異。入口不再位於西瑞安河的東側河岸上，而是來自一條支流。但他們過了危險的布礫希阿赫渡口，這個渡口被大鷹監視並守衛著。

他們抵達渡口對岸，來到一條深溝邊。它就像一條如今已沒有河水流動的古老河床，然而貌似曾有一股水流沖刷出了深深的水道，水流湧出埃霍瑞亞斯群山後自北瀉下，從山中挾來布礫希阿赫的全部礫石，沖下了西瑞安河。

「不可思議，我們終於找到它了！」沃隆威喊道，「看！乾河的河口在此，那是我們的必經之路。」

但這條「路」遍布亂石，急劇爬升，圖奧向沃隆威表達了他的厭惡，驚訝於這條糟糕的小路竟然是進入剛多林城的必經之路。

他們順著乾河跋涉了數哩，過了一夜，來到了環抱山脈的山障前。他們從一個洞口走了進去，最後來到了一個他們感覺寂靜又廣大的地方，在那裡他們什麼也看不見。在關於中洲的作品中，圖奧和沃隆威所獲得的接待，堪稱最陰森不祥：一團刺眼的光在巨大的黑暗中照在沃隆威身上，一個冰冷、充滿威脅的聲音發出質問。在令人恐懼的盤問結束之後，他們被領去了另一個入口，或出口。

在《諾多族的歷史》中（見第一一七頁），被衛兵俘虜的圖奧和沃隆威走出漫長曲折的黑暗隧道，看見剛多林「遠遠地閃爍，白城沐浴著玫瑰色的曙光」。因此，整個概念當時已經清楚呈現：寬廣的圖姆拉登平原被埃霍瑞亞斯山脈完全包圍，有一條隧道穿過群山，通向外界。但在「最後的版本」中，當他們離開接受盤問的地方時，圖奧發現他們「站在一道裂谷的一端，這樣的裂谷他從未見過，也從未想像過」。沿著這條名為「歐爾法赫．埃霍爾」的裂谷有一條爬升的長路，穿過一系列裝飾華麗的巨門，通往裂谷開口的頂端，也就是第七道門——主門的所在地。直到那時，圖奧才「目睹了皚皚白雪當中剛多林的美景」；正是在那裡，埃克塞理安談到圖奧時肯定地說，「他正是烏歐牟本人派遣而來」——《剛多林的陷落》的最後一版文稿，就到這句為止。

結尾

我曾提到（見第一九頁），《傳說》最初的標題是「圖奧與剛多林的流亡者」，緊接著寫了這樣一句話——「由此引出埃雅仁德爾的偉大傳說」。此外，繼《剛多林的陷落》之後的「最後傳說」乃是《瑙格拉弗靈的傳說》（矮人的項鍊，其上鑲嵌著一顆精靈寶鑽），我曾在《貝倫與露西恩》第二九七頁引用它的結尾：

> 如此一來，所有仙靈的命運便織成了一股絲線，便是關於埃雅仁德爾的偉大傳說。現在，我們就說到了那個傳說的真正開端。

我們可以設想，《埃雅仁德爾的傳說》的「真正開端」，就是接續《失落的傳說之剛多林的陷落》的結束語（見第九三頁）：

如今，這些剛多林的流亡者居住在大海波濤邊的西瑞安河口。……在洛絲民當中，埃雅仁德爾在他父親家裡成長，長得十分俊美，而圖奧的偉大傳說也到了尾聲。

但那篇關於埃雅仁德爾的「失落的傳說」，家父從不曾寫過。他早年寫過很多筆記和大綱，還有幾首極早的詩歌，但沒有留下任何類似於《失落的傳說之剛多林的陷落》的文稿。鑒於這兩本書的目的在於比較敘事發展的歷史，因此著手討論這些常常相互矛盾、充滿隻言片語的大綱，顯然有悖於這一目的。另一方面，最初的傳說中十分完整地講述了剛多林毀滅的故事，而那些倖存者的歷史是遠古時代歷史的重要延續。因此，我決定回到那兩篇講述了遠古時代末尾故事的早期文稿——《神話概要》和《諾多族的歷史》。（我在別處也說過，「這就顯得尤為奇怪了——《諾多族的歷史》竟是家父（在《神話概要》之後）所寫的唯一一份完稿。」[20]）

因此，我接下來給出《神話概要》的結尾，接續這一段（見第一〇六頁）：「（剛多林居民當中的）倖存者們到了西瑞安河，沿河一路來到河口地區——西瑞安水澤。至此，魔苟斯大獲全勝。」

20 譯者注：參見《胡林的子女》，第二七三頁，文句稍有出入。

《神話概要》的結尾

迪奧之女埃爾汶居住在西瑞安河口，她接納了剛多林的倖存者。他們成為一支熱愛航海的民族，造了很多船，遠遠地住在奧克不敢前往的三角洲上。

伊爾米爾〔烏歐牟〕責備了眾維拉，要求他們前去拯救殘餘的諾多族，收復精靈寶鑽。如今，唯獨寶鑽中留存著雙聖樹仍閃耀時那古老歲月裡的福樂之光。

以托卡斯之子菲昂威為首的維拉眾子率軍出征，所有的昆迪都在行軍之列，只有泰勒瑞族例外。他們仍記得天鵝港，隨軍前往的寥寥無幾。科爾空無一人。

圖奧漸漸年邁，無法再抗拒大海的召喚。他造了埃雅拉米，同伊綴爾一起揚帆西航，從此杳無音訊。埃雅仁德爾娶了埃爾汶。他也生來就心懷對大海的嚮往。他造了汶基洛特，想去遠航尋找父親。接下來就是汶基洛特在海洋和島嶼上的奇遇，以及埃雅仁德爾是如何在南方殺死了烏苟立安特。他歸家時，發現西瑞安海港荒無人煙。費艾諾眾子得知埃爾汶和瑙格拉弗靈〔貝倫的精靈寶鑽就嵌於其上〕的下落，向剛多林的遺民發動了進攻。戰鬥中，費艾諾眾子中除了邁德洛斯和瑪格洛爾，都被殺了，而剛多林殘餘的居民不是被殺，就是被迫離開，加入邁德洛斯麾下。瑪格洛爾坐在海邊滿懷悔恨地歌唱。埃爾汶把瑙格拉弗靈丟入海中，自己也跟著投入大海，但她被伊爾米爾變成了一隻白色的海鳥，飛往世間各地去尋找埃雅仁德爾。

不過，邁德洛斯救下了埃雅仁德爾與埃爾汶的兒子——還是個孩子的埃爾隆德。埃爾隆德一半是凡人，一半是精靈。後來當精靈返回西方，埃爾隆德受他的一半凡人血統影響，選擇留在塵世。……

埃雅仁德爾從獨自住在西瑞安河口一座小屋裡的布隆威格那裡得知了始末，悲不自勝。他和布隆威格一起乘著汶基洛特再次啟航，尋找埃爾汶和維林諾。

他來到了魔法群島、孤島，最後抵達了仙境海灣。他爬上科爾山，走在圖恩空無一人的街道上，衣服染上了鑽石和珠寶的細塵。他不敢繼續前行進入維林諾。他在北方大海中的一個小島上建了一座高塔，世間所有的海鳥都常常成群飛往那裡。他借助牠們的翅膀，甚至在天空中航行，尋找埃爾汶，但被太陽燒灼，被月亮在穹蒼中追逐。有很長一段時間，他就像一顆逃逸的星星那樣，在天空中遊蕩。

接著講述的是菲昂威進軍北方的故事，以及那場可怕的最後大戰。炎魔被盡數消滅，奧克要麼被消滅，要麼被驅散。魔苟斯本人帶著所有的龍發動了最後一次攻擊，但他們被維拉眾子消滅，只有兩條龍逃脫，魔苟斯被推翻，被鎖鏈安蓋諾爾捆住。兩顆精靈寶鑽被收復了。世界的北部和西部在大戰中四分五裂，大地的面貌被改變了。

諸神和精靈將人類從希斯路姆解救出來，一路穿過大地，召喚殘餘的諾姆族和伊爾科林加入他們。唯有邁德洛斯和他的子民沒有聽從召喚。此時，邁德洛斯終於被他的誓言帶來的悲傷折磨得疲憊不堪，卻仍然準備履行它。他派人去見菲昂威，重申費艾諾家族的誓言，懇求得到精靈寶鑽。菲昂威回答說，由於費艾諾的惡行，以及殺害迪奧、洗劫西瑞安之舉，他已經失去了擁有精靈寶鑽的權利。他必須屈服，回到維林諾。只有在維林諾，依據諸神的裁決，才能移交精靈寶鑽。……

在最後的歸途中，瑪格洛爾對邁德洛斯說，費艾諾眾子只剩二人，精靈寶鑽也只剩兩顆，其中一顆應當是他的。他偷走一顆寶鑽，逃走了，但是寶鑽灼傷了他，因此他知道自己失去了寶鑽的所有權。他忍著疼痛在大地上遊蕩，將寶鑽拋進了充滿火焰的地穴。如此一來，一顆精靈寶鑽在海裡，一顆在地心。瑪格洛爾永遠在海邊唱著哀歌。

諸神做出了裁決。大地將屬於人類，那些不航向孤島或維林諾的精靈將會緩慢地褪隱。最後那批惡龍和奧克仍將折磨大地一段時間，但他們最終都將被英勇的人類消滅。魔苟斯被推出了黑夜之門，落入世界之牆外的黑暗中，那道門永遠有守衛警戒著。但他在人類與精靈的心中播下的謊言卻沒有消亡，無法被諸神徹底消滅，而是存續下去，直至今日仍促成了諸多邪惡。也有人說，儘管有眾維拉守護，魔苟斯或他的烏黑投影與魅靈仍然從北方與東方悄悄翻過了世界之牆，重返世間；其他人則說，那其實是他的得力幹將夙巫，他逃脫了大決戰，仍居住在黑暗之處，蠱惑人類陷入對他的恐怖崇拜。等到世界衰老得多，諸神疲憊不堪的時候，魔苟斯會穿過黑夜之門歸來，末日終戰將會打響。菲昂威將在維林諾的平原上與魔苟斯戰鬥，圖林的靈魂將與他並肩作戰。圖林將用他的黑劍殺死魔苟斯，以此為胡林的子女復仇。

到那時候，三顆精靈寶鑽將從海洋、大地和天空中收復，邁德洛斯將打碎它們，帕露瑞恩將用它們的光焰重新點亮雙聖樹，大光必再次現世，維林諾山脈將被夷為平地，如此那光便可傳出，照耀世間。諸神與精靈將重獲青春，他們的亡者將全部甦醒。但預言不曾說到人類到那日會如何。

就這樣，最後一顆精靈寶鑽被升入了天空。由於費艾諾眾子的惡行，諸神裁定把最後一顆精靈寶鑽交給埃雅仁德爾，「直到未來諸多變故發生之時」。邁德洛斯被派去協助埃雅仁德爾，他們依靠精靈寶鑽的幫助，找到了埃爾汶，使她恢復了人形。埃雅仁德爾的船被拉過維林諾，送到外環海，埃雅仁德爾將它駛進了高空裡猶在太陽和月亮之上的外部黑暗中。他在那裡遠航，額上戴著精靈寶鑽，身旁有埃爾汶陪伴。他變成了最明亮的星星，監視著魔苟斯，守衛著黑夜之門。他將如此遠航下去，直到他看見末日終戰在維林諾平原上打響。然後他將降臨。

而這就是遠古歲月中，發生在西方世界之北部地方的那些傳說的最終結局。

「第一紀元」的終結，是這個紀元的歷史中最複雜、最難解的部分，任何針對它展開的一般性討論，都會使這個故事離題太遠。對這裡給出的《神話概要》敘述選段，我只提幾個方面。關於這個題材，從家父創作的最早期倖存下來的文稿極少，並且絕大部分都被放棄了，《神話概要》中的敘述，實際上是首次見證了一套全新的情節，其中出現了三顆精靈寶鑽的命運，這是末日終戰故事的中心元素。這一點可以從家父很早就在一篇孤立的筆記中問自己的問題得到證實：「在米爾寇被捉住之後，那些精靈寶鑽怎麼樣了？」（事實上，完全可以說，在最初的神話構思中，精靈寶鑽本身存在的意義遠遠不像後來那樣至關重要。）

根據《神話概要》記載，瑪格洛爾對邁德洛斯說（見第二一〇頁）：「費艾諾眾子只剩二人，精靈寶鑽也只剩兩顆，其中一顆應當是他的。」第三顆下落不明，因為《神話概要》中已經講過（見第二〇九頁），「埃爾汶把瑙格拉弗靈丟入海中，自己也跟著投入大海」。那就是貝倫與露西恩取回的精靈寶鑽。瑪格洛爾從菲昂威的保管下盜走的那顆精靈寶鑽來自鐵王冠，當他把它拋進充滿火焰的地穴時，「如此一來，一顆精靈寶鑽在海裡，一顆在地心」（見第二一〇頁）。第三顆是鐵王冠上的另一顆，諸神就是把這一顆精靈寶鑽判給了埃雅仁德爾。他把它戴在額上，「駛進了高空裡猶在太陽和月亮之上的外部黑暗中」。

這個階段的故事還沒有實現這個構思：被埃雅仁德爾所戴，成為晨星與暮星的精靈寶鑽，正是貝倫與露西恩在安格班從魔苟斯那裡奪回的那一顆。但這個構思的實現，似乎是神話水到渠成的必然。

同樣令人吃驚的是，在這個階段，半精靈埃雅仁德爾還不是代表人類和精靈在眾維拉面前求情的代言人。

《諾多族的歷史》的結尾

我將在此第二次引用《諾多史》，從第一次引用結束的地方（見第一二一頁）開始。前文講述，從多瑞亞斯和剛多林的毀滅中倖存的精靈，在西瑞安河口成為一小群喜愛造船的居民，他們「始終居住在海岸附近，處在烏歐牟之手的蔭蔽之下」。接下來我要給出《諾多史》直到結尾的內容，像之前一樣（見第一一〇頁），以重寫的文本《諾多史二稿》為準。

在維林諾，烏歐牟向眾維拉陳述精靈的危難，敦促他們寬恕，伸出援手，將精靈從魔苟斯的淫威之下拯救出來，並且收復精靈寶鑽——如今，雙聖樹猶在閃耀的那段福樂歲月，其光芒唯獨在寶鑽中綻放。至少，在諾姆族當中是這麼流傳的，諾姆族後來從他們的親族昆迪——也就是深受曼威眷愛的光明精靈——那裡聽說了很多消息，昆迪向來對諸神的心思有所瞭解。但曼威仍不為所動，他心中的籌算，又有什麼故事能夠講述？昆迪曾說過，時機未到；唯有一人親身前來，為精靈和人類兩族代言，懇求寬恕他們的惡行，同情他們的不幸，才能改變大能者的決策。而費艾諾的誓言，或許就連曼威也無法解除，只有等它運作到底，費艾諾眾子放棄他們那對精靈寶鑽的無情要求為止。因為點亮精靈寶鑽的光，乃是諸神所造。

在那段時期，圖奧感覺自己逐漸衰老，內心對汪洋深水的渴望日益強烈。於是，他造了一艘大船，取名為埃雅拉米，意思是「鷹之翼」。他和伊綴爾一同出海，向著日落的西方揚帆而去，從此不再被歌謠與傳說提到。（後來的補充：但在必死的凡人當中，唯有圖奧躋身年長的種族當中，加入了他熱愛的諾多族；據說，他之後仍然一直以船為家，在精靈之地的海域航行，或在托爾埃瑞西亞諾姆族的港口中暫作休整。他的命運得以與凡人的命運分離。）「明輝」埃雅仁德爾是西瑞安居民的領袖。他娶了美麗的埃爾汶為妻，她給他生了（人稱「半精靈」的埃爾隆德 改為：）埃爾隆德與埃爾洛斯，人稱「半精靈」。然而，埃雅仁德爾心境不寧，沿著塵世之地（中洲）的海岸航行也不能紓解他的焦躁。兩種意圖在他心中增長，它們合而為一，成為對廣闊海洋的渴望：他想揚帆遠航，出海尋找一去不返的圖奧和伊綴爾．凱勒布琳達爾；他還想自己或許能找到那終極之岸，於有生之年將精靈與人類的消息呈送給西方的維拉，那也許可以打動維林諾和圖恩精靈的心，使他們憐憫凡世與人類的悲傷。

他建造了歌謠中唱過的最美的船，「水沫之花」汶基洛特。它有宛如銀月的白色甲板，有金色的船槳、銀色的船索，桅杆頂上裝飾著星星一樣的珠寶。〈埃雅仁德爾之歌〉中唱到他在探險中的種種經歷，他曾去過汪洋深水與杳無人跡之地，去過諸多海域與無數島嶼。他在南方誅殺了烏苟立安特，她的黑暗被消滅，光明得以照耀大片被遮蔽已久的地域。但埃爾汶悲傷地等在家裡。

埃雅仁德爾沒有找到圖奧與伊綴爾，在那次航程中也從未抵達維林諾的海岸。他被黯影與迷咒擊退，被逆風驅逐，直至他思念埃爾汶，轉棹回航，歸往東方。他的心催促他加快速度，因夢中突然襲來一股恐懼，可是先前他曾相抗的風現在又不肯遂他心願，送他迅速回歸。

新的災難已經降臨到西瑞安海港。費艾諾還活著的兒子們邁德洛斯、瑪格洛爾、達姆羅德和狄瑞爾聽說埃爾汶住在那裡，並且仍擁有瑙格拉彌爾和那顆輝煌的精靈寶鑽。他們停下漂泊狩獵的生活，聚到一起，向西瑞安送信表達友善之意，但也提出了強硬的要求。埃爾汶與西瑞安的子民不肯交出這顆貝倫贏得、露西恩戴過、俊美的迪奧為之身死的寶鑽，尤其是不能在他們的領袖埃雅仁德爾還出海未歸時交出。因他們認為，他們的家室得到的療癒與船隻得到的祝福，都源於那顆精靈寶鑽。於是，精靈殘殺精靈的慘劇又發生了，這是最後也是最殘暴的一次；此乃那則受詛咒的誓言所鑄成的第三樁大錯。費艾諾還活著的四個兒子向剛多林的流亡者與多瑞亞斯的倖存者發動襲擊，殺滅他們。費艾諾眾子的部屬有些袖手站到一旁，還有少數倒戈相助埃爾汶，反抗自己的主君（那段時期精靈的內心就是如此悲傷迷惑），結果被視為敵方殺害。然而邁德洛斯與瑪格洛爾取得了勝利，他們如今成了費艾諾眾子中僅存的兩人，因為達姆羅德和狄瑞爾在那場戰鬥中雙雙喪命。西瑞安的子民或者被殺，或者逃走，還有的出於無奈，離開加入邁德洛斯麾下，後者如今主張有權統治所有塵世之地的精靈。然而邁德洛斯沒有得到那顆精靈寶鑽，因為埃爾汶眼見大勢已去，她的兒子埃爾隆德也被俘虜，便躲開邁德洛斯的軍隊，將瑙格拉彌爾戴在胸前，投了大海。人們以為她死了。

但烏歐牟將她托出波濤，使她化為一隻白色大鳥的模樣，她飛過大海去尋找她摯愛的埃雅仁德爾，精靈寶鑽在她胸口閃耀如明星。一天夜裡，正在船上掌舵的埃雅仁德爾看見她朝他飛來，恰似明月下一朵飛快飄動的白雲，大海上一顆軌跡奇特的星星，一團乘著風暴之翼的蒼白火焰。歌謠中唱道，她從半空跌落到汶基洛特的甲板上，暈了過去，因為速度太快，幾乎斷了氣。埃雅仁德爾將她捧起抱在懷中。但第二天早晨他睜開眼睛，訝然見到恢復人形的妻子躺在自己身旁熟睡，秀髮散在他臉上。

埃雅仁德爾和埃爾汶為西瑞安海港的毀滅和兒子的被擄感到萬分悲傷，他們害怕孩子會死，不過此事並未發生。出乎意料的是，邁德洛斯憐憫埃爾隆德，疼惜他，雙方之間後來萌生了親情。但邁德洛斯內心因那則可怕誓言的重擔而疲憊不堪，厭惡煩亂。

〔這段被重寫如下：

埃雅仁德爾和埃爾汶為西瑞安海港的毀滅和兩個兒子的被擄感到萬分悲傷，他們害怕孩子會慘遭殺害，不過此事並未發生。出乎意料的是，瑪格洛爾憐憫埃爾洛斯和埃爾隆德，疼惜他們，雙方之間後來萌生了親情。但瑪格洛爾內心因那則可怕誓言的重擔而疲憊不堪，厭惡煩亂。〕

如今，埃雅仁德爾見西瑞安故土希望已蕩然無存，絕望中不再歸家，而是再度轉向，在埃爾汶的陪伴下再次去尋找維林諾。他這次最常站在汶基洛特的船首，精靈寶鑽綁在他額上。他們愈靠近西方，它的光芒就愈燦爛輝煌。也許正是部分靠了那顆神聖寶石的力量，他們終於來到那片只有泰勒瑞族的航船曾經到過的海域。他們來到迷咒群島，逃過了其中的迷咒；他們來到黯影海域，穿過了其中的黯影；他們望見孤島，但未逗留；最後，他們在世界邊界上的〔仙境海灣 改為：〕精靈家園的海灣拋錨停泊。泰勒瑞族看見那艘船駛來，大為驚訝，他們遠遠凝望著精靈寶鑽的光芒，那光極其燦爛明亮。

埃雅仁德爾成了第一位登上不死之地的凡人。無論是埃爾汶還是他寥寥可數的幾位同伴，他都不允許他們跟他同行，以免諸神的震怒降臨到他們身上。他的到來恰逢節慶之際，正像很久以前魔苟斯與烏苟立安特來到時一樣。大多數昆迪都去了廷德布倫廷山上曼威的宮殿中，留在圖恩山上的哨兵寥寥無幾。

因此，哨兵有些匆匆騎馬趕去了維爾瑪，有些則躲進了山裡的隘口。維爾瑪鐘聲齊鳴。而埃雅仁德爾爬上令人驚歎的科爾山，發現那裡杳無人跡。他走上圖恩的街道，那裡同樣空蕩一片。他的心情沉重起來。他在人去路空的圖恩城裡行走，發現沾上衣鞋的塵埃是鑽石塵粉，但無人聽到他的呼喚。於是，他回到海邊，但就在他要重新登上他的船汶基洛特時，有人來到海濱，向他喊道：「問候汝安，埃雅仁德爾！最耀眼的星，最俊美的信使！問候汝安，身負日月問世之前的光芒，久被尋覓卻不期而至，飽受期盼終衝破絕望！問候汝安，大地兒女的榮耀，殺滅黑暗的英豪！問候汝安，日落之星！致敬黎明前的先驅！」

來人是曼威的兒子菲昂威，他召喚埃雅仁德爾去覲見諸神。於是埃雅仁德爾進入維林諾，來到維爾瑪的殿堂，從此再未涉足凡人之地。但在諸神面前，埃雅仁德爾為精靈與人類兩支親族代言，懇求他們寬恕諾姆族，憐憫流亡的精靈和不幸的人類，在危急時刻向他們伸出援手。

於是，維拉眾子開始準備出戰，統領大軍的是曼威之子菲昂威。在他的雪白旗幟下出征的還有英格威的子民——「光明精靈」昆迪，以及那些從未離開維林諾的諾姆族。但泰勒瑞族仍記得天鵝港，只有少數前去參戰。這些人駕船送大軍渡海前往北方大地，但他們自己不肯踏上塵世之地。

*埃雅仁德爾是他們的嚮導，但諸神不准他歸返，他便為自己在隔離之海的北部地方，域外世界的邊緣造了一座白塔。大地上所有的海鳥都常常成群飛往那裡。埃爾汶也常常化身為鳥，她為埃雅仁德爾的船設計了翼翅，它竟升入了穹蒼的海洋。那艘船奇妙又有魔力，如同天空中一朵星光閃耀的花，載著一團閃爍的神聖光焰。大地的子民遠遠望見它，十分驚奇，從絕望中振奮起來，說天上那肯定是一顆精靈寶鑽，西方升起了一顆新星。邁德洛斯對瑪格洛爾說：

〔從*號開始的這段文字被重寫如下：

在那段時期，埃雅仁德爾的船被諸神拉到世界的邊緣，升入了穹蒼的海洋。那艘船神奇非凡……〔與初稿相同〕……西方升起了一顆新星。但埃爾汶仍在為埃雅仁德爾哀悼，她再也沒有找到他，他們被拆散，直到世界末日。因此，她在隔離之海的北部地方，域外世界的邊緣造了一座白塔。大地上所有的海鳥都常常成群飛往那裡。埃爾汶為自己設計了翼翅，想飛向埃雅仁德爾的船。但〔無法辨認：？她墜回了……〕但當它的光焰在空中出現時，瑪格洛爾對邁德洛斯說：

「倘若那真是那顆我們親見投入海中的精靈寶鑽，此刻因某種神聖的力量而再度升起，我們就該感到欣喜才是，因為它的榮光如今被很多人望見。」因此萌發了希望與改善的前景，但魔苟斯內心充滿了疑慮。

然而，據說他沒料到西方會向他發動攻擊。他變得過於驕傲，以為從此再不會有人公然發動戰爭對抗他。此外，魔苟斯還以為自己已經讓諾姆族永遠疏遠了諸神與親族，而眾維拉住在自己的蒙福之地裡心滿意足，不再關心外界受他統治的王國。因為，毫無憐憫的心腸對憐憫的力量不屑一顧，然而那力量可以鑄就厲怒，激發電光，堪使高山崩毀。〕

傳說中未曾提及菲昂威的大軍如何向北方進軍。因為記載這些故事的，是那些曾居住在塵世之地、經歷過其間苦難的精靈，而他們誰也不曾加入他的大軍。關於戰事的消息，他們很久之後才從他們的親族——維林諾的光明精靈那裡得知。總之，菲昂威來了，他挑戰的號聲響徹天宇。從希斯路姆到東方，他將所有的人類與精靈召集到麾下，他的軍容壯盛，令貝烈瑞安德一片光耀，群山轟鳴。

那場西方大軍與北方大軍的會戰，被稱為「大決戰」「恐怖的大戰」，或「憤怒與雷霆之戰」。仇恨之君座下的力量傾巢而出，其勢驚人，難以衡量，連多爾—那—法烏格礫斯都無法容下。北方全境都捲入了戰火。但那無濟於事。炎魔被盡數消滅，無數的奧克軍團要麼像遇到大火的稻草般灰飛煙滅，要麼像枯葉遇上狂風被掃蕩一空，活下來並在日後為禍世界的，所剩無幾。據說，希斯路姆的人類有很多後悔過去的奴役惡行，立下了英勇的功績，還有許多從東方新來的人類與他們並肩作戰。烏歐牟所說的話就這樣部分成真了，因為正是靠著圖奧的兒子埃雅仁德爾，精靈才得到援助，也正是靠著人類的劍，精靈才在戰場上壯大了實力。〔後來的補充：但大多數人類，尤其是那些東方新來者，加入了大敵一方。〕但魔苟斯畏縮了，不敢親自出戰。他發動最後一波攻擊，出動了有翼的惡龍〔後來的補充：因為此前那些他殘酷心智的產物一直不能侵擾天空〕。那支大軍的猛攻極為突然迅速，破壞極大，如同成百上千的雷霆插上鋼翼撲來，菲昂威被擊退了。但埃雅仁德爾來了，數不清的鳥兒圍繞在他身邊，激戰持續了狀況不明的一整夜。終於，埃雅仁德爾殺了惡龍大軍中最強大的「黑龍」安卡拉剛，將牠自高空中拋下。牠跌落在桑戈洛錐姆的群峰上，山峰隨著牠的滅亡一同崩毀。接著，旭日東昇，維拉眾子占了優勢，所有的惡龍都被消滅，只有兩條逃去了東方。

魔苟斯的地穴被盡數掀開搗毀，菲昂威的大軍下到了地底深處。在那裡，魔苟斯被推翻了。

「『魔苟斯被推翻了』這句話被劃去，換成了下面這段話：

在那裡，魔苟斯終於陷入了窮途末路，卻表現得毫無英雄氣概。他逃到礦坑最深處，乞求和解與寬宥，但他的雙腳被砍中，他被面朝下摜倒在地。」

他被捆上早已準備好的鐵鍊安蓋諾爾，他的鐵王冠被打成項圈扣住脖頸，他的頭被摁垂到膝頭。菲昂威取過餘下的兩顆精靈寶鑽，嚴密看守。

北方安格班的禍害勢力就這樣覆滅，大批奴隸走出了地底深處的囚牢，他們原已不抱任何希望，如今卻重見天光，但他們見到的是一個面目全非的世界。因為敵對雙方的怒火猛烈至極，西部世界的北方地區支離破碎，海水咆哮著湧入諸多裂罅，到處是混亂與巨響。河流不是斷絕消失，就是改道而行，山丘被踏平，谷地卻隆起，西瑞安河也不復存在。那些沒有在那段時期喪命的人類逃走了，要過很久，直到那些大戰的傳說漸漸消亡，化作幾不可聞的回音，他們才會再度翻過山脈，回到貝烈瑞安德曾在的地方。

但菲昂威一路穿過西部大地，召喚殘餘的諾姆族及從未去過維林諾的黑暗精靈，與重獲自由的奴隸們會合，準備離開。但邁德洛斯不肯聽從召喚，此時他儘管心懷疲倦、厭惡與絕望，卻仍準備去盡責達成誓言。如果精靈寶鑽被扣留，邁德洛斯與瑪格洛爾不惜發動戰爭也要收回它們，哪怕要與得勝的維林諾大軍為敵，哪怕要孤身對抗整個世界。因此，他們送信給菲昂威，要求他立即交出那些魔苟斯過去從費艾諾那裡盜走的寶石。但菲昂威答覆說，費艾諾及其眾子如今已喪失了他們曾經擁有的、對親手所造之物的所有權，他們因誓言而盲目，行了許多邪惡之事，其中尤以殺害迪奧與攻擊埃爾汶二事為甚。精靈寶鑽的光輝現在應當回到造就那光的諸神手中，邁德洛斯與瑪格洛爾也必須返回維林諾，在那裡接受諸神的裁決。菲昂威只會在諸神的命令下交出所看管的寶石。

瑪格洛爾心中悲傷，渴望服從。他說：「誓言並未說到我們不能等候時機，或許在維林諾，一切都能得到寬恕、予以遺忘，我們也能和平地收回我們所有之物。」但邁德洛斯答道，倘若他們返回，諸神卻不肯恩准，那麼他們的誓言將依舊存在，卻更加沒有希望達成。他說：「如果我們在大能者自己的領土上違抗他們，或企圖將戰爭再度引入他們那被守護的王國，誰知道我們將遭遇何等可怕的命運？」因此，邁德洛斯與瑪格洛爾潛入菲昂威的營地，取了寶石，殺了衛士，並且準備要拚死自衛到底。但菲昂威阻止了部下，兄弟倆不戰而去，遠遠逃離。

他們各取了一顆精靈寶鑽，因為他們說，一顆他們得不到了，僅有兩顆尚存，兄弟中又只剩他們兩人在世。然而寶石燒灼邁德洛斯的手，疼痛令他無法忍受（而且，如前所述，他只有一隻手了）。於是他意識到，一切正如菲昂威先前所言，他已失去寶鑽的所有權，誓言也失去了意義。在極度的痛苦與絕望中，他跳進一道充滿熊熊火焰的裂罅，就這樣死去。他所懷有的那顆精靈寶鑽，從此被收納在大地的胸懷之中。

據說，瑪格洛爾也不堪忍受精靈寶鑽的折磨之苦，最後將它拋入了大海，從此以後永世徘徊於海邊，懷著痛苦與懊悔在波濤旁吟唱，因瑪格洛爾是古時最卓越的歌手。他再也沒有回到精靈子民當中。

那段時期，在西邊大海的岸邊，尤其是在那些大島上（它們是在北方世界崩毀時貝烈瑞安德的古陸形成的），興建了大批船隻。諾姆族的倖存者和黑暗精靈的西部居民成群結隊，從那裡揚帆航向西方，再未返回這片傷心戰亂之地。光明精靈在他們的王旗下返航，追隨菲昂威的勝利之師，凱旋維林諾。（後來的補充：但他們歸途中並無喜悅，因為他們沒能帶回精靈寶鑽，並且除非世界被打碎重造，那些寶石再不可能被尋回。）但在西方，諾姆族和黑暗精靈大多數居住在孤島上，那島可望見東方與西方。那個地方變得極美，人人都可隨心所欲地行事；諾姆族再度獲得了曼威的愛和維拉的寬恕，泰勒瑞族不再為古時的慘事心懷怨憤，那個詛咒也得以止息。

然而，並不是所有的精靈都願意放棄他們長久生活、長久受難的域外之地；有些精靈在西部和北部繼續駐留了很多個紀元，尤其是在西海的群島上。如前所述，瑪格洛爾便在這些人之列，與他一起的還有半精靈埃爾隆德，他後來又去到凡人當中，也正因為他，首生兒女的血脈和維林諾的神聖血統才得以傳入人類（因為他母親是埃爾汶，埃爾汶是迪奧之女，迪奧是露西恩之子，而露西恩是辛葛與美麗安的孩子；而他父親埃雅仁德爾是伊綴爾．凱勒布琳達爾之子，她是剛多林的美麗公主）。但隨著歲月流逝，精靈一族漸漸在大地上衰微，他們仍會在傍晚時分揚帆離開西邊海岸；隨著他們持續不斷的離開，如今到處都很少見到他們這支孤寂的族群了。

當菲昂威和維拉眾子回到維爾瑪之後，諸神如此裁決——此後，域外之地將屬於人類，世間的年輕兒女；而通往西方的途徑，將永遠只對精靈開放。倘若精靈不肯去西方，在人類的世界中徘徊，他們必將緩慢地衰微隱褪。這是魔苟斯的謊言與惡行造成的最嚴重的惡果，埃爾達與人類分隔疏遠。他的奧克與惡龍再度在暗處繁衍，仍將折磨凡世一段時間，但在世界終結之前，他們都將被英勇的凡人消滅。

但諸神把魔苟斯推出了無盡黑夜之門，落入世界的邊牆之外的空虛之境，那道門上永遠設有警衛，埃雅仁德爾把守著天空的壁壘。然而，米爾寇，強大又邪惡的莫埃烈格，恐怖的黑暗大能者魔苟斯·包格力爾，他在精靈與人類的心中播下的謊言卻沒有徹底消亡，無法被諸神消滅，而是存續下去，直至後來的今日仍促成了諸多邪惡。也有人說，魔苟斯就像一團看不見、摸不到的雲，仍然不時會悄悄翻過世界的邊牆，造訪世間；*餘人則說，那是魔苟斯所造的夙巫的黑色魅影，他逃脫了恐怖的大戰，仍居住在黑暗之處，蠱惑人類陷入對他的恐怖忠誠與邪惡崇拜。

（從*號開始的這段文字被重寫如下：

餘人則說，那是索隆的黑色魅影，他曾為魔苟斯效力，成了他最強大、最邪惡的屬下。索隆逃脫了大決戰，仍居住在黑暗之處，蠱惑人類陷入對他的恐怖忠誠與邪惡崇拜。」

諸神勝利之後，埃雅仁德爾仍在穹蒼之海中航行，但太陽烤焦了他，月亮在天空中追獵他。於是，維拉把他的白船汶基洛特拉過維林諾大地，在船中注滿璀璨光芒，封它為聖，將它經由黑夜之門釋放出去。埃雅仁德爾額上戴著精靈寶鑽，在無星的浩瀚中航行良久，（刪去：埃爾汶在他身邊。見第二二〇頁重寫的段落）駛過世界之後的黑暗，如同一顆閃爍不定、難以捉摸的星星。他偶爾會返回，在諸神的壁壘上空，太陽和月亮的軌道後閃耀，在滿天星辰中數他最明亮。他是天空中的水手，在世界的邊緣監視著魔苟斯。他將如此航行下去，直到他見到末日終戰在維林諾的平原上打響。

曼督斯在維爾瑪應諸神裁決，曾宣布過一條預言，這預言在西方所有的精靈之間祕密流傳。等到世界衰老，大能者疲憊不堪的時候，魔苟斯會穿過黑夜之門，自無盡黑夜中歸來。他將摧毀太陽和月亮，但埃雅仁德爾將如一團白焰般攻擊他，將他從空中打落。接著，末日終戰將在維林諾的原野上集結打響。那一天，托卡斯將與米爾寇爭鬥，站在他左邊的將是菲昂威，右邊將是「征服命運者」胡林之子圖林．圖倫拔。圖林將用他的黑劍殺死魔苟斯，把他徹底消滅；胡林的子女和所有的人類將就此報得大仇。

之後，三顆精靈寶鑽將從海洋、大地和天空中得到收復，因埃雅仁德爾將降落，交出他所保管的那團光焰。接著，費艾諾將帶走三顆寶鑽，將它們交給雅凡娜．帕露瑞恩，而她將打碎它們，用它們的光焰重新點亮雙聖樹，大光將再次現世。維林諾山脈將被夷為平地，如此那光便可傳出，照耀整個世間。在那光中，諸神將重獲青春，精靈將甦醒，他們的亡者將全部復活，伊露維塔對他們的宏圖將由此達成。

這就是遠古歲月中，發生在西方世界之北部地區的那些傳說的結局。

*

我所編輯的關於一段歷史的歷史，就這樣以一個預言收尾——曼督斯的預言。我將重複我在編輯三大傳說之《胡林的子女》時寫下的話，作為本書的結語：「讀者需要謹記，彼時這部《諾多族的歷史》（雖然只是基本的框架）代表了家父那個『想像世界』的全部範疇。它並不是後來演變成的第一紀元的歷史，因為那時尚無第二紀元，更無第三紀元。那時沒有努門諾爾，沒有哈比人，當然更沒有魔戒。」

名詞列表

在下面的名詞列表之後，還列出了七段較長的附注，一些主列表中的名詞在附注裡有更詳盡的解釋。加*號的名詞，是在貝烈瑞安德地圖中出現的地名。

譯名	說明
Ainairos 愛耐洛斯	一個澳闊瀧迪的精靈。
Ainur 愛努	見第迂二五三頁的說明。
Almaren 阿爾瑪仁	阿爾瑪仁島是維拉在阿爾達的第一處家園。
Alqualondë 澳闊瀧迪	見 Swanhaven。
Aman 阿門洲	大海彼岸的西方聖土，維林諾的所在地。
Amnon 阿姆農	阿姆農預言的內容——「剛多林的陷落何其慘烈」，這句圖爾鞏在保衛城市的戰鬥當中所說的話，曾被兩份以此為題，相互孤立但十分相似的潦草手稿中引用過。兩份草稿都以「剛多林的陷落何其慘烈」這個標題開篇，接下來一篇說「圖爾鞏不會在谷中百合凋落之前隕落」，另一篇則說「當谷中百合凋萎，圖爾鞏亦將隕落」。「谷中百合」指的就是剛多林，是該城的七個名字之一——「平原之花」。注釋中也提及阿姆農預言及預言之地，但似乎沒有哪裡解釋過阿姆農是何許人也，他又是何時做出預言的。

Amon Gwareth 阿蒙格瓦瑞斯	「瞭望山」或「防禦山」。一座位於剛多林被守護的平原中央的岩石孤山，剛多林城建於其上。
Anar 阿納	太陽。
Ancalagon the black 黑龍安卡拉剛	魔苟斯手下的有翼惡龍中最強大的一隻，在大決戰中被埃雅仁德爾所殺。
Androth 安德洛思	位於米斯林山嶺中的山洞，圖奧曾與安耐爾和灰精靈在此居住，後來作為逃犯又在此獨居。
Anfauglith* 安法烏格礫斯	曾是名為阿德嘉蘭，位於陶爾—那—浮陰以北的遼闊草原，後被魔苟斯燒為焦土。
Angainor 安蓋諾爾	奧力打造的鐵鍊，曾兩次用來捆鎖魔苟斯：他在上古時代被維拉囚禁時曾經被它鎖住，在最終敗北時又被它鎖住。
Angband 安格班	魔苟斯位於中洲西北方的巨大地牢堡壘。
Annael 安耐爾	米斯林的灰精靈，圖奧的養父。
Annon-in-Gelydh 安農—因—戈律茲	「諾多之門」。發源於米斯林湖的一處地下河流的入口，通往彩虹裂隙。
Aranwë 阿蘭威	剛多林的精靈，沃隆威的父親。
Aranwion 阿蘭威安	「阿蘭威之子」。見 Voronwë。
Arlisgion 阿利斯吉安	譯作「蘆葦地」。圖奧在南下的長途旅行中曾穿過這片地區，但這個名稱沒有出現在任何一張地圖上。要追蹤圖奧在抵達垂柳之地前的行蹤，大概是不可能的；但在這段敘述中，阿利斯吉安顯然位於垂柳之地北方某處。除此之外，似乎只有最後的版本裡提過這個地方（見第一四六頁），當時沃隆威對圖奧談及利斯加茲——「西瑞安河口的蘆葦地」。「蘆葦地」阿利斯吉安明顯與「蘆葦地」利斯加茲是同一回事，但在這個時期的草稿中，該地的地理位置十分模糊。

Arvalin 阿瓦林	位於佩羅瑞山脈（維林諾山脈）與大海之間，迷霧籠罩、荒涼廢棄的廣大地區。該名意為「鄰近維林諾」，後被「黯影」阿瓦沙取代。魔苟斯在此地與烏苟立安特會面，據說曼督斯的詛咒也是在阿瓦林宣布的。見 Ungoliant。〔譯者注：根據《精靈寶鑽》，魔苟斯找到烏苟立安特的地點阿瓦沙位於南方，而曼督斯宣布判決的地點在北方，這兩處似乎不該是同一個地方。〕
Aulë 奧力	他是力量強大的維拉之一，被稱為「大工匠」，力量僅次於烏歐牟。以下對他的描述摘自題為〈維拉本紀〉的文稿：「他掌管所有造就了阿爾達的物質。他起初就與曼威和烏歐牟結伴勞作，負責塑造每一塊大地的面貌。他是鍛造金屬的巧匠，是通曉一切工藝的大師，他喜歡巧藝製作，哪怕微不足道，他做起來也像構築古時的宏偉建築般開心。深藏在大地中的寶石，掌中閃亮的黃金，乃至矗立的山脈、海中的盆地，全都是他的作品。」
Bablon, Ninwi, Trui, Rûm 巴布倫、尼恩微、特魯伊、羅姆	即巴比倫、尼尼微、特洛伊和羅馬。有一條對「巴布倫」的注釋說：「巴布倫是一座人類之城，更確切的名稱是『巴比倫』，但諾姆族如今稱它為巴布倫，他們是過去得知這個名字的。」
Bad Uthwen 巴德・斯溫	見 The Way of Escape。
Isle of Balar 巴拉爾島	位於巴拉爾灣中，離岸很遠的島嶼。見 Círdan the Shipwright。
Balcmeg 巴爾克米格	一個被圖奧誅殺的奧克。
Balrogs 炎魔	「生有鋼爪，手持火鞭的惡魔。」
Battle of Unnumbered Tears 淚雨之戰	見第二五九頁的說明。
Bauglir 包格力爾	這個名稱經常作為魔苟斯的補充使用，意為「壓迫者」。

Bay of Faërie 仙境海灣	阿門洲東面的一個大海灣。
Beleg 貝烈格	多瑞亞斯的卓越弓箭手，圖林的摯友，卻被其當作敵人在黑暗中誤殺。
Belegaer 貝烈蓋爾	見 Great Sea。
Beleriand* 貝烈瑞安德	中洲西北部的廣大地區，東至藍色山脈，包含希斯路姆以南的全部內陸地區與專吉斯特狹灣以南的全部海濱。
Beren 貝倫	貝奧家族的凡人，露西恩的愛人，從魔荀斯的王冠上挖下了一顆精靈寶鑽。被安格班的巨狼卡哈洛斯咬死。他是人類當中唯一死而復生之人。
The Blacksword (Mormegil) 黑劍（墨米吉爾）	圖林因其劍古爾桑（「死亡之鐵」）而得到的名字。
The Blessed Realm 蒙福之地	見 Aman。
Bragollach 布拉戈拉赫	「驟火之戰」達戈·布拉戈拉赫的簡稱。安格班合圍在此役中被攻破。
Bredhil 布瑞第爾	瓦爾妲的諾姆族語名字（又拼作 Bridhil）。
Brethil* 布瑞希爾	位於泰格林河與西瑞安河之間的森林。
Brithiach* 布礫希阿赫	西瑞安河上的一處淺灘渡口，通往丁巴爾。
Brithombar* 布礫松巴爾	法拉斯諸港中最靠北的一座。
Bronweg 布隆威格	沃隆威的諾姆族語名字。
Celegorm 凱勒鞏	費艾諾之子，別號「俊美的」。

Círdan the Shipwright 造船者奇爾丹	法拉斯（貝烈瑞安德西側的沿海地區）的領主。淚雨之戰後海港被魔苟斯摧毀時，奇爾丹逃至巴拉爾島和西瑞安河口地區，繼續造船。與《魔戒》中第三紀元末的灰港之主造船者奇爾丹是同一個人物。
Cirith Ninniach 奇立斯甯霓阿赫	「彩虹裂隙」。見 Cris-Ilfing。
City of Stone 石城	剛多林。見 Gondolthlim。
Cleft of Eagles 群鷹裂隙	位於剛多林周圍的環抱山脈最南端。精靈語名稱為「克瑞斯梭恩」。
Cranthir 克蘭希爾	費艾諾之子，別號「黑髮的」。後改為「卡蘭希爾」。
Cris-Ilfing 克瑞斯—伊爾縫	「彩虹裂隙」。裂谷中流淌著發源於斯林湖的河流。後被「奇立斯赫爾溫」Kirith Helvin 這個名稱取代，最終形式為「奇立斯甯霓阿赫」Cirith Ninniach。
Crissaegrim* 克瑞賽格林	剛多林南邊的群峰，眾鷹之王梭隆多在此築巢。
Cristhorn 克瑞斯梭恩	「群鷹裂隙」的精靈語名稱。後被「奇立斯—梭隆那斯」Kirith-thoronath 這個名稱取代。
Cuiviénen 奎維耶能	精靈的「甦醒之水」，位於中洲遙遠的東部：「崇山峻嶺環抱的黑暗湖泊，河流如同一條細細的白線，流經一道深深的裂罅，注入湖中。」〔譯者注：見《失落的傳說》第十篇。〕
Curufin 庫茹芬	費艾諾之子，別號「機巧的」。
Damrod and Direl 達姆羅德和狄瑞爾	費艾諾年紀最輕的兩個兒子，是孿生兄弟。後改為「阿姆羅德」Amrod 與「阿姆拉斯」Amras。

Deep-elves 淵博精靈	第二支踏上偉大旅程的精靈部族的名稱之一。見 Noldoli、Noldor，及第二六四頁的說明。
Dimbar* 丁巴爾	位於西瑞安河與明迪布河之間的地區。
Dior 迪奧	貝倫與露西恩之子，他們收復的那顆精靈寶鑽的擁有者，被稱為「辛葛的繼承人」。他是埃爾汶的父親，被費艾諾眾子殺害。
Doom of Mandos 曼督斯的詛咒	見第二六三頁的說明。
The Door of Night 黑夜之門	見 Outer Seas。我在那裡引用了題為〈阿姆巴坎塔〉(「世界的面貌」，Ambarkanta）的文稿，文中對「世界之牆」伊路拉姆巴爾與「外裏海，外環海」外雅有進一步描述：「維林諾中部正對著安多．羅門——穿透世界之牆，通往空虛之境的永恆黑夜之門，因為世界位於無窮無限的黑夜，『空虛之境』庫瑪當中。但是，除了大能的維拉，無人能夠穿過那道裂罅，橫越外雅的水域，到達黑夜之門。眾維拉在推翻米爾寇，將他逐去外域黑暗之後建造了那道大門，埃雅仁德爾守衛著它。」
Doriath* 多瑞亞斯	一片位於貝烈瑞安德，森林覆蓋的廣大地域，由辛葛與美麗安統治。後因美麗安環帶而得名「多瑞亞斯」(「圍籬之地」Doriâth)。
Dor-lómin* 多爾羅明	「黯影之地」。位於希斯路姆南部的地區。
Dor-na-Fauglith 多爾—那—法烏格礫斯	名為「阿德嘉蘭」的北方大草原，被魔苟斯徹底毀壞後，改稱「多爾—那—法烏格礫斯」Dor-na-Fauglith，譯作「嗆人煙塵籠罩之地」。
Dramborleg 德拉姆博烈格	圖奧的大斧。一條關於這個名稱的注釋說：「德拉姆博烈格的意思是『鋒利的重擊』，曾是圖奧的斧子，一擊之下，既能像大棒那樣砸出凹痕，又能如利劍一般劈出裂隙。」

Drengist 專吉斯特	一道深入回聲山脈的狹長海灣。圖奧順著那條發源於米斯林的河穿過彩虹裂隙，原本會經此路線抵達大海，「然而當時這片狂暴的陌生大水令圖奧感到惶恐，他轉身離開，向南走去，因此沒去專吉斯特狹灣的漫長海岸」（見第一三三頁）。
The Dry River 乾河	一條曾經從環抱山脈下流出，匯入西瑞安河的河餘下的河床；後成為剛多林的入口。
Duilin 杜伊林	剛多林飛燕家族的領主。
Dungortheb 頓堝塞布	「恐怖死亡之谷」南頓堝塞布的簡稱，該谷位於「恐怖山脈」埃瑞德戈堝洛斯與保護著多瑞亞斯北面的美麗安環帶之間。
The Dweller in the Deep 深淵居者	烏歐牟。
Eagle-stream 鷹之澗	見 Thorn Sir。
Eärámë 埃雅拉米	「鷹之翼」。圖奧的船。〔譯者注：在《精靈寶鑽》中，該名拼作 Eärrámë，含義為「大海之翼」。〕
Eärendel 埃雅仁德爾	（後拼作「埃雅仁迪爾」Eärendil）「半精靈」：圖奧與圖爾鞏之女伊綴爾的兒子，埃爾隆德與埃爾洛斯的父親。見第二六〇頁的說明。
Easterlings 東來者	對那些在伊甸人之後來到貝烈瑞安德的人類的稱呼。淚雨之戰中他們正邪雙方都有參與，戰後魔苟斯將希斯路姆給了他們居住，他們在那裡欺壓哈多家族殘餘的子民。
Echoing Mountains of Lammoth* * 拉莫斯的回聲山脈	回聲山脈（埃瑞德羅明）形成了希斯路姆的「西面屏障」。拉莫斯是夾在那道山脈與大海之間的地區。
Echoriath 埃霍瑞亞斯	見 Encircling Mountains。

Ecthelion 埃克塞理安	剛多林湧泉家族的領主。
Edain 伊甸人	精靈之友三大家族的人類。
Egalmoth 埃加爾莫斯	剛多林天虹家族的領主。
Eglarest* 埃格拉瑞斯特	法拉斯的南方海港。
Eldalië 埃爾達利	「精靈族子民」，用法與「埃爾達」等同。
Eldar 埃爾達	在早期的文稿中，「埃爾達」這個名稱指的是離開奎維耶能，踏上偉大旅程的精靈。這些精靈分為三個部族——「光明精靈」「淵博精靈」「海洋精靈」，這三個名稱參見第二六四頁的說明中引用的《哈比人》中的精彩段落。後來，該名也可能指不同於諾多族的精靈，埃爾達語也與諾姆族語（諾多族的語言）區分開來。
Elemmakil 埃倫瑪奇爾	剛多林的精靈，外門的守衛隊長。
Elfinesse 精靈之地	全部精靈之地的統稱。
Elrond and Elros 埃爾隆德與埃爾洛斯	埃雅仁德爾與埃爾汶的兩個兒子。埃爾隆德選擇歸屬首生兒女，他是幽谷之主，「氣之戒」維雅的持有者。埃爾洛斯則被計入人類之列，成為努門諾爾的開國之王。
Elwing 埃爾汶	迪奧的女兒。她嫁給了埃雅仁德爾，是埃爾隆德與埃爾洛斯的母親。
Encircling Mountains, ~Hills 環抱山脈，環抱山嶺	環抱剛多林平原的山脈。精靈語名稱為「埃霍瑞亞斯」Echoriath。
Eöl 埃歐爾	森林中的「黑暗精靈」，誘捕了伊斯芬，是邁格林的父親。
Ered Wethrin 埃瑞德威斯林	（早期形式為 Eredwethion）黯影山脈（「希斯路姆的屏障」）。見第二五八頁關於「鐵山脈」的說明。

Evermind 永志花	終年盛開的白花。
The Exiles 流亡者	掀起反叛，離開阿門洲，返回中洲的諾多族精靈。
Falas* 法拉斯	貝烈瑞安德的西部海濱，位於奈芙拉斯特以南。
Falasquil 法拉斯奎爾	海濱的一處小海灣，圖奧曾在這裡居住過一段時間。該地顯然是一處位於向東通往希斯路姆和多爾羅明，(名為專吉斯特的) 狹長峽灣中的小海灣，可以在一張家父繪製的地圖上見到，但沒有標出名稱。據說，用來造就埃雅仁德爾的船汶基洛特（「水沫之花」）的木料，就是來自法拉斯奎爾。
Falathrim 法拉斯民	法拉斯的泰勒瑞族精靈。
Fëanor 費艾諾	芬威的長子，精靈寶鑽的琢造者。
Finarfin 菲納芬	芬威的第三個兒子，芬羅德·費拉貢德與加拉德瑞爾的父親。他在諾多族出奔之後留在了阿門洲。
Finduilas 芬杜伊拉絲	芬羅德·費拉貢德之後的納國斯隆德之王歐洛德瑞斯的女兒。她被稱為「法埃麗芙林」，意為「伊芙林群潭上的閃亮陽光」。
Fingolfin 芬國昐	芬威的第二個兒子，芬鞏與圖爾鞏的父親，貝烈瑞安德的諾多族至高王。在安格班諸門前與魔苟斯一對一決鬥，被魔苟斯殺害（《貝倫與露西恩》一書中的《蕾希安之歌》第二二四—二三〇頁講述了這一事件）。
Fingolma 芬國瑪	早期文稿中芬威的名字。
Fingon 芬鞏	芬國昐的長子，圖爾鞏的兄長，芬國昐隕落後諾多族的至高王。在淚雨之戰中犧牲。
Finn 芬恩	「芬威」的諾姆族語形式。

Finrod Felagund 芬羅德・費拉貢德	菲納芬的長子。納國斯隆德的創建者，也是那裡的王，由此得名「鑿洞者」費拉貢德。見 Inglor。
Finwë 芬威	第二支離開奎維耶能湖，踏上偉大旅程的精靈部族（諾多族）的領導者，費艾諾、芬國盼與菲納芬的父親。
Fionwë 菲昂威	曼威的兒子，大決戰中維拉大軍的統帥。
The Fountain 湧泉家族	剛多林一個家族的名稱。見 Ecthelion。
Galdor 加爾多	胡林與胡奧的父親。見 Tuor。
Galdor 加爾多	剛多林綠樹家族的領主。
Gar Ainion 加爾愛尼安	剛多林的「諸神（愛努）之地」。
Gate of the Noldor 諾多之門	見 Annon-in-Gelydh。
Gates of Summer 夏日之門	見 Tarnin Austa。
Gelmir and Arminas 蓋米爾與阿米那斯	諾多族精靈，在諾多之門遇到圖奧，但不曾告訴圖奧他們要去納國斯隆德，警告歐洛德瑞斯（繼費拉貢德之後的王）危險將至。
Girdle of Melian 美麗安環帶	見 Melian。
Glamhoth 格拉姆惑斯	奧克。譯作「野蠻的一群」或「可憎的大群」。
Glaurung 格勞龍	魔苟斯麾下惡龍當中最有名的一隻。
Glingol and Bansil 格林戈爾與班熙爾	剛多林王宮門前的金銀雙樹。在最初的設定裡，它們是維林諾雙聖樹的古老樹苗，來自米爾寇與編織黑暗者令雙聖樹枯死之前。但在後期的故事裡，它們是圖爾鞏在剛多林仿照雙樹創造的。〔譯者注：「格林戈爾」在《精靈寶鑽》中的形式為「格林加爾」Glingal。〕
Glithui* 格濿蘇伊河	從埃瑞德威斯林山脈流下的河流，泰格林河的一條支流。

Gloomweaver 編織黑暗者	見 Ungoliant。
Glorfalc 格羅法爾克	「金色裂隙」。圖奧給那條發源於米斯林湖的河流經的裂谷取的名字。
Glorfindel 格羅芬德爾	剛多林金花家族的領主。
Gnomes 諾姆族	這是被稱為「諾多族」（Noldoli，後拼作 Noldor）的精靈部族早期的名稱翻譯。關於「諾姆族」這個用法的解釋，見《貝倫與露西恩》第二七頁。他們的語言是諾姆族語。
The Golden Flower 金花家族	剛多林一個家族的名稱。
Gondolin* 剛多林	關於這個名稱，見 Gondothlim。關於其他名稱，見第四五頁。
Gondothlim 剛多林民	剛多林的居民。譯作「岩石中的居住者」。其他相關的形式有：剛多巴爾（Gondobar），意為「石城」；剛多斯林巴爾（Gondothlimbar），意為「岩石居民之城」。這兩個名字都在剛多林大門前的衛士對圖奧說起的七名之列（見第四四頁）。Gond 意為「岩石」，例見 Gondor。「剛多林」在《失落的傳說》寫作期間被譯作「岩石之歌」，據說意思是「雕琢極美的岩石」，後期則譯作「隱匿之岩」。
Gondothlimbar 剛多斯林巴爾	見 Gondothlim。
Gorgoroth 戈堝洛斯	「恐怖山脈」埃瑞德戈堝洛斯的簡稱。見 Dungortheb。
Gothmog 勾斯魔格	炎魔之首，米爾寇大軍的統帥，米爾寇的兒子，被埃克塞理安所殺。

The Great Battle 大決戰	最終推翻魔苟斯，令第一紀元終結的改變世界的大戰，據說也是遠古時代的終結，因為「在第四紀元，先前的紀元常被稱為『遠古時代』，但該名稱其實只適用於逐出魔苟斯之前的年代」（見《魔戒》附錄二「編年史略」）。埃爾隆德也正是因此在幽谷的大會上說：「我的記憶甚至可追溯到遠古時代。我父親乃是埃雅仁迪爾，他出生在剛多林城陷落之前。」
Great Sea* 大海	西方的大海，其名為「貝烈蓋爾」，範圍從中洲的西邊海岸直到阿門洲的海岸。
Great Worm of Angband 安格班的大蟲	見 Glaurung。
Grey Annals 灰精靈編年史	見第一八七頁。
Grey-elves 灰精靈	辛達族精靈。該名指留在貝烈瑞安德，沒有繼續前往西方的埃爾達。
The Grinding Ice 堅冰海峽	位於阿爾達的極北方，「西方世界」與中洲海岸之間的海峽。有一篇文稿是如此描述「堅冰海峽」的：外環海〔見「Outer Seas」〕的冰冷海水與貝烈蓋爾海的波濤在這片狹窄區域匯聚，騰起了大量酷寒的濃霧，洋流中充滿互相碰撞的冰山和傾軋不止的水下堅冰。這道海峽被稱為赫爾卡拉克西。
Guarded Plain 被守護的平原	圖姆拉登，剛多林的平原。
Gwindor 格溫多	納國斯隆德的精靈，芬杜伊拉絲的愛人。
Hador 哈多	見 Tuor。哈多家族被稱作「伊甸人的第三家族」。哈多之子加爾多是胡林與胡奧的父親。
The Hammer of Wrath 怒錘家族	剛多林一個家族的名稱。
The Harp 豎琴家族	剛多林一個家族的名稱。

Haudh-en-Ndengin 豪茲—恩—恩登禁	「陣亡者之丘」。一座堆積著所有在淚雨之戰中戰死的精靈與人類的屍體的大丘，位於安法烏格礫斯荒漠當中。
Heavenly Arch 天虹家族	剛多林一個家族的名稱。
Hells of Iron 鐵地獄	安格班。見第二五八頁關於「鐵山脈」的說明。
Hendor 亨多爾	伊綴爾的僕從，抱著埃雅仁德爾逃離剛多林。
The Hidden King 隱匿之王	圖爾鞏。
The Hidden Kingdom 隱匿王國	剛多林。
The Hidden People 隱匿之民	見 Gondothlim。
Hill of Watch 瞭望山	見 Amon Gwareth。
Hisilómë 希斯羅迷	「希斯路姆」這個名稱的諾姆族語形式。
Hísimë 十一月	一年中的第十一個月，對應十一月。
Hither Lands 塵世之地	中洲。
Hithlum* 希斯路姆	譯作「迷霧之地」「微光迷霧」。從「黯影山脈」埃瑞德威斯林的崇山峻嶺向北延伸的廣大地區。多爾羅明與米斯林位於該地南部。見 Hisilómë。
Huor 胡奧	胡林的弟弟，莉安的丈夫，圖奧的父親。犧牲在淚雨之戰中。見 Tuor 與第二五六頁的說明。
Húrin 胡林	圖林·圖倫拔的父親，圖奧之父胡奧的兄長。見 Tuor 與第二五六頁的說明。

Idril 伊綴爾	被稱為「銀足」凱勒布琳達爾，圖爾鞏的女兒。她的母親埃蘭葳在越過「堅冰海峽」赫爾卡拉克西途中遇難。有一處晚期的注釋講述：「她與女兒伊綴爾因危險的冰面碎裂而落入殘酷的冰海，圖爾鞏企圖救她們，自己也險些死在刺骨的冰水中。他救出了伊綴爾，但埃蘭葳被埋在了傾落的冰下。」伊綴爾是圖奧的妻子，埃雅仁德爾的母親。
Ilfiniol 伊爾菲尼歐爾	「童心」的精靈語名字。
Ilkorindi, Ilkorins 伊爾科林迪，伊爾科林	從未在維林諾的科爾居住過的精靈。
Ilúvatar 伊露維塔	創世神。Ilu 意為「整體，宇宙」，atar 意為「父親」。
Inglor 英格羅	芬羅德・費拉貢德在早期文稿中的名字。
Ingwë 英格威	離開奎維耶能，踏上偉大旅程的光明精靈的領導者。《諾多族的歷史》中講述：「他進入維林諾，侍奉大能者，所有的精靈都尊崇他的名號，但他從未返回域外之地。」
Iron Mountains 鐵山脈	位於遙遠北方的「魔苟斯山脈」。不過，出現在第三八頁的傳說最初的文稿中的這個名字，來自更早的時期，那時「鐵山脈」指的是後來被稱為「黯影山脈」（埃瑞德威斯林）的山脈。見第二五八頁關於「鐵山脈」的說明。我已經修正了第三八頁的文稿。
Isfin 伊斯芬	精靈王圖爾鞏的妹妹，邁格林的母親，埃歐爾的妻子。
Ivrin 伊芙林	埃瑞德威斯林山脈腳下，納洛格河發源處的瀑布群潭。
Kôr 科爾	位於維林諾，俯瞰仙境海灣，其上建有精靈之城圖恩（後來改為「提力安」）的山丘，同時也是城市本身的名稱。見 Ilkorindi。
Land of Shadows 黯影之地	見 Dor-lómin。

Land of Willows* 垂柳之地	位於納國斯隆德南邊，納洛格河匯入西瑞安河之處的美麗地區。其精靈語名為「柳樹谷」南塔斯仁與塔薩瑞南。在《雙塔殊途》（雙城奇謀）（第三卷第四章）中，樹鬚抱著梅里和皮聘在范貢森林中穿行時，曾對他們吟誦歌謠，開篇是這樣說的： 塔薩瑞南的柳蔭地，我在春日散步。 啊，南塔薩瑞安的春日景色與氣息！
Laurelin 勞瑞林	維林諾的金聖樹的名字。
Legolas Greenleaf「綠葉」萊戈拉斯	剛多林綠樹家族的一位精靈，天生具有出色的夜視能力。
Light-elves 光明精靈	第一支離開奎維耶能，踏上偉大旅程的精靈部族的別名。見 Quendi 與第二六四頁的說明。
Linaewen 利耐溫	位於奈芙拉斯特，「窪地中央」的大澤。
Lisgardh 利斯加茲	「西瑞安河口的蘆葦地」。見 Arlisgion。
Littleheart 童心	托爾埃瑞西亞島上的精靈，講述了初版的《剛多林的陷落》傳說。《失落的傳說》是這樣描寫他的： 「他有一張飽經風霜的面孔，一雙寫滿歡欣的藍眼睛，十分瘦削矮小，很難說他是五十歲還是一萬歲。」並且提到他之所以得名，是因為「年輕好奇的心靈」。他在《失落的傳說》中有很多個精靈語名字，不過本書中出現的只有「伊爾菲尼歐爾」這一個。
Lonely Isle 孤島	即托爾埃瑞西亞，西方大海中的一座大島，能遙遙看見阿門洲的海岸。關於它的早期歷史，見第二二頁。
Lord of Waters 眾水之王	見 Ulmo。
Lords of the West 西方主宰	眾維拉。
Lorgan 羅甘	希斯路姆的東來者首領，奴役過圖奧。

Lórien 羅瑞恩	維拉曼督斯與羅瑞恩號稱兄弟，合稱「範圖瑞」（Fanturi）。曼督斯是「奈範圖爾」（Nefantur），羅瑞恩則是「歐洛範圖爾」（Olofantur）。正如「曼督斯」，羅瑞恩是居所的名字，但也被用作他本人的名字。他是「想像與夢境的主宰」。
Lothlim 洛絲民	「鮮花之民」。剛多林的逃亡者們在西瑞安河口居住時為自己取的名字。
Lug 路格	一個被圖奧誅殺的奧克。
Maglor 瑪格洛爾	費艾諾之子，別號「非凡的歌手」。一位偉大的歌手與吟游詩人。
Maidros 邁德洛斯	費艾諾的長子，別號「高大的」。
Malduin* 瑁都因河	泰格林河的一條支流。
Malkarauki 瑪爾卡勞奇	炎魔的精靈語名。
Mandos 曼督斯	強大的維拉納牟的居所，他本人也一直以此為名。我在此給出〈維拉本紀〉這一簡短篇章中對曼督斯的描寫：〔曼督斯〕是「亡者的殿堂」的掌管者，也是被殺亡靈的召喚者。他從不遺忘，並且通曉萬事萬物的未來，只有伊露維塔自行裁決之事例外。他是維拉當中的命運仲裁者，但他只應曼威之命，宣告他所瞭解的命運和他的判決。紡織女神薇瑞是他的妻子，她將曾經存於時間之內的萬事萬物都織成故事的網。隨著漫長的歲月流逝，曼督斯的殿堂不斷擴增，薇瑞的織錦也掛滿其中。見 Lórien。
Manwë 曼威	維拉之首，瓦爾妲的配偶，阿爾達王國的主宰。見 Súlimo。
Meglin(and later Maeglin) 米格林（後改為邁格林）	埃歐爾與精靈王圖爾鞏的妹妹伊斯芬的兒子。他將剛多林出賣給了魔苟斯，這是中洲歷史上最臭名昭著的背叛。被圖奧誅殺。
Meleth 美烈絲	埃雅仁德爾的使女。

Melian 美麗安	在維林諾時是維拉羅瑞恩麾下的邁雅，後前往中洲，成為多瑞亞斯的王后。（如第一八七頁提到的《灰精靈編年史》所述，）「她施展力量，在那一整片區域周圍築起了一道虛像和幻覺構成的無形之牆——美麗安環帶，從此無人能夠違背她或辛葛王的意願通過。」見 Thingol 與 Doriath。
Melko(later form Melkor) 米爾寇（後改為米爾寇）	「擁力而生的強者」。那位強大的邪惡愛努在成為「魔苟斯」之前的名字。「米爾寇起初便是進入宇宙的愛努當中最強大的一位……〔他〕不再位列維拉當中，他的名字在大地上不被提起。」（引自題為〈維拉本紀〉的文稿。）
Menegroth* 明霓國斯	見 Thousand Caves。
Meres of Twilight 微光沼澤	艾林微奧，阿洛斯河匯入西瑞安河之處的一片廣大的沼澤水塘地區，籠罩在迷霧中。
Mighty of the West 西方大能者	眾維拉。
Minas of King Finrod 芬羅德王之塔	芬羅德．費拉貢德修建的高塔（米那斯提力斯）。這是他建在托爾西瑞安島上的大瞭望塔，該島位於西瑞安隘口中，被索隆攻陷後變成「妖狼之島」托爾─因─皋惑斯。
Mithrim* 米斯林湖	位於希斯路姆南部的大湖，亦指其周邊地區，以及西邊的山脈。
Moeleg 莫埃烈格	「米爾寇」的諾姆族語形式。諾姆族不願以此名稱呼他，而是稱他「可怖的黑暗大能者」魔苟斯．包格力爾。
The Mole 黑鼴家族	米格林和他的家族使用的紋章是一隻黑鼴。
Morgoth 魔苟斯	這個名稱（「黑暗大敵」及其他翻譯）只在《失落的傳說》中出現過一次。它最初是費艾諾在精靈寶鑽被奪走之後取的。見 Melko 和 Bauglir。
Mountains of Darkness 黑暗山脈	鐵山脈。

Mountains of Shadow* 黯影山脈	見 Ered Wethrin。
Mountains of Turgon 圖爾鞏山脈	見 Echoriath。
Mountains of Valinor 維林諾山脈	維拉來到阿門洲後堆起的高大山脈，又稱「佩羅瑞」。自北向南呈巨大的弧形伸展，距阿門洲的東側海岸不遠。
Nan-tathrin* 南塔斯林	垂柳之地的精靈語名稱。〔譯者注：《精靈寶鑽》中的形式為「南塔斯仁」Nan-tathren。〕
Nargothrond* 納國斯隆德	納洛格河旁的地下大堡壘，由芬羅德．費拉貢德所建，被惡龍格勞龍所毀。
Narog* 納洛格河	發源於埃瑞德威斯林山脈腳下的伊芙林湖的河流，在垂柳之地注入西瑞安河。
Narquelië 十月	一年中的第十個月，對應十月。
Nessa 奈莎	一位維麗，瓦娜的姊妹，托卡斯的配偶。
Nevrast* 奈芙拉斯特	位於多爾羅明西南方的地區。圖爾鞏在遷到剛多林之前的居住地。
(Vale of) Ninniach 甯霓阿赫（河谷）	淚雨之戰的戰場，但只在本書中冠以此名。
Nirnaeth Arnoediad 尼爾耐斯．阿諾迪亞德	淚雨之戰。常簡稱為 Nirnaeth。見第二五九頁的說明。
Noldoli, Noldor 諾多族	離開奎維耶能，踏上偉大旅程的第二支精靈部族的名稱，早期為 Noldoli，後期為 Noldor。見 Gnomes、Deep-elves。
Nost-na-Lothion 諾斯特—那—洛希安	「百花誕辰」。剛多林的一個春季節日。
Orcobal 奧寇巴爾	一個強大的奧克武士，被埃克塞理安誅殺。

Orcs 奧克	家父在一條關於這個詞的注釋中說：「一支被魔苟斯設計並創造出來，以向精靈和人類發動戰爭的種族。有時譯為『半獸人』，但他們的身材與人類相近。」見 Glamhoth。
Orfalch Echor 歐爾法赫·埃霍爾	穿過環抱山脈的大裂谷，通往剛多林。
Oromë 歐洛米	一位維拉，雅凡娜之子，以最偉大的獵手聞名。遠古時代，維拉當中只有他和雅凡娜偶爾會前往中洲。他騎著白馬吶哈爾，引導精靈離開奎維耶能，踏上偉大旅程。
Ossë 歐西	他是一位烏歐牟屬下的邁雅，〈維拉本紀〉中是這樣介紹他的：他主宰沖刷著中洲沿岸的諸海。他不去深淵洋底，而是熱愛海濱和島嶼，為曼威的風而歡欣鼓舞。他因心喜風暴，總在洶湧的波濤中開懷大笑。
Othrod 奧斯羅德	一個奧克首領，被圖奧誅殺。
Outer Lands 域外之地	大海以東的大地（中洲）。
Outer Seas 外環海	我在此引用一篇題為〈阿姆巴坎塔〉（「世界的面貌」，Ambarkanta）的文稿，這篇文稿寫於二十世紀三〇年代，很可能在《諾多族的歷史》之後。「『世界之牆』伊路拉姆巴爾（在第二〇頁的『導言』中被稱為『終極之牆』）位於整個世界上方……這道牆不可見，若想通過，只有穿過『黑夜之門』一途。在這道牆內是球形的大地，四周為『外裹海』外雅（即外環海）所環抱，不過它在大地下方更像海洋，在大地上方則更像天空。烏歐牟居住在大地下方的外雅之中。」在《失落的傳說》之〈維拉的降臨〉中，口述傳說的儒米爾說：「過了維林諾是什麼，我從未目睹也從未耳聞，確知的只有一點：那裡有外環海的沉暗洋面，沒有潮汐，海水極冷、極稀薄，沒有船隻能在那片海面上漂浮，沒有魚兒能在那處深海中游泳，除了烏歐牟的魔法魚兒和魔法車廂。」

Outer World,Outer Earth 域外世界，域外大地	大海以東的大地（中洲）。
Palisor 帕利索爾	位於中洲東部的遙遠地區，精靈甦醒之地。
Palúrien 帕露瑞恩	雅凡娜的名號之一，經常與「雅凡娜」並列使用，作「雅凡娜·帕露瑞恩」。「帕露瑞恩」後被「凱門塔瑞」取代，二者的含義都是「大地女神」「遼闊大地的女神」。
Peleg son of Indor son of Fengel 奮格爾之子印多之子佩烈格	在最初的家譜中，佩烈格是圖奧的父親。（見佩烈格 Tunglin。）
Pelóri 佩羅瑞	見 Mountains of Valinor。
Penlod 朋洛德	剛多林巨柱與雪塔家族的領主。
The Pillar 巨柱家族	剛多林一個家族的名字。見 Penlod。
Prophecy of Mandos 曼督斯的預言	見第二六三頁的說明。
Quendi 昆迪	早期指全體精靈，意為「能言者」。後來指離開奎維耶能，踏上偉大旅程的三支精靈部族中的第一支。見 Light-elves。
Rían 莉安	胡奧的妻子，圖奧的母親。胡奧犧牲後，她死在安法烏格礫斯荒漠。
Rog 洛格	剛多林怒錘家族的領主。
Salgant 薩爾甘特	剛多林豎琴家族的領主。被形容為「懦夫」。
Sea-elves 海洋精靈	離開奎維耶能，踏上偉大旅程的第三支精靈部族。見 Teleri 及第二六四頁的說明。
Silpion 熙爾皮安	白樹，即銀聖樹。見 Trees of Valinor 與 Telperion。
Sindar 辛達族	見 Grey-elves。

Sirion* 西瑞安河	發源於艾塞爾西瑞安（「西瑞安泉」）的大河，將貝烈瑞安德劃分為東西兩個部分，在巴拉爾灣流入大海。
Sorontur 梭隆圖爾	「眾鷹之王」。見 Thorondor。
The Stricken Anvil 鐵砧	剛多林怒錘家族的紋章。
Súlimo 蘇利牟	該名指的是掌管風的神靈曼威，經常附在他的名字之後，即「曼威·蘇利牟」。他被稱為「風之王」，但針對「蘇利牟」的翻譯似乎只有一處——「阿爾達氣息的主宰」。與此相關的詞包括 súya（「氣息」）與 súle（「呼吸」）。
The Swallow 飛燕家族	剛多林一個家族的名字。
Swanhaven 天鵝港	泰勒瑞族（海洋精靈）的主要城市，坐落在科爾以北的海濱。精靈語名稱為「澳闊瀧迪」Alqualondë。
Taniquetil 塔尼魁提爾山	佩羅瑞山脈（維林諾山脈）的最高峰，也是阿爾達最高的一座山，山頂上是曼威與瓦爾妲的宮殿（伊爾瑪林）。
Taras 塔拉斯山	位於奈芙拉斯特一處海角的高山，山下建有溫雅瑪城。
Tarnin Austa 塔爾寧·奧斯塔	「夏日之門」。剛多林的一個節日。
Taur-na-Fuin* 陶爾—那—浮陰	「暗夜籠罩的森林」，從前名叫「松樹之地」多松尼安，曾是位於貝烈瑞安德北部邊境，為大片森林所覆蓋的高地。
Teiglin* 泰格林河	西瑞安河的支流，發源自埃瑞德威斯林山脈。
Teleri 泰勒瑞	第三支踏上偉大旅程的精靈部族。
Telperion 泰爾佩瑞安	維林諾的白樹的名稱。

Thingol 辛葛	第三支離開奎維耶能湖，踏上偉大旅程的精靈部族（泰勒瑞族）的領導者之一，在早期文稿中名為「廷威林特」。他從未前往科爾，而是在貝烈瑞安德成了多瑞亞斯之王。
Thorn Sir 梭恩西爾	克瑞斯梭恩下的溪流。
Thornhoth 梭恩惑斯	「大鷹之民」。
Thorondor 梭隆多	「眾鷹之王」，埃爾達語中「梭隆圖爾」的諾姆族語名稱。在早期文稿中的形式是「梭恩多」Thorndor。
Thousand Caves 千石窟宮殿	明霓國斯，辛葛與美麗安的隱匿宮殿。
Timbrenting 蒂姆布倫廷	「塔尼魁提爾」的古英語名稱。
The Tower of Snow 雪塔家族	剛多林一個家族的名字。見 Penlod。
The Tree 綠樹家族	剛多林一個家族的名字。見 Galdor。
Trees of Valinor 維林諾雙聖樹	白樹熙爾皮安與金樹勞瑞林。見第二〇頁對它們的描述，及 Glingol and Bansil。
Tulkas 托卡斯	〈維拉本紀〉對這位「力氣最大，立下的勇武功績最多」的維拉是如此記載的：他是最後來到阿爾達的，為的是在對抗米爾寇的第一場戰爭中助眾維拉一臂之力。他心喜摔跤和角力。他不用坐騎，因為他奔跑得比所有徒步的生靈都快，並且永不疲乏。他鬚髮金黃，肌膚紅潤，赤手空拳作戰。他既不留心過去也不關注未來，若論出謀畫策是愛莫能助，但卻是不畏勞苦的朋友。
Tumladen 圖姆拉登	「平坦的山谷」。剛多林的「被守護的平原」。
Tûn 圖恩	維林諾的精靈之城。見 Kôr。

Tunglin 圖恩格林	「豎琴之民」。在一份很快就被放棄的《剛多林的陷落》早期文稿中，這個名稱指的是淚雨之戰後生活在希斯路姆的居民，圖奧則是其中之一（見 Peleg）。
Tuor 圖奧	圖奧是著名的哈多．羅林多（金髮哈多）的後裔（曾孫）。〈蕾希安之歌〉是這樣描述貝倫的： 無畏的貝倫名揚四方： 每當論及世間最堅毅之人 人們就會把他的名號提起， 預言他身後的聲譽 甚至會超過金髮哈多…… 芬國昐將多爾羅明的統治權交給了哈多，哈多的後代就是哈多家族。圖奧的父親胡奧在淚雨之戰中犧牲，母親莉安則悲痛而死。胡奧是胡林的弟弟，他們的父親是哈多之子——多爾羅明的加爾多。胡林是圖林．圖倫拔的父親，因此圖奧是圖林的堂弟，但他們二人只相遇過一次，當時也不知道彼此的身分——此事記載在《剛多林的陷落》中。
Turgon 圖爾鞏	芬國昐的次子，剛多林的奠基者與王，伊綴爾的父親。
Turlin 圖爾林	在「圖奧」出現之前短暫使用過的名字。
Uinen 烏妮	「諸海之後」。一位邁雅，歐西的配偶。題為〈維拉本紀〉的文稿是如此描述她的： 〔她的〕長髮伸展遍及普天之下所有的海域。她喜愛一切活在海洋中的生物，也喜愛一切生長其中的海草。水手呼喚她的名號，因為她能平息風浪，約束狂野的歐西。
Uldor the accursed 該受詛咒的烏多	有一批遷入中洲西部的人類在淚雨之戰中背信棄義，與魔苟斯結盟。烏多就是這批人類當中的一個頭領。

Ulmo 烏歐牟	題為〈維拉本紀〉的文稿對每一位維拉都有描述，以下這段文字刻畫的是這位「力量僅次於曼威」的偉大維拉： 整個阿爾達都在他關懷之中，他也不需要任何棲身之所。此外，他不喜歡在大地上行走，也很少像同儕一樣穿上肉身的形體。（人類或精靈）倘若見他，心中會充滿巨大的恐懼，因為這位大海之王破水而出，其勢驚人，彷彿高漲的海浪大步跨上陸地，頭戴泡沫妝點的暗色盔冠，身披光亮變幻的鱗甲，色彩由銀直至深淺不一的綠。曼威的號聲嘹亮，但烏歐牟的聲音深沉，如同唯獨他才見過的海底深淵。儘管如此，烏歐牟卻深愛精靈與人類，從來不曾離棄他們，即便在眾維拉對他們大發烈怒之時，他也沒有置他們於不顧。他不時隱身前往中洲海濱，或沿著河流的入海口一路上溯深入內陸，在那裡用白貝殼製成的大號角烏路慕瑞吹奏樂曲。那些聽聞樂曲者，從此心中永遠縈繞著那旋律，再不能擺脫對海洋的渴望。不過，通常烏歐牟用各種聲音向中洲居民說話時，聽起來只如流水的音樂。他統禦一切海洋、湖泊、河流、噴泉和泉源，因此，精靈說，烏歐牟之靈奔流於大地所有的脈絡中。靠著這樣的管道，烏歐牟即便身在深淵，也能探知阿爾達中的一切需求與悲傷。
Ulmonan 烏歐牟南	外環海中烏歐牟的殿堂。
Ungoliant 烏苟立安特	號為「編織黑暗者」的大蜘蛛，盤踞在阿瓦林。《諾多族的歷史》是如此描述烏苟立安特的： 在那裡〔阿瓦林〕，盤踞著取了蜘蛛形體的「編織黑暗者」烏苟立安特，隱祕又不為人知。無人知曉她來自何方，也許是來自世界之牆〔見 Outer Seas〕外的域外黑暗。
Valar 維拉	統治阿爾達的大能者，有時被稱為「大能者」。《神話概述》中的說法是，最初共有九位維拉，但米爾寇（魔苟斯）不再位列其中。

Valinor 維林諾	位於阿門洲的維拉之境。見 Mountains of Valinor。
Valmar 維爾瑪	位於維林諾的維拉之城。
Vána 瓦娜	一位維麗，歐洛米的配偶。號為「青春永駐」。
Varda 瓦爾妲	曼威的配偶，與他一同居住在塔尼魁提爾山上。最偉大的維麗，群星的創造者。她在諾姆族語中的名字是 Bredhil 或 Bridhil。
Vinyamar* 溫雅瑪	圖爾鞏遷往剛多林之前在奈芙拉斯特的宮殿，位於塔拉斯山下。
Voronwë 沃隆威	剛多林的精靈，淚雨之戰後被圖爾鞏派去尋找西方的七艘船上唯一生還的水手，引導圖奧去往隱匿之城。該名意為「堅定者」。
The Way of Escape 逃生之路	環抱山脈下的隧道，通往剛多林平原。精靈語名稱為「巴德．烏斯溫」。
The Western Sea(s) 西方大海	見 Great Sea。
The Wing 白翼	圖奧及其屬從的紋章。
Wingelot 汶基洛特	「水沫之花」。埃雅仁德爾的船。
Yavanna 雅凡娜	雅凡娜是次於瓦爾妲的偉大維麗。她是「賜與百果者」（這就是她名字的含義），「熱愛大地上生長的萬物」。雅凡娜造就了給予維林諾光明的雙聖樹，它們生長在維爾瑪城門附近。見 Palúrien。
Ylmir 伊爾米爾	「烏歐牟」的諾姆族語形式。

附加說明

愛努

愛努這個名稱譯作「神聖者」，來源於家父的創世神話。根據一九六四年的一封信（我在第一七頁引用了這封信的一段），他是在一九一八年至一九二〇年間，他「受雇編纂當時尚未完成的大詞典」時記下最初的構想的。信中繼續寫道：「在牛津，我寫了一個宇宙演化的神話——〈愛努的大樂章〉，定義了至尊者（就是超凡的造物主）與『大能者』維拉（天使般的造物，是最先被創造出來的）之間的關係，以及他們在調整和實現原始設計時起到的作用。」

從《剛多林的陷落》的傳說跳到創世神話，讀者可能認為這嚴重偏離了主題，但我希望我之所以這樣做的原因很快就能揭曉。

「宇宙演化的神話」的核心構思，在〈愛努的大樂章〉這個標題中就得到了清楚的表述。直到二十世紀三〇年代，家父才創作了一個新的版本——〈愛努林達列〉（即「愛努的大樂章」），其內容與最初的文稿非常接近。我正是從這個版本中引用了以下的簡短敘述。

一如是造物主、至尊者，常被稱為「伊露維塔」，意為宇宙中的「萬物之父」。這篇作品講述，一如最先創造了愛努，「他們是祂意念的產物，在時間開始之前就與祂同在。祂對他們說話，提點樂曲的主題。於是他們在祂面前開聲歌唱，一一獨唱，餘則傾聽。這便是愛努的大樂章的開端，因伊露維塔召聚所有的愛努，向他們宣布了一個浩大非凡的主題，他們須和聲共創一宏大樂章。」

當伊露維塔令這一宏大樂章收尾時，祂使眾愛努得知，祂乃是萬物之主，已轉化了他們所唱、所奏的一切——祂令其存在，擁有形狀和實體，就像眾愛努自身一樣。然後祂領他們出去，進入黑暗。但當他們來到空虛之境的中心時，他們看到，在曾經空無一物之處，出現了美不勝收的景象。伊露維塔說：「看吧，你們的樂章！它因我的意願而成形，此刻這個世界的歷史便開始了。」

我引用一段在本書中意義重大的文字來結束這段敘述。在伊露維塔與烏歐牟就眾水之主宰的領域交談之後：

> 就在伊露維塔對烏歐牟說話的同時，眾愛努看到世界逐漸演變，開始了伊露維塔作為樂曲的主題提點給他們的那段歷史。因眾愛努牢記伊露維塔所言，並瞭解各自所創作、演奏之樂曲，他們對未來所知甚詳，未曾預見之事寥寥無幾。

如果我們把這段話與烏歐牟關於埃雅仁德爾的預見（見第一九六頁，我將其形容為「不可思議」）結合來看，烏歐牟似乎是根據極其久遠的記憶，很有把握地知曉不久的將來會發生什麼。

關於愛努，還有另一個值得注意的方面。讓我再一次引用〈愛努林達列〉：

就在他們凝視的時候，許多傾心於那個世界之美，全神貫注於其中成形的歷史。他們當中起了騷動。如此一來，有些愛努仍與伊露維塔同住在世界之外……但其他愛努，包括許多最睿智與最美麗的，都渴望伊露維塔恩准，降臨到世界當中，居住在那裡，為自己取用了時間之內的形體與衣飾……

於是，那些想去的愛努降入世界當中。但伊露維塔定下一個條件，從那時起，他們的力量就受到世界的牽制與束縛，並將隨之衰亡。伊露維塔並未透露，此後祂對他們有何打算。

眾愛努就這樣進入了世界，我們稱他們為「維拉」，或「大能者」。他們居住在很多地方：高天之上，深海之中，凡世大地上，或在凡世大地邊緣的維林諾。他們當中最偉大的四位是米爾寇、曼威、烏歐牟和奧力。

接下來是〈愛努的大樂章〉中對烏歐牟的描述（見第二〇〇頁）。由此可見，Ainur 這個詞（單數形式是Ainu）有時可以用來代替Valar/Vala。例如第三五頁，「眾愛努事先讓他心中動念」。

最後我必須補充一點，在這篇《愛努的大樂章》概述中，我有意省略了創世傳說中的一個主要組成部分，那就是米爾寇／魔苟斯起到的巨大的破壞性作用。

胡林與剛多林

這個故事出現在家父稱為《灰精靈編年史》的晚期文稿中（見第一八七頁）。故事說，胡林和他的弟弟胡奧（圖奧的父親）「都去與奧克作戰，胡奧只有十三歲，卻不肯置身事外。但他們所在的隊伍落了單，被一路追趕到布礫希阿赫渡口，若非烏歐牟鎮守在西瑞安河裡的力量尚強，他們就會當場被俘或被殺。一股大霧從河中升起，將他們從敵人眼前隱藏起來，他們逃到丁巴爾，在克瑞賽格林的陡峭群峰腳下的丘陵中漫遊。梭隆多注意到他們，便派了兩隻大鷹前去相助。大鷹馱起他們，飛過山脈，將他們送去了隱祕山谷圖姆拉登中那座尚無人類見過的隱匿之城剛多林。」

精靈王圖爾鞏熱情接待了他們，因為烏歐牟曾建議他善待哈多家族的子孫，他們必在危急之時予他援助。胡林和胡奧在剛多林生活了一年。據說，胡林在這段日子裡瞭解到了一些圖爾鞏的計畫與目的。因為圖爾鞏非常喜歡他們，想把他們留在剛多林。但他們渴望回到自己的族人當中，分擔現今困擾他們的戰事和苦難。圖爾鞏尊重他們的意願，說：「只要梭隆多願意，你們就將獲准依照所來之路離開。我為這次分別悲傷，不過，以埃爾達的標準衡量，過不了多久，我們便會重逢。」

故事以邁格林充滿敵意的話結束，他強烈反對國王對他們的慷慨優待。他說：「律法不如先前那般嚴苛，否則你們將別無選擇，只能在這裡住到老死為止。」胡林回答他說，如果邁格林不信任他們，他們可以起誓。於是，他們發誓永遠不會洩露圖爾鞏的計畫，並且會緘口不提在他王國中所見的一切。

而在多年以後，當圖奧和沃隆威站在溫雅瑪的海邊時，圖奧將對沃隆威說：「但若論我是否有權去尋找圖爾鞏，我乃胡奧之子圖奧，胡林的血親，這二人的名字圖爾鞏決不會忘記。」（見第一四四頁。）

*

胡林在淚雨之戰中遭到生擒。魔苟斯提出給他自由，或任命他為魔苟斯最有勢力的統帥，「只要他肯透露圖爾鞏的要塞所在」。胡林以極大的勇氣和輕蔑拒絕了魔苟斯這個提議。於是，魔苟斯迫使他坐在桑格洛錐姆高處的石椅中，並對胡林說，他將通過魔苟斯的雙眼，遠遠看見他所愛之人遭受的厄運，什麼都不會瞞他。胡林忍受了二十八年的折磨。之後，魔苟斯釋放了他。他假裝這是因為他憐憫一個一敗塗地的敵人，但他在說謊，他還有更邪惡的計畫。而胡林儘管知道魔苟斯毫無憐憫之心，還是選擇了自由。在講述這個故事的《灰精靈編年史》擴充——〈胡林的流浪〉中記載，他終於來到了剛多林的環抱山脈——埃霍瑞亞斯，但不得其門而入，最後他絕望地站在「冷峻寂靜的群山前……最後，他爬上一塊高聳的岩石，張開雙臂，望著剛多林的方向高聲呼喊：『圖爾鞏！胡林在呼喚你。圖爾鞏啊，你在你的隱匿宮殿中充耳不聞了嗎？』但沒有回應，四下裡唯有掠過枯草的風聲。……但胡林所說的話被一些耳朵聽去，所做的手勢被一些眼目看得清清楚楚。這一切被迅速呈報到北方的黑暗王座前。魔苟斯笑了，現在他清楚知道圖爾鞏居住在哪片區域了。儘管因著大鷹的守護，他的奸細一時之間還無法前去窺探環抱山脈後方那片土地。」

在這裡，我們又一次看到家父改動了對魔苟斯如何發現隱匿王國的構思（見第一〇七—一〇八）。上文中的故事顯然與《諾多族的歷史》中的段落（見第二八—二九頁）相悖，後者這樣清楚地講述了邁格林被奧克俘虜後做出的背叛：「他向魔苟斯透露了剛多林的確切位置和如何找到並進攻它的辦法，以此換取性命與自由。魔苟斯著實大喜過望……」

我認為，從上文給出的段落來看，故事其實有了進一步的發展：胡林的呼喊透露了剛多林的位置，「令魔苟斯大喜」。這可以從家父在此處手稿中添加的內容看出來：

> 後來，當邁格林被俘，想用背叛來換取獲釋時，魔苟斯想必大笑著回答說：「陳腐的消息什麼也換不到。此事我已經知曉，我怎會被輕易蒙蔽！」因此，邁格林不得不出賣更多——如何削弱剛多林的抵抗。

鐵山脈

初看起來，早期文稿中的希斯羅迷（希斯路姆）與後來的希斯路姆是截然不同的兩個地方，因為它位於鐵山脈之外。然而，我得出的結論是，這只是一個改動名稱的問題。事實也的確如此。《失落的傳說》別處記載，在米爾寇從維林諾的監禁中逃脫後，他為自己建造了「位於北方的新居，那片地區矗立著極高的鐵山脈，令人望而生畏」，以及安格班位於鐵山脈最靠北的堡壘底下，那道山脈就是因山下地底的「鐵地獄」得名。

這個問題可以這樣解釋。「鐵山脈」這個名字最初指的是後來被稱為「黯影山脈」的埃瑞德威斯林山脈。（也有可能是，這兩道山脈被認為是一道連續的山脈，但南部的支脈和希斯路姆東南兩面的山障得到了不同的名稱，與安格班上方那片可怕的北方群峰〔其中以桑格洛錐姆最為高峻〕區分開來。）

不幸的是，我沒能更改《貝倫與露西恩》的名詞列表裡的「希斯羅迷」條目。那個條目解釋說，那片地區之所以得名，是因為「陽光很少從東方與南方擦過鐵山脈的山巔，照耀此地」。我在本書第三九頁的文稿中將「鐵山脈」改成了「黯影山脈」。

淚雨之戰

《諾多族的歷史》中講述：

> 如今講到，費艾諾之子邁德洛斯在聽說胡安與露西恩的功績，聽說夙巫的高塔〔托爾西瑞安島，也就是妖狼之島；後改為「索隆之塔」〕被毀之後，意識到魔苟斯並非無懈可擊，但如果他們不再次結下聯盟、共商大計，他就會把他們各個擊破。於是，邁德洛斯聯盟得以建立，且得到了明智的籌畫。

之後發生的大戰，是貝烈瑞安德歷史上最慘烈的一場大戰。文稿中大量引用了淚雨之戰，因為精靈和人類遭到慘敗，諾多族一敗塗地。芬國盼的兒子、圖爾鞏的兄長——諾多之王芬鞏犧牲，他的王國不復存在。但在大戰之初，有一個非常值得注意的事件，就是圖爾鞏解除剛多林的閉城令，加入了大戰。《灰精靈編年史》（關於這篇文稿，見第一八七頁，「傳說的演變」）中是這樣講述這一事件的：

令所有人驚喜的是，一陣洪亮的號聲傳來，一支大軍出乎意料地前來參戰了。圖爾鞏率領多達一萬的大軍離開剛多林出戰，他們身穿閃亮的盔甲，佩著長劍，駐紮在南邊，守衛西瑞安隘口。

《灰精靈編年史》中還有另一個非常值得注意的段落，是關於圖爾鞏和魔苟斯的。

但有一件事令魔苟斯深深煩惱，引起的不安令他的勝利失了光彩——他最渴望活捉的敵手便是圖爾鞏，但圖爾鞏從他的羅網中逃脫了。因圖爾鞏出身於偉大的芬國盼家族，如今依律法已成為所有諾多族的王，而魔苟斯最怕也最恨的就是芬國盼家族，既因為他們在維林諾時就蔑視他，且與烏歐牟為友，也因為他在決鬥中被芬國盼傷了多處。最重要的是，過去他偶然注意到圖爾鞏時，心頭蒙上了一層濃重的陰影，預示著不祥：在命運尚未揭曉的某時，圖爾鞏將導致他的敗亡。

埃雅仁德爾的起源

下面這段文字摘自家父寫於一九六七年的一封長信，內容是關於他如何構造自創歷史之內的名稱，又是如何用自創歷史之外的名稱的。

他開頭就說，「埃雅仁迪爾」（Eärendil，後期的拼法）這個名字顯然來自古英語詞éarendel，因為他覺得該詞在古英語中有一種特殊的美。「而且，」（他繼續說，）「它的形式有力地表明，它最初不是一個普通名詞，而是一個專有名詞。」從它在其他語言當中的相關形式來看，他認為它肯定屬於天文神話，是一顆或一組恆星的名字。

「在我看來，」他寫道，「這些古英語用法似乎在明確表示，它是一顆預示著黎明的星星（至少在英國傳統中是這樣），也就是我們所說的金星或晨星，因為人們可以看到它在太陽真正升起之前，在晨曦中燦爛地閃耀。至少我是這麼認為的。在一九一四年以前，我給埃雅仁德爾寫了一首『詩』，他的船就像一點明亮的火花，啟航離開太陽的港灣。我把他引入了我的神話——在神話中，他是一位水手，一個主要人物，最終成了一顆先驅之星，也是人類希望的象徵。Aiya Eärendil Elenion Ancalima（『最明亮的星埃雅仁迪爾，向你致敬！』）脫胎於Éala Éarendel engla beorhtast，源遠流長。」

它確實源遠流長。這個古英語句子取自詩歌〈基督〉（Crist），完整的詩句是Éala! Éarendel engla beorhtast ofer middangeard monnum sended。但是，儘管乍看起來很不尋常，但家父在這封信中引用的精靈語Aiya Eärendil Elenion Ancalima，指的是《魔戒》中「希洛布的巢穴」一章裡的一段話。當希洛布在黑暗中逼近山姆和佛羅多時，山姆喊道：「夫人的禮物！星光水晶瓶！她說那是給你在黑暗的地方用的光。那個星光水晶瓶！」佛羅多驚訝於自己竟會忘了它，「他慢慢地探手入懷，繼而慢慢地舉高加拉德瑞爾的水晶瓶。……黑暗在它面前退卻，直到它彷彿化作一個正中央放著光的輕靈剔透的水晶球，連高舉著它的手也閃爍著白亮的火光。

「佛羅多驚奇地凝視著這件不可思議的禮物，他隨身攜帶了它這麼久，從來沒想到它具有這麼大的價值和威力。在來到魔古爾山谷之前，他一路上都很少想起它，而此前他也不曾使用它，怕它的光會洩露自己的行跡。Aiya Eärendil Elenion Ancalima！他喊道，但並不清楚自己說的是什麼，因為彷彿有另一個聲音在借著他的口說話，字字清晰，完全不受坑裡汙穢空氣的影響。」

在一九六七年那封信中，家父接著寫道：「這個名字不能原樣照搬，它在傳說中為這個人物造出一席之地的同時，還必須順應精靈語的語境。我採用這個名稱的時候，『精靈語』經過少年時代的多次著手嘗試，已經開始具有明確的形態。追溯『精靈語』的最初歷史，通用精靈語詞幹『海』AYAR（主要指西方大海）和口語元素（N）DIL（意為『熱愛，奉獻給』）就是從這個詞而來。」埃雅仁迪爾變成了最早寫成（寫於一九一六—一九一七年間）的主要傳說中的一個人物。圖奧曾經和四海與眾水的主宰、最偉大的維拉之一烏歐牟見面，並被他派去了剛多林。這次見面在圖奧心中種下了一種永不滿足的、對大海的渴望，因此他給自己的兒子取了這個名字，他的這種渴望也傳給了他。

曼督斯的預言

「導言」中給出的《神話概要》選段講述（見第二七頁），諾多族反抗維拉，從維林諾啟航時，曼督斯派了一名使者，站在一處高高的山崖上向他們發出警告，要他們回頭。他們拒絕之後，他便說出了曼督斯的預言，預示了他們後來的命運。我在這裡給出一段對此的描述。這段文稿是《維林諾編年史》的第一個版本，其最後一個版本是《灰精靈編年史》（見「傳說的演變」，第一八七頁）。這個最早的版本與《諾多族的歷史》寫於同一時期。

他們〔離去的諾多族〕來到一處地方，那裡有一塊高高的岩石矗立在海岸上方。曼督斯本人或他的使者就站在高岩上，說出了曼督斯的詛咒。他因親族殘殺而詛咒了費艾諾家族，那些追隨他們，或加入他們的冒險行動的人，也受到了程度較輕的詛咒，除非他們返回，服從維拉的判決，得到寬恕。但如果他們不肯返回，那麼不幸與災難就將降臨到他們身上，他們將永遠為親族之間的背叛所苦，他們的誓言將背叛他們，他們將經受一定的必死命運，會被武器、折磨或悲傷輕易殺死，最終在那支年輕種族的面前衰微。他還對即將發生的事做了很多不祥的預言，警告他們維拉將關閉維林諾，不容他們歸返。

但費艾諾鐵了心腸，繼續前行，因此芬國昐的子民也因感到親族的羈絆，害怕眾神的判決而遲疑地跟著走了（芬國昐家族中，在親族殘殺一事上，並非所有的人都是無辜的）。

另見「最後的版本」中烏歐牟在溫雅瑪對圖奧所說的話，第一三九頁。

《哈比人》中的埃爾達三大宗族

在《哈比人》第八章「蒼蠅和蜘蛛」快收尾時出現了下面這段。

這些宴飲的人當然就是森林精靈……他們和西方的高等精靈不同，更具危險性，也沒那麼聰明。他們之中的大多數（加上他們散居於大小山脈間的親族），都是從沒有去過西方仙境的那些古老部族傳承下來的。那些光明精靈、淵博精靈和海洋精靈，都去過西方仙境，並在那兒住了很多年，變得更美麗、更智慧、更博學，並且發明出他們自己的魔法，研究出如何製造美麗和神奇東西的技術，然後他們之中的一部分才重新回到這個世界來。

最後這段話指的是反叛的諾多族，他們離開了維林諾，在中洲被稱為「流亡者」。

生僻古詞簡述

affray attack, assault

ambuscaded placed in *ambuscade*, ambushed

ardour burning heat (of breath)

argent silver or silvery-white

astonied earlier form of *astonished*

bested beset〔also spelt *bestead*〕

blow bloom

boss raised centre of a shield

broidure embroidery

burg a walled town

byrnie coat of mail

car chariot

carle peasant or servant

chrysoprase a golden-green precious stone

conch shellfish used as a musical instrument or instrument of call

cravenhood cowardice〔apparently unique here〕

damascened etched or inlaid with gold or silver

descry catch sight of

diapered diamond-patterned

dight arrayed

drake dragon. Old English *draca*.

drolleries something amusing or funny

emprise enterprise

fain gladly, willingly

fell (1) cruel, terrible (2) mountain

glistering sparkling

greave armour for the shin

hauberk defensive armour, long tunic of chain-mail

illfavoured having an unpleasant appearance, ugly

kirtle garment reaching to the knees or lower

lappet small fold of a garment

leaguer/-ed 〔lands〕besiege/-d

lealty faithfulness, loyalty

let allowed (if occasion let, let fashion)

malachite a green mineral

marges margins or edges

mattock two-headed agricultural tool

mead meadow

meshed entangled inextricably

plash splash

plenished filled up

puissance power, strength, force

reck take thought of

rede counsel

repair go frequently to

repast food; meal, feast

rowan mountain ash

ruth sorrow, distress

sable black

scathe harm

sojourned stayed

sward expanse of short grass

swart dark-hued

tarry/-ied linger/-ed

thrall/thralldom slave/slavery

twain two

vambrace armour for the fore-arm

weird fate

whin gorse

whortleberry bilberry

writhen twisted, arranged in coils

家譜

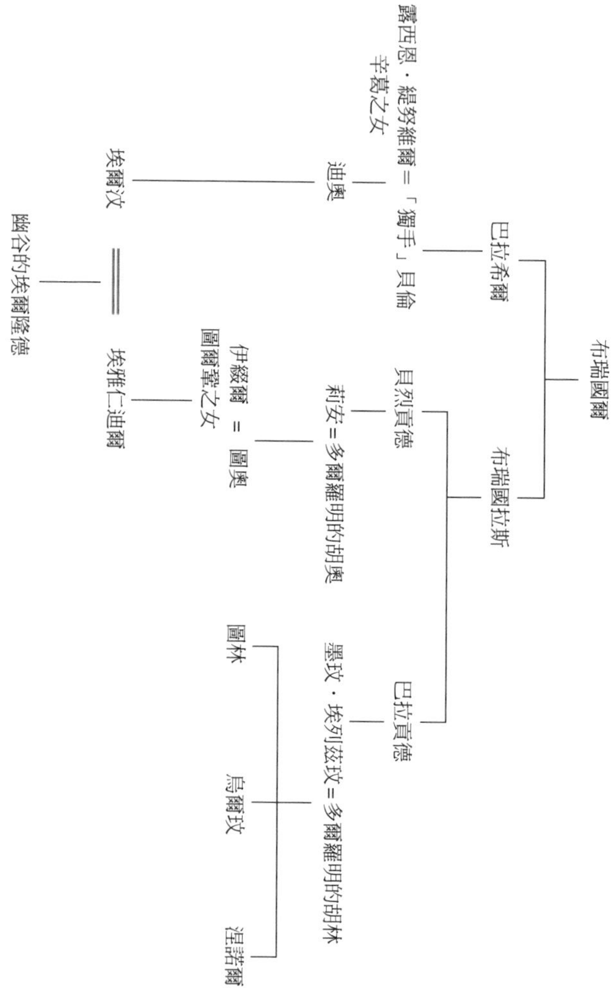
布瑞國爾
巴拉希爾
布瑞國拉斯
露西恩・緹努維爾 = 「獨手」貝倫
辛葛之女
迪奧
埃爾汶
埃雅仁迪爾
幽谷的埃爾隆德
貝列貢德
莉安 = 多爾羅明的胡奧
伊綴爾 = 圖奧
圖爾鞏之女
巴拉貢德
墨玟・埃列茲玟 = 多爾羅明的胡林
圖林
烏爾玟
涅諾爾

貝奧家族

諾多王族

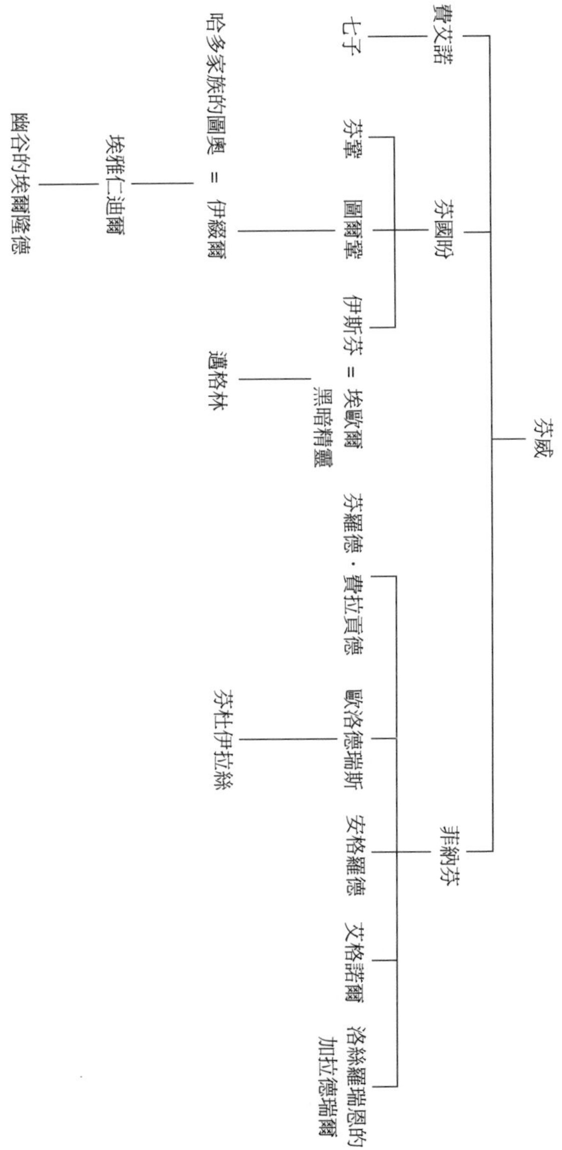
芬威
費艾諾
七子
芬國昐
芬鞏
圖爾鞏
伊斯芬
埃歐爾
黑暗精靈
邁格林
哈多家族的圖奧
伊綴爾
埃雅仁迪爾
幽谷的埃爾隆德
菲納芬
芬羅德·費拉貢德
歐洛德瑞斯
芬杜伊拉絲
安格羅德
艾格諾爾
洛絲羅瑞恩的加拉德瑞爾

小說精選・托爾金作品集

剛多林的陷落

2021年7月初版　　定價：新臺幣380元

著者	J.R.R. Tolkien
編者	Christopher Tolkien
繪者	Alan Lee
譯者	鄧嘉宛
	石中歌
	杜蘊慈
叢書編輯	黃榮慶
校對	蘇暉筠
內文排版	極翔企業
封面設計	廖婉茹
副總編輯	陳逸華
總編輯	涂豐恩
總經理	陳芝宇
社長	羅國俊
發行人	林載爵

出版者	聯經出版事業股份有限公司
地址	新北市汐止區大同路一段369號1樓
叢書編輯電話	(02)86925588轉5307
台北聯經書房	台北市新生南路三段94號
電話	(02)23620308
台中分公司	台中市北區崇德路一段198號
暨門市電話	(04)22312023
台中電子信箱	e-mail：linking2@ms42.hinet.net
郵政劃撥	帳戶第0100559-3號
郵撥電話	(02)23620308
印刷者	文聯彩色製版印刷有限公司
總經銷	聯合發行股份有限公司
發行所	新北市新店區寶橋路235巷6弄6號2樓
電話	(02)29178022

行政院新聞局出版事業登記證局版臺業字第0130號

本書如有缺頁，破損，倒裝請寄回台北聯經書房更換。　ISBN 978-957-08-5859-4 (平裝)
聯經網址：www.linkingbooks.com.tw
電子信箱：linking@udngroup.com

國家圖書館出版品預行編目資料

剛多林的陷落/J.R.R. Tolkien著．Christopher Tolkien編．Alan Lee繪．鄧嘉宛、石中歌、杜蘊慈譯．初版．新北市．聯經．2021年7月．272面＋8面彩色．14.8×21公分（小說精選・托爾金作品集）
ISBN 978-957-08-5859-4（平裝）

873.57　　110008410